中华人民共和国国家版权局作品登记号:2017 - A -00318994

挑 战 命 运

熊 斌 编著

HEUP 哈尔滨工程大学出版社

图书在版编目(CIP)数据

挑战命运/熊斌编著. —哈尔滨:哈尔滨工程大学出版社,2017.5(2017.7 重印)
ISBN 978 - 7 - 5661 - 1501 - 0

Ⅰ.①挑…　Ⅱ.①熊…　Ⅲ.①故事 - 作品集 - 中国 - 当代　Ⅳ.①I247.81

中国版本图书馆 CIP 数据核字(2017)第 090507 号

选题策划　包国印
责任编辑　张忠远　李　翔
封面设计　博鑫设计

出版发行　哈尔滨工程大学出版社
社　　址　哈尔滨市南岗区东大直街 124 号
邮政编码　150001
发行电话　0451 - 82519328
传　　真　0451 - 82519699
经　　销　新华书店
印　　刷　哈尔滨市石桥印务有限公司
开　　本　787 mm ×960 mm　1/16
印　　张　16.5
字　　数　180 千字
版　　次　2017 年 5 月第 1 版
印　　次　2017 年 7 月第 2 次印刷
定　　价　32.00 元
http://www.hrbeupress.com
E-mail:heupress@ hrbeu.edu.cn

前　言

　　《挑战命运》讲的是东方村的人和事，通过刘忠群全家人的事迹，诠释了"行善—感恩—再行善"这一主流思想，畅想感恩。刘忠群是一位农村妇女，三十三岁丈夫去世，她恪守妇道，终身守寡，没有半点儿绯闻，为了孩子求学讨过米，后来又成为孩子集团公司董事会主席。她吃尽了人间苦，把四个孩子拉扯大。孩子们长大后都非常孝顺，个个都非常有出息，她无愧为中国女性的杰出代表。刘忠群的兄弟姐妹在改革开放之后，靠勤劳致富。他们富了不忘家乡，回乡创业，给家乡投资捐款，改变了村子的面貌，改变了村民的命运。刘忠群的子女及兄弟姐妹无疑都是挑战命运的成功者，他们心善、感恩、情真，反映了当代农民的憨厚、善良，促进了家乡农村的进步、文明，引申出人生大义。同时通过东方村的变化，也反映了改革开放以后中国农村的巨大变化，诠释了中国当代农村人的"中国梦"。

　　时代当下，唯钱权论者并不罕见。国家兴亡，我有责任，编撰此书，多些阅读，传播正气，唤醒善孝，弘扬真善美。

　　人们对金钱的追求，对财富的向往，崇拜权势和金钱，鄙夷理想和志气，已经让部分国人对社会正义、时代风尚变得熟视无睹、麻木不仁。编撰此书，旨在唤醒人们"行善—感恩—再行善"的这种人间大爱。呼唤正义、追求文明是社会需要，也是时代要求，如今嫌贫爱富、奴颜婢膝、没有亲情、不懂感恩、笑贫不笑娼的社会丑恶现象屡屡发生。作者就是要通过东方村人的心善、情真，抨击社会丑恶现象，让"行善—感恩—再行善"这种人间大爱模式成为社会主流。挑战命运，才能改变命运；挑战命运，亟不可待！

　　书中转载部分，是出于对原作者的敬意，在此深表感谢！

熊　斌

二〇一七年一月

挑 战 命 运

东方村位于湖北省京山县城东北角，是一个有着三百多户人家、一千三百多人的自然行政村。

她没有大邱庄富有，更没有华西村的美丽。

如今这个村拥有思恩桥、幸福路、聪颖幼儿园、康宁诊所、爱心超市、惋情敬老院、育才小学和一个三百多人就业的村办企业，有老年活动室、村民健身房，早晨有几百人做健身操，晚上有上千人跳广场舞，医疗、教育、养老全部免费。这里有良好的文化、教育、医疗条件和良好的生态环境，这里的村民感觉自己生活在"人间天堂"。通往城里的公交车每天往返三趟，全部免费。全村还实现了吃水、用电、理发、洗澡不要钱的福利待遇。家家住小楼，年年有收入，生活富足而安逸，村容整洁而美丽，全村男女老少生活方式基本实现了城市化。老者慈善从容，幼者聪颖无忧，少年有理想，壮年有担当，人人知行善，个个懂感恩！

改革开放前，东方村还叫东方大队，属于计划经济时代，下属七个生产队，大队书记刘相国、主任黄贵才、会计赵中富、妇女主任刘木兰、民兵连长廖中达组成村委会，管理东方大队，涉及大队的党务工作、财务决算、上缴国家提留、村办学校的教师任免、学校运转、各生产队干部的任免以及征兵工作等。

刘忠群就生活在东方大队三队，是东方大队最受人们尊敬的杰出女性。她三十三岁时丈夫去世，当时膝下有四个孩子，老大男孩刘金强九岁，老二男孩刘银强四岁，老三女孩刘银丽两岁，老四女孩刘银红四个月。丈夫去世后，村里所有人都劝她改嫁，更有些村民劝她把两个小的孩子送人，可她执意不肯，她经常这样说："等孩子们长大了就好了。"她就是坚守着这份信念，看到这线希望。无论吃多大的苦受多大的累，她从未动摇过，就这样一直坚守了近五十年，直到去世也未改嫁他人。她的一生恪守妇道、堂堂正正、一生清白，在当地从来没有半点儿绯闻，凭着惊人的毅力，克服常人不可想象的困难，把四个孩子拉扯大。

那时的东方大队，家家住的都是土砖房，生产队之间都是土路，也不通电，每天的生产都由生产队长安排，用口喊的形式通知。白天生产记工分，满勤记十分，每个生产队都有一个记工分员，天黑收工之前记工分员到生产队社员劳动的地方记工分，记完工分才能收工。晚上全部点煤油灯，做饭也都是烧毛草和稻草，生产队每个月分一次口粮，挣工分多的能多分口粮，孩子多劳动力少的，挣工分也少，分口粮就少，不够吃，就得向生产队借。年终结算就是将工分折合成钱，基本上十个工分为一天，一天一角二分，农村穷、农村苦千真万确。工分少分口粮少的就形成超支户，也就是欠生产队的钱，每年年终结算都会形成超支户和进钱户。那时的进钱户是非常光荣的，超支户最多的超支额可达千元，进钱户最多的进钱额也超千元，千元在当时也算天文数字。东方大队三队刘忠群家，一个劳动力，四个小孩，还养一头牛，每年超支五百多元。

那时的东方大队没有农用车，全部用耕牛作业。每个生产队有十多头牛，分到部分家庭喂养，养牛户也会得到一些工分，所以一般的困难户都养牛。牛的使用由生产队统一安排，养牛户的孩子每天早晨和下午都有一项任务，那就是要放牛，早晨放牛后再上学，下午放学后还要放牛，一年三百六十五天，天天如此，所以养牛户的孩子都比较辛苦。刘忠群家养了一头牛，她家四个小孩，两个男孩两个女孩，当然就由两个男孩放牛。因为放牛，哥俩还互相攀比，最后他们的母亲决定一人放一个星期，直到他们哥俩长大。

那时东方大队的所有社员秋天要做三件事：一是砍毛草，由生产队把所有田埂分到各户，然后把田埂上的毛草砍了晒干弄回家，作为做饭用的烧柴；二是到处铲草皮交到生产队指定的地方堆起来，然后浇水，第二年草皮腐烂作为农田肥料；三是修水库，听上面安排到处修水库，现在所有的水库都是那时修建的。刘忠群也不例外，秋天也要做这三件事，除了刘忠群在外修水库，孩子们不能帮忙以外，砍柴和铲草皮，孩子们都要帮忙，铲草皮也能挣到工分。

"杀年猪"是社员家最幸福的事情，那时东方大队有向国家上交猪的任务，所以每个社员家都必须养猪，条件好的养三头，一般的社员家养两头，一头上交国家，一头年前自己家宰杀。杀年猪时一般都把干部和一些相好的社员请来喝酒，共享一年的幸福，然后把猪肉全部腌成腊肉，来年全年就不用买肉了，这些腊肉就够吃一年。因为那时社员家没有交通工具，连自行车都没有，要上街买东西很困难，这样存储腊肉也是为了解决上街难的问题。社员几乎全年不买菜，每家都有菜园地，菜园地的菜基本够吃，上街买菜对社员来说是非常奢侈的事。刘忠群家也养两头猪，一头杀年猪，一头是母猪，母猪每年产仔十个左右，把猪仔养大后能卖二百多元，这二百多元够孩子们的上学费用及家里开支。

以阶级斗争为纲，割资本主义尾巴也是那个时期的特定产物，如地主、富农成分不好的，一般的活动不让参加，很受歧视。而且大队经常召集大队社员，开批斗大会，将革命进行到底就是那个时期的红色口号，还将一些地主、富农分子戴上高帽，到处游行批斗，教育人们时刻不忘阶级苦，牢记血泪仇，可见那时的政治血腥。当时社员根本就不知道什么叫资本主义，但有一点社员知道，那就是想发财就是资本主义，自己家养的鸡下的鸡蛋如果拿去卖，那就是资本主义，就要受到批判斗争。所以那个时期谁也不敢想发财，越穷越光荣，穷代表又红又专，贫下中农最光荣就是这么来的。刘忠群家是贫农，很光荣。有一年她家养了十多只鸡，下了很多鸡蛋，拿到集市上去卖，被人告到生产队干部那。那时正赶上以阶级斗争为纲，割资本主义尾巴，结果，刘忠群受到了批评。

"上高中"对农村孩子来说几乎就是梦想，一个公社二十几个农村大队，就一所高中，每年招二百多人，每个大队就招几个学生。而这几个学生由大队推荐才能上高中，上完高中还得回家务农，成绩好的、劳动积极的，经过社员评选才可能到大队学校任民办教师。那时的民办教师也是很受人尊敬、很让人羡慕的，而且不参加生产劳动。因此农村的孩子想跳出农村，出来工作脱离生产劳动，比登天还难！

农村的孩子永远离不开劳动生产，永远过穷日子、苦日子，这种局面直到改革开放之后才被改变。

春雷一声震天响，"四人帮"被打倒，十一届三中全会胜利召开，改革开放在全国铺开，东方大队改名为东方村。东方村也不例外，改革开放有条不紊地向前推进。

首先是在全村搞分田到户。分田到户就是把生产队的田分到各户，自主耕种，充分调动了社员的积极性，割资本主义尾巴被废除。社员在搞好自家生产的同时，发展养殖业，搞好种植业，多渠道发展致富。没两年工夫，全村面貌发生了翻天覆地的变化，家家有存款，收入一年比一年增加，盖了红砖二层楼房，有的买自行车，有的买摩托车，有的买拖拉机，日子越来越红火。

其次是将村中学合并到乡里。东方村所有的孩子都到乡里学校上中学，接受更好的教育，为日后的考学打基础。国家恢复高考后，东方村先后有二十多人考上了大学，都学有所成，非常有出息，后来回报家乡，实现了家乡人民的中国梦。

话要从二十年前说起。

刘金强是刘忠群的长子，是全国恢复高考后，东方村走出去的第一批大学生。

二十年前的某日黄昏，上大学的男孩刘金强徘徊在武汉市街头的一家自助餐店前，等到吃饭的客人大致都离开了，他才面带羞涩地走进店里低着头说："请给我一碗白饭，谢谢！"店内刚创业的年轻老板夫妻马强、丁洁见他没有选菜，一阵纳闷，却也没有多问，立刻就盛了满满一碗的白饭递给他。

刘金强付钱的同时，不好意思地说了一句："我可以在饭上淋点菜汤吗？"

老板娘丁洁笑着回答："没关系，你尽管用，不要钱！"

刘金强吃饭吃到一半，想到淋菜汤不要钱，于是又多叫了一碗。"一碗不够是吗？我这次再给你盛多一点！"老板马强很热情地回应。"不是的，我要拿回去装在饭盒里，明天带到学校当午餐！"老板听了，心里猜想，男孩可能来自乡下经济条件不是很好的家庭，为了不肯放弃读书的机会，独自一人来城求学，甚至可能半工半读，处境的困难可想而知。于是，悄悄在餐盒的底部先放入红焖肉，还加了一个卤蛋，最后才将白饭满满覆盖上去，乍看之下，以为就只是白饭而已。

老板娘丁洁见状，明白老板想帮助男孩。但却搞不懂，为什么不将红焖肉大大方方地加在饭上，却要藏在饭底？老板贴着老板娘的耳朵说："男孩若是一眼就见到白饭加料，说不定会认为我们是在施舍，这不等于直接伤害了他的自尊吗？这样，他下次一定不好意思再来。如果转到别人家一直只是吃白饭，怎么有体力读书呢？"

"你真是好人，帮了人还替对方保留面子！"

"我不好，你会愿意嫁给我吗？"年轻的老板夫妻沉浸在助人的快乐里。

"谢谢，我吃饱了，再见！"男孩起身离开。

当刘金强拿到沉甸甸的餐盒时，不禁回头望了老板夫妻一眼。

"要加油喔！明天见！"老板向男孩挥手致意，话语中透露着，请男孩明天再来店里用餐。

刘金强眼中泛起泪光，却没有让老板夫妻看见。刘金强被憨厚善良的店老板夫妇的善行所感动，流下了眼泪。那不是伤感的眼泪，而是被那一份真诚的关爱和那一片宽厚的心肠所感动的眼泪。

从此，刘金强除了连续假日以外，几乎每天黄昏都会来，同样在店里吃一碗白饭，再外带一碗走。当然，带走的那一碗白饭底下，每天都藏着不一样的秘密。直到男孩毕业，往后的日子里，这家餐店就再也不曾出现过男孩的身影了。

不要忽视自己对这个环境的影响力，无论什么时候都要心存善念，也许发自内心的真诚的关怀，表面看微不足道，但却能给别人带来无限的光明。

每个人都是有思想、有自尊的，任何情况下都应该尊重别人。智者都是心胸开阔的人，他们懂得如何尊重人，将心比心，去善待身边的人，而不是伤害他们的尊严。做人要给自己留后路，谁都有难念的经，谁也不会完美无缺，都有无奈，没有人保证一生得意，说不定有一天，拉你一把的，正是你嘲笑的人！"我们嘲笑笼中的鸟，却没意识到我们的心又何时曾逃离世俗的牢笼；我们嘲笑被链子拴住的牲畜，却不知道链子乃拴在我们心上；我们嘲笑井底之蛙，可我们也不曾完整地看过广阔的天空。"人生百年，不可享尽世间所有荣华；惠及百人，才能够得到人间更多真爱。人的一生给别人机会时，实际是在给自己修路，厚道的人，人生路总是很宽很长！

谁都不容易，一个笑容，一句温馨的话，可能会温暖别人的一生。

要珍惜当下，宽厚待人，任何人都不会长生不老，要珍惜！

碰在一起就是有缘，要学会用虔诚的心，去感恩身边的人，尊重身边的人，珍惜一起走过的岁月。

做人做事要给别人留余地，给自己留后路，敬人等于敬己。

给别人留有余地，往往就是给自己留下了生机与希望。自然界里的一切，都是相互依存的，一荣俱荣，一损俱损。

给予，是一种快乐，因为给予并不是完全失去，而是一种高尚的收获。给予，是一种幸福，因为给予能使心灵美好。

刘金强在大学期间，学习非常刻苦，成绩特别优秀。因为马强夫妇的宽厚与大爱，刘金强常怀感恩之心、报答之情，时刻不忘马强夫妇的大恩大德，立志发奋学习，将来有所作为，好好报答恩人。

刘金强大学毕业后，到腾飞装饰有限责任公司去应聘，和他一起去应聘的还有李东生和黄大海两名大学生，这两名大学生是名牌大学毕业的，刘金强虽然毕业的大学也不错，但和他们相比，还不那么自信。应聘那天，李东生和黄大海先面试，当刘金强走进公司经理赵民办公室时，看见地上有一个烟头，顺手拾起来扔到纸篓里，公司经理赵明看到后，心里很是高兴。

刘金强从赵民的办公楼走出来后，看到路边有一棵小树被风刮倒了，于是走过去扶起小树，为了防止再次被风刮倒，又特意从附近找来绳子来固定小树。

谁也不会想到，刘金强的举动被在办公楼上的经理赵民看得一清二楚，正是这些无意的举动，打动了赵民经理。

赵民经理说道："在别人需要帮助时，如果一个人能在别人不知情的情况下，毫不犹豫地牺牲自己的利益，哪怕牺牲的只是一点点，也是难能可贵的！我没有理由不聘用这样的人，这样的人也没有理由不获得成功！"

机会总在不经意间考量人的真诚。

第一轮应聘刘金强因注重细节胜出，接着就是三个人参加公司高管的面对面饭局。无论是私人饭局还是商务饭局，从饭局上就能看出一个人的修养，特别是对待服务员的态度，反映的是礼貌和教养，更重要的是能看出情商。

席间三个大学生表现各不相同，一开始李东生就跻身坐到赵民经理身旁，心想离经理近些，有利于交流，更容易得到经理青睐。黄大海在席间夸夸其谈，炫耀自己。不一会黄大海的手机响了，他无视别人接起电话，有时在餐桌上乱翻菜。刘金强坐在门口几乎与经理面对面，与经理距离最远，每次服务员端菜，都跟服务员道谢，打喷嚏时用餐巾纸掩口并转向别处，劝别人吃菜，从不用自己筷子给别人夹菜。这一切让赵民经理看个明白，李东生是一个喜欢接近领导爱拍马屁的人，黄大海轻浮，刘金强稳重还有礼貌，最后刘金强应聘成功。刘金强成功应聘不是偶然，更不是巧合，是多年知识的积累。当一个男人开始夸夸其谈，大肆卖弄自己的才华和经历的时候，这样的男人早就在脸上写满了肤浅而不是深度，深度男人的涵养让他们懂得什么时候该说，什么时候不该说，虽不能语惊四座，但足以体现见解的独特。他们有时沉默，有时风趣，但是每一句话都彰显着一个男人的睿智和本色，这样的深度是用长久以来的习惯和教养滋养出来的高贵，是用一颗脱俗的心在平凡中彰显出的不平凡。

公司经理赵明这样说道："一个人连小事都不愿意做，怎么能做大事？一个人连最基本的礼貌和修养都没有，怎么能做好人？"刘金强就因为这些很小的事和很好的修养，被该公司录取，也正是因为刘金强做事很认真，很注意细节，在公司很快得到重用，事业发展得很快。

有一天刘金强外出办事，碰到一个年轻女子王平遭遇一名男子抢劫，刘金强奋不顾身上前与那个男子搏斗，身负重伤。那位年轻女子王平终于得救，那位歹徒也被成功抓获，刘金强被众多好心人送往医院抢救。刘金强的举动深深打动了王平，在王平的精心照顾下，刘金强很快恢复了健康。

人生在世，难免有辉煌和落魄，天有不测风云，人有旦夕祸福，遭遇急难之事、身处于绝境之时，友人或路人在危难之时显身手，出钱出力甚至不惜自己的生命，使已绝处逢生，此恩便是大善大德！感恩，是一种生活态度，常怀感恩之心，以德报德，知恩图报，无愧于心，才能潇洒坦然在人世间！

年轻女子的父亲王常坤是鸿浩实业集团董事长，知道此事后，认为刘金强在当今社会能见义勇为，人品好，很了不起，是一个难得的好青年，就让刘金强到他的鸿浩实业集团任副总。刘金强到集团任副总后，工作兢兢业业，非常出色，同时也得到董事长女儿王平的好感，经过长时间相处，俩人结为夫妻，后来刘金强也接任了董事长职位。

有一天，将近五十岁的自助餐店老板马强、丁洁夫妻，接到市政府强制拆除违章建筑店面的通告。中年失业，平日储蓄又都给了儿子马小平，儿子正在国外攻读学位，想到以后生活无依，经济陷入困境，夫妻二人不禁在店里抱头痛哭了起来。

就在这个时候，一位身穿名牌西装，像是大公司经理级的人物突然来访。"你们好，我是鸿浩实业集团的副总经理李斌，我们董事长命我前来，请你们去经营我们即将开业的昆仑大酒店，一切的设备与食材均由集团出资准备，你们仅需带领厨师负责菜肴的烹煮，至于盈利的部分，你们和集团各占一半！"

"你们集团的董事长是谁？为什么要对我们这么好？我们不记得认识过这么高贵的人物！"马强、丁洁夫妻一脸疑惑。

"你们夫妻是我们董事长的大恩人和好朋友，董事长尤其喜欢吃你们店里的卤蛋和红焖肉，我就只知道这么多，其他的，等你们见了面再谈吧！"

终于，那每次用餐只叫一碗白饭的男孩刘金强再度现身了。经过十几年艰辛的创业，男孩刘金强成功地建立了自己的事业王国，眼前这一切，全都得感谢自助餐老板夫妻马强、丁洁的鼓励与暗助，否则，他当初根本无法顺利完成学业。

话过往事，老板夫妻打算告辞，董事长刘金强起身对他们深深一鞠躬并恭敬地说："加油喔！集团以后还需要靠你们帮忙，明天见！"

人的一生往往会发生很多不可思议的事情，有时候，帮助别人或感恩别人，却可能在冥冥之中有轮回。如果没有过去的卤蛋和红焖肉，刘金强也许就不能经营现在的昆仑大酒店，真是好人有好报，善待他人就是善待自己！

就算很有钱，就算再有本事，也不要看不起任何一个人，不要为现在取得的一点点成果而沾沾自喜，因为社会永远都是前进的！

现在看起来很富有的人们，不见得将来还会富有，现在看起来很穷的人们，不一定永远都是穷的。世界在变，人们也在变，但是不管这个世界怎么改变，都不要轻易去看不起一个人。

马强、丁洁夫妇兢兢业业、任劳任怨地经营着这家酒店，心里充满无限感激和感动，对昔日的小男孩刘金强与其说是佩服，倒不如说是尊重！

一天下午，正值酒店比较冷清的时段，进来一位看起来八九岁的小男孩李强扶着失明的妈妈曲方来到店里。两人衣着虽然干净，但看得出来有点寒酸。小男孩李强眼睛很灵动，背着小书包，举止沉静，应该是个小学生，李强小心翼翼地先让妈妈就座，然后跑过来点菜。

小男孩点菜时却一改前面沉稳的模样，大声喊："两碗牛肉面！"这让马强有点惊讶，他愣了愣，准备下面。小男孩却慌忙摇了摇手，脸上露出歉意，指了指墙上价目表的葱油面，比了个"一"，又指了指他自己。马强立马明白了，原来为了省钱，他自己要吃葱油面，却不想被妈妈发现。一会儿，马强把一碗葱油面端到小男孩面前，另一碗牛肉面则放在他母亲前方。小男孩李强把筷子放到他妈妈手中说："妈，面来了，慢慢吃，小心烫。"

可是妈妈并不立即开动，先用筷子在碗里探了探，然后夹起牛肉，摸索地放到儿子碗里，脸上十分认真地说："你多吃一点，吃饱了好好念书，将来上大学，毕业之后要做对社会有用的人。"儿子笑着答应，却不拒绝妈妈给他夹牛肉，等到妈妈开始吃面的时候，他才默不作声地把刚刚那些牛肉通通夹回妈妈的碗里，动作十分熟练，一看就是做惯了。女人边吃面边说："这酒店真厚道，一碗牛肉面里有这么多牛肉。"儿子笑着说："对啊！我碗里的牛肉都快装不下了。"

马强看着碗里那些薄薄的牛肉有点汗颜，想着早知道这样刚才就给他们多加点肉好了。丁洁起身去厨房切了一盘牛肉，然后放到这对母子的桌上，儿子看了看附近没有别的客人，就温和地说："我们没要牛肉。"

丁洁坚定地把那盘牛肉推到他们面前，露出笑容说："这个是我们开业周年庆典特别赠送的，不要钱。"男孩跟他母亲听了之后都微笑地道谢。男孩把盘里的牛肉又夹了一些到母亲碗中，等到母亲吃饱之后，他从书包拿出了塑胶袋，把剩下的牛肉装进去，从过来到离开，男孩一块牛肉也没吃。

丁洁看到后叹着气说："真是乖巧的孩子。"过去收他们的碗盘，却忍不住"啊"的一声，原来在刚才端过去的牛肉盘下面，压了一张钞票和几个硬币，恰好就是一盘牛肉的钱。丁洁跟马强拿着这些钱，已经不知道该说什么话了，眼泪也差点流出来。

虽然不知道这个小男孩李强长大后会从事什么行业，但可以肯定他一定会如他母亲的希望，成为一个对社会有用的人，因为他具备两样最重要的东西：孝顺和志气。

每个人的身上都有值得去学习的地方。一个真正成功的人，不会看不起任何人，成功的人都没有看不起别人，何况普通人，所以永远不要看不起任何人。

遇事能忍则忍，但要保留一份傲气，别让人一再践踏。对情可守可丢，必须要有一种骨气，不让泪水滑下。

几年后的一天，昆仑酒店来了五名税务局的同志，他们是来例行检查的。他们一进屋，马强就认出当年跟妈妈来用餐的李强。原来李强大学毕业后，考取了国家公务员进了税务局，现在已是税务局的一名科长。让人高兴的是李强检查完工作之后，和老板夫妇马强、丁洁聊了好半天，那气氛真让人陶醉，让人感动！

李强自从当了科长后，工作更加兢兢业业，任劳任怨，几年后李强凭着非常出色的工作业绩很快被提升为税务局副局长、局长。和李强一起毕业同时被分配到同一税务局工作的同学叫王浩，按能力两人不分上下，按家庭条件王浩远远超过了李强，王浩的父母有权有势，家庭条件非常优越。然而这一切并没有给王浩带来动力，王浩工作也算认真，但对金钱的诱惑抵抗不住，对功名利禄没有正确的看法，所以在平时工作中不检点，以致后期吃、拿、卡、要，行贿受贿，最后东窗事发，进了监狱，毁了自己一生。

积善之家必有余庆，积不善之家必有余殃，善不积，不足以成名，恶不积，不足以灭身。看问题要不论一时，而论久远，不是看现在有权有势的人，过着骄奢淫逸的生活，就羡慕。要知道，可能再过十年、二十年，看一看他的子孙后代，就不羡慕了。另一家，也许现在家境贫寒，但是兄弟姐妹勤奋好学，团结互助，再过十年、二十年，这个家的家道就兴盛起来了，这个都是不论一时而论久远所得出的发展趋势。

李强和王浩都是同学，又同时考上公务员，被分配到同一个税务局工作，后来他俩命运完全不一样，一个当局长，一个进监狱，是什么让他俩差别这么大，又是什么让他俩命运如此不一样？是否善良、孝顺、感恩、正义影响了他们的一生！

一个优秀的孩子，又会弹钢琴、又会跳舞，还会画画，学习成绩还好。长大了，读初中了也是什么都会，每次考试都是前几名，考上重点高中，高考又成为状元或者前几名，考上国外或者国内最好的大学，很多人都是这样过来的。几年以后读研究生，再读博士，父母亲也荣耀了，感觉孩子很优秀，不到45岁可能就是一个副处级干部了，不到 50 岁就是个正处级干部了。亲戚朋友、同学、家人逢人便说孩子有出息。可是不到 55 岁他就进监狱里去了，父母亲这个时候还流着一行老泪，"我的孩子怎么会出现这个情况！"肯定是有很多原因的。当年追求分数、琴棋书画、那么多才干，最后走向犯罪道路，是学习得不够，还是教育出了问题，王浩的今天值得所有人去思考！

道德常常能弥补智慧的缺陷，然而，智慧却永远填补不了道德的空白。做人做事必须坚守自己的理想和原则。只要所坚守的是正确的事情，哪怕会有短暂的痛苦，也应该坚持下去，如果做的是错误的事情，哪怕会得到短暂的快乐，也应该坚决拒之！生活中处处都会存在着各种各样的诱惑，如果定力不强，这些诱惑会随时影响并阻碍着前进的步伐，甚至会让自己迷失前进的方向，跌入深渊。在种种诱惑面前，要一如既往地坚持自己正确的原则和理想。

心怀善念是根本，不以恶小而为之，不以善小而不为。

有的人等到生活开始惩罚自己了，才想起后悔，这样的忏悔，不值得原谅，从无意犯错到故意犯错，应该推敲的不是人生，而是人性。

不要让命运为贪婪埋单，在欲海里浮沉的人，个个都是亡命徒，为欲望亡命是已经注定了的结局。

这个世界，有侥幸，但不宽恕侥幸，不要把自己一步步拖到付出代价的境地。生活中一切的罪与非罪，罚与非罚，良心会有知，光阴会有知，天地会有知，不去欺负生活，生活自会安妥地待你。清白干净的灵魂，特征只有一个：无愧过往，不畏将来。

李强从小就孝顺母亲，才有今天的绝好命运，古人说得好：孝顺，孝了你就顺了，所以尽孝道的人往往不会离成功太远。"百善孝为先"，没有什么美德比孝顺更加重要，懂孝顺、知感恩、有志气是一个人走向成功的三大要素。

又有一天，几名军人和一对母子俩来到马强、丁洁经营的昆仑酒店用餐。原来是青藏公路上隶属西藏军区某运输团的一上尉军官，不幸因车祸为公牺牲，后被定为烈士。军分区通知了其远在湖北省黄石市的亲属，烈士的妻子王玉梅、10岁幼子刘涛及所在乡人武部干事马永进很快便赶到烈士生前所在部队。军区领导因烈士家属的要求，派运输团中校政委谭中国、军区一少校参谋干事李华护送烈士部分骨灰回乡安葬。烈士的骨灰盒里面裹着八一军旗，外面包裹黑布，由其10岁幼子背负。

因烈士生前曾应允家人有空一起去武汉市玩玩，故运输团中校政委和军区少校参谋干事经请示军区领导后，一行五人来到武汉市，了却烈士遗愿。当五人抵达武汉市时正值正午，团政委见孩子一直默默地背负着烈士的骨灰盒，便问他："孩子，天挺热的，你也累了，要不我把他放到接我们的车上？""不！我要和爸爸在一起！"团政委心一酸，决定要带烈士亲属到武汉市最好的饭店昆仑酒店吃一顿。

当团政委牵着孩子的手和烈士妻子等人，在酒店海鲜处看菜时，孩子身上的骨灰盒不慎撞了一下旁边一穿着考究的人的手臂，那人手中的手机滑落跌入鱼缸。"乡巴佬！没长眼睛呀！"那人随手就推了把孩子，旁边军官连忙说："真对不起，真对不起！"孩子的母亲连忙捞出手机在身上擦了擦，边擦边说："老板，小孩不懂事！我已擦干了，你看……"

"开啥玩笑，当是石头呀？"老板边上的一浓妆金发年轻女子王艳叫道。

老板夫妇看到了孩子身上背负的黑色盒子，"你身上背的啥，咦！"

"这是我爸爸！"孩子气愤地说。团政委谭中国连忙将该老板夫妇和旁边女子王艳叫道一旁解释并不停地道歉。

不料那女子王艳居然嚷道："当兵的天经地义，手机是最新款的索尼的，肯定要赔的！"

旁边的少校参谋李华大声说："多少钱我立马给你！但不允许你侮辱我们当兵的！"

这下黄发女子王艳和少校参谋李华吵了起来，"我们哪能侮辱！我们哪能侮辱！怎么碰到个不讲道理的破当兵的？"

烈士的妻子王玉梅见状，突然给了自己孩子刘涛一巴掌，"都是你让叔叔们为难的！"孩子睁大眼睛，没哭。

此时站在一旁的老板马强、丁洁说了句："打110报警吧。"

民警赶到后，经过简单了解，一肩扛二横三星的老警官张永进对王艳怒斥到："你丢了咱市民的脸！要赔手机不关解放军的事，明天你们来找我！"不料，旁边看热闹的人纷纷要求看看孩子身上背的到底是不是骨灰盒。为了证明解放军没骗这些人，孩子的母亲将孩子身上的骨灰盒解了下来，放在一桌子上，泪流满面的妻子王玉梅小心地打开裹在丈夫骨灰盒外面的黑布，当露出鲜红的八一军旗时，同样泪流满面的老警官张永进一把按住了烈士妻子颤抖的手："她们不是人！"老警官和另外两位民警震怒了，这一刹那，团政委一行也都哭了，这下倒好，围观的人都悄悄地走了。

事后谭政委一再坚持自己赔手机钱，后来老警官张永进与另外二位民警共同赔手机钱 6100 元。王艳除了接过钱，没道半句歉，还老说："晦气，晦气！"酒店老板马强、丁洁知道事情经过后，出面连声说对不起，并且说这顿饭不要钱了，吃好就行，说着从兜里拿出一万元塞给了孩子。当谭政委一行准备离开时，突然该饭店冲出一群年轻男女服务员，他们纷纷将手中一百元、二百元面值不等的钱，强塞进孩子身上的口袋里。此时，谭政委一行和民警们再一次哭了。

让人感到悲哀的是，在整个事件中，许多人没有帮助军人以及烈士家属，反而多加指责，甚至诋毁烈士以及烈士家属，对军人以及牺牲的战友进行口诛笔伐！或许他们觉得是非并不重要，或者因为当前社会面上颠倒是非的事情太多，但是他们在这件事情上的态度已经让所有的军人和曾经身为军人的老兵心寒了——难道我们保卫的就是这样的人民？这就是我们用热血和青春保卫的人民？

当洪水袭来，战争来临的时候，第一个站起来直面危机的，永远是我们的军人。我们最广大的战士胸腔的热血仍在，我们军队几十年形成的军魂还在。

无耻小人不知亡国恨，很多事情不能用一种娱乐的态度去批判！当一些群众不辨是非，仅仅出于自身好恶，指责一位因公殉职的军人的时候，社会的公平、正义就会存在隐患。

有些人高高在上，有钱有权。但能和中国的军人相比吗？中国的军人时刻用自己的鲜血和汗水，捍卫着祖国和人民！

可笑的是，一位忠诚的战士，尽忠职守地守在自己的岗位上，履行自己的职责，乃至牺牲自己的生命，最后却不得不屈辱地向一位看似弱小、实则彪悍的小人低头认错。

当这位金发年轻女子不分青红皂白地，不明是非道理地指责这位忠诚的战士和烈士家属，侮辱中国的军人的时候，不得不说她连做人的良心都失去了。想想当洪水四处行虐，险情发生时，却正是那些她所鄙视的军人在用生命抗洪，流血抢险！

当人们在课堂学习知识和技能时，他们在挥汗如雨地苦练杀敌本领；当人们进入梦乡时，他们正披星戴月站岗巡逻，守卫着祖国的万里疆土；当人们拿着高学历和技能在挑选高薪工作时，他们正脱下军装苦苦找寻一份能够养活自己的工作。

激情满怀的铁血军人，离不开惊心动魄地沙场角逐，更需挥汗如雨地比试拼杀，只有不断挑战自己的极限，才能练就泰山压顶不弯腰的挺拔昂扬，这就是中国军人。铁血军人，豪情万丈，舍小家为大家，战争随时爆发，我们准备好了，这就是军人的本色。

张凤英和刘金强在同一个村，是刘金强的表姐。张凤英22岁那年，爱上了一个男人，男人留披肩的长发，穿故意剪了洞的破牛仔裤，站立的时候也没正形，那肩膀一耸一耸做着怪样子，嘴里不时会冒出一句不雅的口头语，连眼睛里放出来的光都带着一股子流气。她却把这流气当成酷，喜欢得如痴如醉。带回家，父亲当下就急了，把男人带来的东西扔出了门外，坚决不允许她和他交往。她是烈性子，放出话来："这辈子非他不嫁！"父亲也下了死令："有他，就别要我这个爹。"

她拉着他摔门而去，甚至没有回头看一眼泪流满脸的母亲，从此断绝了和父母的一切来往，和男人一起在外面租房过起了日子。

他们走进了婚姻殿堂，男人却不是她想的那般如意，生活也不是想的那般甜美与幸福。他吃喝嫖赌抽，五毒俱全，动辄对她打骂。几年里，她怀孕了几次，可男人说养不起不能要孩子，她连着做了几次流产。直到六年前，医生说，再流产，这一辈子就再也没有生孩子的机会了。她固执地生了孩子，月子里男人没有给她半丝温情，没有照顾她。他依然出去喝酒、赌博，半夜不回家。她当然没脸让母亲来照顾她，况且母亲就算想来，父亲也不会同意。这些年来，她没有见过他们一面。幸运的是，她有一个从小一起长大的女友，经常来照顾她，隔三岔五给她送鸡汤或鱼汤，还给她买了红糖、小米和鸡蛋。

孩子三岁时，男人却狠心地跟着别的女人走了。她离了婚，独自带着三岁的儿子艰难度日。她既要管孩子又要去超市里打工，每日里回到家，已是精疲力尽。阴暗的出租屋里，她和儿子经常冷一顿热一顿地吃。还好有那个女友，心疼她，这些年来经常接济她，给他的儿子买零食和衣物。女友劝她回家，请求父母的原谅，有母亲帮着看孩子，她也轻松些。她却不肯，说再难，也不求他们。

有一天，母亲却跟女友一起来了，环视她的出租屋，看着消瘦的她，母亲脸上的哀伤连成了片，泪流成了不停歇的溪水。她想起那些艰难的日子，狠心的母亲并没有给过她一丝帮助，并没有看过她一眼，即使在月子里。当然，以她的性格，她也不会接受。

她板着脸说："你回吧！你是来看我笑话的吧！我不用你管！"她一句一句生硬的话，刺得母亲说不出一句话来。女友终于忍不住说话了："你以为你坐月子喝的鸡汤鱼汤，是我给你做的吗？你以为这些年，接济你给孩子买吃穿都是我做的吗？你错了，这些年阿姨天天打听你的消息，时时刻刻关注你，知道你性子强，怕你不接受，就请我帮你，我是实在看不过去，才把你的状况告诉阿姨的！"她哭了，却不肯回家。母亲知道，她是怕见父亲，怕父亲不能原谅她，更何况这是自己的选择，混到如今这个样子，又有何脸面见父亲。

隔几日母亲再来，说："这样，你可以每天早上七点到九点这段时间回家，你爸天天六点半后去公园练太极拳，九点多才回来。这样我也可以给你们做点好吃的，你看孩子瘦的。"她看了一眼干瘦的儿子，终于点了头。

几乎每一天的早上七点后，她都带着儿子去母亲那儿，母亲总会把好吃的热腾腾的饭菜端给她。饺子、面条、排骨、酱牛肉、葱油饼，隔三岔五总有她最爱吃的韭菜盒子，吃饱了，还给她打包带走。

一日早晨，母亲照旧打电话叫她来吃韭菜盒子。半路却突然下起了雨，她进了母亲的小区，却看到正在屋檐下躲雨的父亲，四目相对，想躲避已来不及。她过去，低着头，半天闷出一个字："爸。"父亲尴尬地搓着手，用一种极其嗔怪的声音说："以后再回家吃饭，就不用躲躲藏藏的了，害得我下这么大雨都得出来！"那一刻，她的泪与雨水交织在一起，爬了满脸。母亲告诉她，父亲根本没有锻炼的习惯，更不会打太极，为了让她能回家吃口热饭，父亲和母亲一起编造了这个练太极拳的谎言，那韭菜盒子依然是父亲的杰作。父亲不肯晚上准备馅料，怕隔了夜不好吃，说丫头喜欢吃新鲜的韭菜，总是早早地起来，和面、切馅、烙，七点前完工，然后悄悄躲到外面去。咬一口韭菜盒子，她泪雨滂沱，那满口的清香，那依然的老味道，她一直奇怪母亲为何能够做出和父亲一样味道的盒子。透过泪眼，她似乎又看到了坐月子时喝到的那鸡汤、鱼汤，有了孩子后，女友送去的那些零食衣物。

她一直固执地认为，父母会记恨她一辈子，甚至狠了心不要她这个女儿。直到此刻，透过韭菜盒子的清香，她才发现，不管自己做了多少错事，不管自己走得多远，父亲母亲永远是那个踮起脚来爱自己的人。

一晃张凤英三十岁了，人俏，白白的皮肤，细细的腰。不过，她命不好，先是生下个傻闺女，再就是二十八岁那年，丈夫和她离婚了。后来，她选择再嫁，嫁给了比她大十五岁的男人王锋。

张凤英吃不了苦，何况还有傻闺女。重要的是，王锋是矿工，收入高低不说，如果出了事故，一般矿主会赔三四十万元。

张凤英穷怕了，不然，为什么这么水灵会嫁给腿脚有点毛病的人。王锋又老又难看，眼歪嘴斜。

王锋也知道自己不配她，可还是像得了宝一样。

王锋挣的钱，一分不少地交给她，可一个月也不过是一千元，剩不下多少。张凤英不甘心哪，傻闺女将来得用钱，自己不想一辈子跟王锋这么过，到处是矿难，为什么他就遇不上呢？她想的是那三四十万元，如果他死了，她就卷钱走人，这是张凤英很恶毒的想法，却是最真实的。

张凤英买衣服、胭脂粉打扮自己，和邻居的男人打情骂俏。有人说王锋，瞧你媳妇，拿你的钱打扮了和男人鬼混！王锋只"嘿嘿"地笑："她闷得慌，让她玩吧。"其实，王锋心里是疼的，是不愿意媳妇这样疯的。

张凤英说了一句想吃红橘，王锋就去镇上买。当然，去的时候没有告诉她。

一天矿上出事的时候，张凤英的第一个念头是，这下好了，三十万元该到手了！

搬出了好多尸体，张凤英一具具地看，见没有王锋，失望极了。蓦然回头，她看见他举着红橘走到跟前，天真得像个孩子。"给你!"他说，我给你去镇上买红橘，和别人倒班了！她哭了，却是因为希望落空。他劝道："我没事，你别害怕。"他以为她是吓的，吃着红橘，她心里觉得自己不是个东西。他更疼她了，也心疼闺女，偷偷地，跑去山上种树，一个月种四五棵。有人问他种树做什么？他笑着回答："给她们娘俩种的，以后我死了，这些树也大了，可以养活她们。"这话传到张凤英的耳朵里，张凤英的心一酸，眼泪差点落下来。

后来，张凤英染上风寒，病了一场，王锋衣不解带地伺候她。半夜里醒来，发现他抱着她的脚，她问："你抱着我的脚干嘛？"他说："你一醒，我就会知道，省得你要解手没人搀着。"她真的哭了，哽咽着说："你真傻。"病好了以后，她说："咱不去矿山了，矿上总是出事，前几天又死了好几个人，我怕。"这次她是真心的。因为想明白了，人是最重要的，人没了，就什么都没了。之后，她老实了，哪也不去，不再打扮得像妖精似的。她开了一个小卖部，守着他过日子。不久以后，他忽然觉得胸口疼，做一小会儿事，豆大的汗珠就落下来。于是偷着吃止疼片，一块钱十片的那种，一吃就是五六片，可心口窝子还是疼，他偷着去镇上看大夫，大夫说是肝癌，晚期，最多活三个月，想吃啥吃啥吧，别委屈自己。走到街上，他把带来的钱全花掉了，买了好多东西，她的新衣服、闺女的花褂子、胭脂香水，却没有给自己买一样东西。

第二天早上，王锋对妻子张凤英说，他打算去矿上上班，老板找他了。张凤英说："不去，太容易出事。不去，坚决不去！"王锋还是"嘿嘿"笑，到底还是去了。王锋对老板说："给我难的活，累我不怕。"老板当然愿意，把他派到井下最深处。心口窝子疼的时候，王锋就在黑暗中叫着张凤英的名字。

第三天上班，井下开始渗水。王锋本来是有机会跑掉的，可他想，有了三四十万元，她和闺女一辈子就够了。于是，他没跑，也没呼救。得知消息后，她头都没梳就跑来了，用手扒着井口，手流了血。看着他的尸体，她叫着他的名字，咬牙切齿，"我不让你来，不让你来，不让你来呀！"

从他的口袋里翻出医院的诊断书，张凤英才明白，王锋是用自己的生命最后爱了她一次。

一切都不可挽回，一切都是过眼云烟。珍惜现在，活在当下。未雨绸缪是每个人必须要做的。存好心，说好话，行好事，做好人！

人生最大的错误是用生命换取身外之物，人生最大的悲哀是用生命制造个人的烦恼，人生最大的浪费是用生命解决自己制造的麻烦。

不论伤害谁，从长远来看，都会伤害到自己。或许现在并没有觉知，但它一定会绕回来。凡是对别人做的，就是对自己做的，让他人经历什么，有一天也将自己经历。

人最可贵的是生命，健康的生命能给予我们一切所求。人生最大的错误是为了贪欲而不惜自己的生命，这也是人生的最大悲哀！放下贪欲，珍爱生命，世间就会越来越美好！

人生是一个过程，像朝阳至日暮，又好像春花、夏夜、秋日、冬雪，一年四季的轮换。

在贫困中，要有忠心志气；在危难中，要有信心勇气；在富贵中，要有善心义气。

王锋憨厚、善良，为了爱，宁可牺牲自己的生命，这种爱是多么的崇高，又是多么的伟大！这是人间最崇高、最无私的爱，当今社会，缺的就是这种爱，需要的就是这份情！

生活总不完美，总有辛酸的泪，总有失足的悔，总有幽深的怨，总有抱憾的恨。生活亦很完美，总让我们泪中带笑，悔中顿悟，怨中藏喜，恨中生爱。以最自然的姿态和意愿去生活，会发现内心深处的快乐，将蓬勃生长。

一辈子总有某段路，只能一个人走，总有许多事，需要一个人扛。

别畏惧孤独，它能划清内心的清浊，是无法拒绝的命运历程；别躲避困苦，莫让冷世的尘埃，冰封笑容，迟滞步履。走得越久，时光越老，人心越淡，忘不掉昨天，它就是束缚的阴影，向往着明天，才能描绘它的模样。每只毛毛虫都可以变成自己的蝴蝶。只不过，在变成蝴蝶之前，自己会先变成作茧自缚的蛹。在茧里边面对自己制造的痛苦，全然接受当下的感觉，直到有一天破茧而出成为蝴蝶。

古代有个故事。

有个男人，他勤奋、善良，终于打拼出一片天地，让家人过上了好日子。他是一个孝顺体贴的好男人，更是一个称职的好丈夫。

然而，三十多岁的他没有兼顾好自己的身体，老天也并没有因为他是一个大家眼中的好人而眷顾他，最终还是把他带到了另外一个世界。

男人想，我生前积德行善，死后应去天堂，可是却来到阎王爷主管的地狱。他百思不得其解，于是向阎王爷告状，去天堂问清原因。

天堂的人员将他带到一个可以看到人间百态的窗口，男子清楚地看到：由于他的离开，年迈的老父亲不得不去看大门勉强糊口，貌美如花的妻子也不得不给人打工，承担起生活的重担，如今的她已经憔悴苍老了许多，再看看心爱的儿子、女儿，也因为无力支付高昂的学费，遭受着同学们的排斥和嘲笑。

男人将这一切看到眼里，心在滴血。

这时，上帝说话了："因为你的离去，你的至亲至爱陷入极度痛苦之中，在人间过着地狱般的生活，凭什么你该进入天堂？"

男人醒悟：爱家人应从爱自己开始，才有能力爱别人，有健康的身体才能够给家人遮风挡雨！

不管男人也好，女人也好，首先要善待自己的身体，珍爱自己，才能热爱生活，完成事业，孝养老小。

所以，再忙再累，为了家人，也时常要对自己说："该休息了，没有好身体，一切都是浮云！"

在这纷纷扰扰的红尘中，牵起一人手，共度一段老时光，相拥心灵的清欢与灵魂深处的美好。让一路相随的暖，在四季变幻的风景里氤氲；让一颗初心，伴着暖阳在尘世烟火中升腾。在岁月的百转千回中，感受人间冷暖；在时光的平淡中，体味一粥一饭的踏实与温暖。家是心之所归，你是情之所至，牵着你的手，便是此生最美的风景，有些爱，真的可以一辈子。

每个人来到世上，都是匆匆过客。有些人与之邂逅，转身忘记；有些人与之擦肩，必然回首。所有的相遇和回眸都是缘分，当爱上了某个背影，贪恋某个眼神，意味着已心系一段情缘。只是缘深缘浅任谁都无从把握，聚散无由，都要以平常心相待。

尝遍了世间的分分合合，总是期待于三千过客中，等来心灵的知音。倾一世温柔，相守于今生。爱是生命中最美的语言，真正的爱是宽容，是善待，是心与心的相依取暖，是情与情的相依相随。生活，是平淡最真；感情，是真实最暖。爱是懂你的人，给你最温暖的陪伴。

有情义的男人令女人美丽，相爱一场，即使那结果令人流泪。流泪也是美丽，泪水也是滋润，甚至滋润到以后的很多年，每每回忆，依然心动，没有枉负她一生中最美丽的青春时光。她感觉到欣慰，这样的一个女人，不论多大年纪，都是美丽的。

而一个无情无义的男人，则可能摧毁一个女人一生的美丽。他令她失去尊严，满心伤痛，即使岁月也难以抚平，这是女人的劫数。

女人是月亮，男人是太阳，彼此宽容相待，才能日月同辉。人海茫茫中相遇，已是不易，若能携手终身，更该彼此珍惜。婚姻生活中，两个人免不了磕磕绊绊，应该多一些谅解，多一点宽容，不要为了口头之快争个高低。毕竟，只有你的爱人，在你白发苍苍时，还虔诚地爱着你的灵魂，还爱着你苍老脸上的皱纹。

百年修得同船渡，千年修得共枕眠。两个人能成为夫妻，是千年修来的缘分，一定要懂得彼此珍惜。夫妻之间只有彼此相互宽容，才能一起相携到老，这样家庭才会有更多的幸福和快乐。

夫妻本是同林鸟，大难来时互扶持。每个成功的人士，都离不了另一半的支持奉献。夫妻共同经营家庭，生儿育女，赡老哺幼，同甘共苦。一日夫妻百日恩，夫妻之恩切莫被功利社会之俗所吞。

生活本不苦，苦是欲望过多，水能直至大海，就是因为它能巧妙避开所有障碍，不断前行。许多聪明人没能走上成功之路，不少是因为撞了南墙不回头。人生路上难免会遇到逾越不了的困难，绕一绕，何尝不是个办法。逆境能成机遇，拐弯也是前进的一种方式，但一定是绕行，不是调头和放弃！

当到了生命的尽头，才会明白什么是有，什么是无。才懂得一切都虚无，一切都无所谓。来此世界是否懂得了感恩，懂得了付出；是否无悔这一生，未曾虚度。人啊！到了生命的尽头，幡然醒悟，那一刻还怎么回头！世世轮回的凄苦可看透！珍惜当下，感恩给予的所有一切，不要等到生命尽头才去悔悟！

万物皆可空，因果不空。天雨不润无根之草，痛苦是生命的常态，如果对痛苦没有正确、深入的认识，就不会有动力寻求解脱。当遇到痛苦时，我们首先要做的是，分析了解痛苦的来源，与其说是别人让自己痛苦，不如说自己的修养不够，我们要不断地完善自身来减轻痛苦。

开心、快乐、痛苦、悲伤、失落，所有感受，其实都是有陪伴的。人不过就那么几十年，我们要学会生活，而不是报怨。谁都不知道还能在这个世界上生活多少秒，但是只要每一秒都让它尽可能有意义地度过，下一秒不会后悔就是最好的。

每个人来到世上，甜蜜与痛苦都不可避免地要经历和面对，没有谁能只享受幸福、甜蜜，侥幸逃脱痛苦的折磨。人都有七情六欲、喜怒哀乐，既然无力改变生命的定律，就只有顺从。但是在顺从的同时，可以主动去找些让自己开心、快乐的理由，将痛苦减到最低。

人生短暂，要好好珍惜时间，不要浪费光阴，不要虚度人生，要使它变得丰富多彩，不要在余生之年感到惋惜。

相遇不论早晚，真心才能相伴；朋友不论远近，懂得才有温暖。轰轰烈烈的，未必是真心；默默无声的，未必是无情。把一切交给时间，总会有答案。平静中的相守，才最珍贵；灵魂中的拥有，才最欣慰。一路走来，其实我们都在寻找一个可以说心里话的人。快乐有人分享，痛苦有人分担，只要懂你，就是最好的安慰。

不要惊叹生命给予的磨难，也不要抱怨生活赋予的艰苦；也许，实实在在，才是做人的本分；也许，风风雨雨，才是光阴的插曲。人的一生，一直想追求安安稳稳，或许再等下个十年，就能轻松实现。与其年轻时挥霍身体去换取金钱，不如顺其自然没病没痛地过完整个人生。

路越艰难，风景越美。无论如何，感谢经历。

人，不要担心地位不尊贵。生命很残酷，用悲伤让你了解什么叫幸福，用噪音教会你如何欣赏寂静，用弯路提醒你前方还有坦途。

有些人仅仅是生命中一个过客，来无痕去无迹；有些人有缘相守一辈子，却在心里激不起一丝波澜，寡淡无味；有些人仅仅看了一眼，却在心底从此生根，甚至牵念一生。得意时要看淡，失意时要看开，人生有许多东西是可以放下的，只有放得下，才能拿得起。

刘金强的妹妹刘银丽是刘忠群的大女儿，也是从东方村走出去的一名大学生，大学毕业后主动要求到山区支边支教。第二年，刘银丽所在的山区小学又去了一位支边教师，他叫李俊平，来自北京，比刘银丽大一岁。自从李俊平来到这个学校后，学校校长李奎高兴极了，他俩都是大学生，什么都会。就这样，在校长李奎精心安排下，学校所有班级的所有文化课、专业课都开了起来。他俩在这个学校一待就是五年，五年里学校学生受益匪浅，学校师生都非常感激这两个年轻人。这几年里，他们俩也从友谊的花园里迈进了爱情的大门。

一天大早，方华就被一阵敲门声吵醒。她开门一看，来人是刘银丽。

方华和刘银丽是上大学时的一对闺蜜，毕业后方华留在了这座城市。但是由于各自忙于事业和家庭，两个人除了参加过对方婚礼，过年过节相互打打电话外，已经很久没见面了。此时猛然相见，两人不约而同地扑上前去，紧紧地拥抱在一起。

进屋坐下后，刘银丽问："怎么不见姐夫？""他呀，成天打麻将。这不，又一夜没回来""可别是泡小三去了吧？你不怕？"刘银丽调侃道。"他要真是那样的人，我怕也没用。"方华淡淡地一笑，随即转换了话题，"我知道，你是无事不登三宝殿。这么早来找我，你肯定有急事。说吧，要姐姐干什么？""好姐姐，你还是当年的性格，那我也就不客气了。"于是，刘银丽把女儿出国留学费用不够要借钱的事说了出来。

方华是个非常重感情的人，这些年和丈夫做生意也小有积蓄，见刘银丽有困难，二话没说，问："需要多少？""还缺二十万。"刘银丽答道。方华从卧室提出一个拉杆旅行箱，从里面拿出两大捆百元钞票，递给刘银丽："这是明天要去上货的钱，你先拿去吧。"方华连张借条都没让写，就叫刘银丽把钱拿走了。

刘银丽说好在三年后归还，时间转眼就到了，刘银丽却没来。方华并没着急，她想，谁还没有点特殊情况呢？不久，方华遭遇了重创，这一两年她家的生意做得越来越不好，实在撑不下去了，上个月不得不关了店。正在方华为家里生意烦恼的时候，一个年轻漂亮的女人苏红闯进她家，说是她的丈夫谢长青已经跟她好了多年，他们的孩子都该上学了，以此逼迫方华与丈夫谢长青离婚。

这真是晴天霹雳！一气之下，方华把丈夫谢长青和苏红一起告上了法庭。可是，方华家的财产早被丈夫谢长青和苏红提前转移了，甚至连住房都做了手脚。结果虽然方华胜诉，但到头来还是落了个两手空空。

方华受到连续打击，一下子病倒了。就在这时，刘银丽出现了，她是来看望方华的。刘银丽小心翼翼地从包里掏出一张二十万元的存款单，双手捧着递给方华，这让方华大感意外！还有更让方华意外的，这张存款单日期，竟是刘银丽向她借钱的日子！最后还是刘银丽向她说明了一切。原来，刘银丽早就知道了方华丈夫谢长青和苏红的事。开始，她想直接告诉方华，但是后来又改变了主意，原来刘银丽是怕方华的丈夫谢长青把钱财转移，采用"借钱"的方式，为方华留下了二十万。

方华正是有刘银丽这样的朋友，在净身出户的情况下，才有了这二十万，生活才有着落。否则，方华的命运是多么悲惨！后来，方华用这二十万开了家超市。超市生意越来越好，方华又重新振作起来了，经常给刘银丽打电话，表达对刘银丽的感激之情。

一个人把自己看得太高，就会被别人看低；一个人把自己看得低一点，就会被别人看高和尊重。故意抬高自己是一种心虚，故意贬低自己也会显得矫揉造作。平和的神情、真诚的态度和不在意别人眼中自己是否贵贱的肚量，是祥和生活的保证。

一个人，一颗心，一生等待；一个人，一座城，一生心疼；一个人，一条路，一生孤单。哭的时候没人哄，学会了坚强；怕的时候没人陪，学会了勇敢；烦的时候没人问，学会了承受；累的时候没依靠，学会了自立。

方华超市开业以后人手不够，就贴海报招聘店员。过了几天，来了一个年轻男子胡振勇，问方华帮忙一个月给多少钱。方华笑着说："我这小超市生意，哪里付得出月薪，当然是看你的努力。一天能卖多少货，收到的钱就给你十分之一，每天领现。"

胡振勇听了，上下打量眼前这个超市，就板着脸说不行，这太没保障了，说完掉头就走。

过了几天，又来了一位小伙子李小鹏，问方华薪水怎么算，方华又把领日薪的话说了一遍。这位小伙子李小鹏听后想了一下，又问："日领月领都没有关系，重要的是这超市一个月收入大概多少啊？"方华说水果生意有淡季和旺季，好的话可收五万多元，不好的话可能只有一万多元。李小鹏听了破口大骂，说这种生意做一辈子也得不到荣华富贵，只有笨蛋才会来。同样地，说完就走了。

又过了几天，又来了一位小男孩吴迪，问方华薪水怎么算，方华同样是说领日薪。小男孩吴迪听了就笑了笑，对方华说："可不可以在节日和周末时，把日薪的抽成比例调高，领当日收入的十分之二，如果当天收入超过一万元，就领十分之三，如何？"

方华笑着摸着小男孩吴迪的头说："你真聪明，还知道节日和周末的生意比较好，就按照你所说的去做吧！不过，就算是节日或周末，营业收入要超过一万元，也不容易啊！"就这样，小男孩吴迪首先从超市的水果做起，用清水把超市水果都洗一遍，然后每天不停地变换水果的位置。节日或周末时，就贴出几张海报，写着消费满一千元就送一百元的水果，任凭顾客挑选。想不到第一个月，小男孩就领到了三万元以上的薪水，等于平均日薪一千元以上。

方华虽然付出了不少薪水给吴迪，但看小男孩吴迪跑进跑出为她赚进比以前更多的钞票，她也乐得每天坐在摇椅上摇。

几年后，小男孩吴迪赚了很多钱，就跟方华商量入股的事，各占超市二分之一股份。方华看到吴迪很聪明，很会做买卖，心很善良，懂感恩，也有帮她的意思。方华很快就同意了俩人合伙经营超市。经过吴迪的巧思，设计出很多促销方案，生意比以前越来越好，利润当然也越来越高。于是他们立刻开了第二家店，过了几年又开第三家店，等到小男孩吴迪长大成人时，他已经成为千万富翁。当然方华也不亚于吴迪，成为当地拥有千万富翁的富婆。

方华富裕以后，又找了老公，生活很甜蜜，就和老公商量把父母接到她家，和她们一起生活。没过几年父亲生病走了，又过了几年，母亲也走了，方华陷入无限悲痛之中。为了纪念母亲，她写了一篇文章，以此来表达对母亲的思念，文章是这样写的：

父亲去世后，在我的"软硬兼施"下，母亲终于同意来武汉跟着我生活，我是她最小的女儿。这一年，母亲八十岁，我五十岁。八十岁的母亲瘦瘦的，原本只有一米五的身高，被岁月又缩减了几厘米，看起来更加瘦小，面容却仍然光洁，不见太多沧桑的痕迹，头发亦未全白，些许黑发倔强地生长着。

我们借了一辆车回去接她，她早把居住了几十年的老屋收拾妥当，整理好了自己的行李。那些行李中有两袋面，是她用家里的麦子专门为我们磨的，这种面有麦香。但那天，那两袋面我决定不带了，因为车的后备厢太小，我们要带的东西太多。母亲却坚持把面带着，她说一定要带。

她这样说的时候，我忽然愣了一下，看着她，便想明白了什么，示意先生把面搬到里屋。我伸手在外面试探着去摸，果然，在底部，软软的面里有一小团硬硬的东西。如果我没猜错，里面是母亲要给我们的钱。

把钱放在粮食里，是母亲很多年的秘密。十几年前，我刚刚结婚，在武汉租了很小的房子住，正是生活最拮据的时候，那时，我最想要的不是房子，不是一份更有前途的工作，只是一个像样的衣柜。就是那年冬天，母亲托人捎来半袋小米。后来先生将小米倒入米桶时，发现里面藏着五百块钱，还有一张小字条：给华买个衣柜。出嫁时，母亲给我的嫁妆中已有买衣柜的钱。后来她知道我将这笔钱用于别处，便又补了过来。那天晚上，我拿着十元一张厚厚的一沓钱，哭了。

那些年，母亲就是一次次把她节省下来的钱放在粮食里，让人带给我。在我出嫁多年后，仍贴补着我的生活。但那些钱，她是如何从那几亩田里攒出来的，我们都不得而知。这一次，即使她随我同行，也还是将钱放到了面袋里，在她看来，那是最安全的。

面被带回来后，我把钱取出来交还给母亲，母亲说，这是她给童童买车用的。童童是她的外孙女，这段时间童童一直想要辆赛车，因为贵，我没有给她买。上次回老家，她可能是说给母亲听了，母亲便记下这件事。两千块钱，是她几亩地里一年的收成吧，我们都不舍得，但她舍得。

记忆中，母亲一直是个舍得的人，对我们，对亲戚，对左邻右舍。爱舍得付出，东西舍得给，钱舍得借，力气也舍得花。有时不知道她一个瘦小的农村妇人，为什么会这样舍得。母亲住下来，每天清晨，她早早起来做饭，小米粥、小包子、鸡蛋饼……变着花样儿。中午下班我们再也不用急赶着去买菜，所有家务母亲全部包揽。阳台上还新添了两盆蒜苗，有了母亲的家，多了种说不出的安逸。母亲带来的两袋面，一袋倒入桶里，另外一袋被先生放到了阳台上。过了几天，我却发现阳台地板上的那袋面被移到了高处的平台上晾晒。先生是个粗心的人，应该不会是他放的，我疑惑地问母亲，她说："啊，我放上去的，晒晒，别坏了。"我一听就跟她急了，那平台，一米多高，那袋面，六七十斤。身高不足一米五，体重不足九十斤的母亲，竟然自己把它搬了上去。我冲她大喊："你怎么弄上去的？那么沉，闪着腰怎么办？砸着你怎么办？出点儿什么事怎么办？"一连串地凶她。她却只是笑，围着围裙站在那里，等我发完脾气，小声说："这不没事吗？""有事就晚了！"我还是后怕，但更多的是心疼。直到母亲向我保证，以后不再干任何重活，我才慢慢消了气。

母亲来后不久，有天对先生说："星期天你喊你那些同学回家来吃饭吧，我都来了大半个月了，没见他们来过呢。"先生是在武汉读的大学，这里的同学的确很多，关系也都不错，起初还会在各家之间串门，但现在，大家都已习惯了在饭店里聚会。城市生活就是这样繁华而淡漠，不是非常亲近的，一般不会在家里待客了。我便替先生解释："妈，他们经常在外面聚呢。"母亲摇头："外面哪儿有家里好。外面饭菜贵不说，也不卫生。再说了，哪儿怎么好也不如家，来家才显得亲。"然后，母亲态度坚决地让先生在周末把同学们带回家来聚一聚。我们拗不过她，答应了。

先生分别给同学中几个关系最亲近的打了电话，邀请他们周末来我们家。周末一整天，母亲都在厨房忙碌。下午，先生的同学陆续过来了，象征性地提了些礼品。我将母亲做好的饭菜一一端出，那几个事业有成、几乎天天在饭店应酬的男人，立刻被几盘小菜和几样面食小点吸引过去。其中一个忍不住伸手捏起一个菜饺，喃喃说小时候最爱吃他母亲做的菜饺，很多年没吃过了。母亲便把整盘菜饺端到他面前说："喜欢就多吃，以后常来家里吃，我给你们做。"那个男人点着头，眼圈忽然就红了，他的母亲已经去世多年，他也已经很久没回过家乡了。

那天晚上，大家酒喝得少，饭却吃得足，话也说得多。那话的内容，也不是平日在饭店里说的生意场或单位里、社会上的事。以前很少提及的家事，被慢慢聊了起来，说到家乡，说到父母……竟是久违的亲近。那以后，家里空前热闹起来。母亲说，这样才好，人活在世上，总要相互亲近的。

母亲来后的第三个月，一个周末的下午，有人敲门，是住在对面的女人，端着一盆洗干净的大樱桃。女人有点儿不好意思地说："送给大娘尝尝。"我诧异不已，当初搬过来时，因为装修走线的问题，我们和她家闹了点儿矛盾。原本就不熟，这样一来，关系更冷了下来，住了三年多，没有任何往来。连门前的楼道，都是各扫各的那一小块儿地方。她冷不丁送来刚刚上市的新鲜樱桃，我因摸不着头脑，一时竟不知该说什么好。她的脸就那样红着，有点儿语无伦次："大娘做的点心，孩子可爱吃呢！"我才恍然明白过来，是母亲。

母亲并不知道我们有点儿过节，其实即使知道了，她还是会那么做，在母亲看来，"远亲不如近邻"是句最有道理的话。所以她先敲了人家的门，给人家送小点心，送自己包的粽子，还送自己种的新鲜小蒜苗……诚恳地帮我们打开了邻居家的门。后来，我和那女人成了朋友，她的孩子也经常来我们家，奶奶长奶奶短地跟在母亲身后，亲得犹如一家人。

邻居们，不仅仅是对门，前后左右，同一个社区住着的许多人，母亲都照应着。她常在社区的花园和先生同事的父母聊天，帮他们照顾孙子。不仅如此，还有物质上的往来，母亲常常会自制一些风味小点，热情地送给街坊四邻，这也是母亲在农村生活时养成的习惯。小点心虽然并不贵重，却有着外面买不到的醇香味道，充满了浓浓的人情味。

有一次，得知先生一个同事的孩子患了白血病，母亲要我们送些钱过去。因为是来往并不亲密的同事，我们只想象征性地表示一下，母亲却坚决不答应，说："人这辈子，谁都可能会碰到难事，你舍得帮人家，等你有事了，人家才会舍得帮你。孩子生病对人家是天大的难事，咱们碰上了，能帮的就得帮。"我们听了母亲的话。

在母亲过来半年后，先生竟然意外升职，在单位的推荐选举上，他的票数明显占了优势。先生回来笑着说："这次是妈的功劳呢，我这票是妈给拉来的。"我们才发现，最近我们的人际关系竟然空前好了起来，那种好，明显地少了客套多了真诚。一个字都不识的母亲，只是因为舍得，竟不动声色地为我们赢得了那么多，是我们曾经一直想要却一直得不到的。再想她说过的话，"你舍得对人家好，人家才会舍得对你好。"于她，这是一个农村妇人最朴实本真的话；于我们，无疑是一个太过深刻的道理。温暖的日子里，我很想带母亲到处走走。可母亲因为天生晕车，坐次车如生场大病，于是常拒绝出门。那个周末，我决定带她去动物园。母亲说没有见过大象。动物园离家不远，几站路的样子。母亲说走着去吧。我不同意，几站路，对一个八十岁的老人，还是太远了。可她又坚决不坐车，我灵机一动："妈，我骑车带你去。"母亲笑着同意了。我推出车子，小心地将她抱到前面的横梁上，一只胳膊刚好揽住她。抱的时候，心里一疼，她竟然那么轻，蜷在我身前，像个孩子。

途中要经过两个路口，其中一个正好在闹市区。小心地骑到路口，是红灯，我轻轻下车，还未站稳，却有警察从人流中穿过来，走到我面前说："不许带人你不知道吗？还在前面带。"说完，低头便开罚单。母亲愣了一下，攥着我的胳膊要下来，我赶忙扶稳她，跟那个年轻的警察说了声对不起，解释说："我母亲晕车，年纪大了，不能坐车，我想带她去动物园看看。"警察也愣了一下，这才看清我带的是一位老人。还没等他说什么，母亲责备我："你怎么不告诉我城里骑车不让带人呢？"然后坚持要下来。

我正不知所措时，那个警察伸手一把挽住了母亲，"大娘，对不起，是我没有看清楚，城里只是不让骑车带孩子，您坐好。"然后他忽然抬起手，向我认认真真地敬了个礼。接着，他转身让前面的人给我腾出一个空间，打着手势，阻止了四面车辆的前行，招手示意我通过。我带着母亲，缓缓地穿过那个宽阔的路口，四面的车辆静止，行人停步，只有我带着母亲在众人的目光里骄傲前行。

那是我有生以来第一次受到如此厚重的礼遇。因为母亲，因为舍得给予她一次小小的爱，一个萍水相逢的年轻警察，便舍得为我破例，舍得给我这样高的尊敬。这礼遇，是母亲送给我的。

母亲是在跟着我第三年时查出肺癌的。结果出来以后，有个做医生的朋友诚恳地对我说，如果为老太太好，不要做手术了，听天命尽人事吧。这是一个医生不该对患者家属说的话，但却是真心话。和先生商议过后，我决定听从医生的安排，把母亲带回了家，又决定不向母亲隐瞒，对她讲了实情。母亲很平静地听我们说完，点头说这就对了。然后，母亲提出要回老家。

母亲在世的最后一段时间，我陪在她身边。药物只是用来止疼，抵挡不了癌症的肆虐。她的身体飞快地憔悴下去，已经不能站立，天好的时候，我会抱她出来，小心地放在躺椅上，陪着她晒晒太阳。她渐渐吃不下饭，喝口水都会吐出来，却从来没有流露过任何痛苦的神情，那些许黑发依旧倔强地蓬勃着，面容消瘦却光洁，只要醒着，脸上便漾着微微的笑容。

那天，母亲对我说："你爸他想我了。""妈，可是我舍不得。"我握着她的手，握在掌心里，想握牢，又不敢用力，只能轻轻地。"华，这次，你得舍得。"她笑起来，轻轻将手抽回，拍着我的手。但是这一次，母亲，我舍不得。我说不出来，心就那么疼啊疼得碎掉了。母亲走的那天，送葬的队伍浩浩荡荡，从村头排到村尾，除了亲戚，还有我和先生的同学、朋友、同事，我们社区前后左右的邻居们，很多很多人，里面不仅有大人，还有孩子，是农村罕见的大场面。队伍缓缓穿行，出了村，依稀听见围观的路人中有人议论，是个当官的吧？或者是孩子在外面当大官的……母亲这一生，育有一子三女，都是最普通的老百姓，不官不商。母亲本人，更是平凡如草芥，未见过大的世面，亦没有读过书，没有受过任何正规教育，她只是有一颗舍得爱人的心。而她人生最后的盛大场面，便是用她一生的舍得之心，为自己赢得的。

方华的这篇文章感动了无数人，她的孝心和善心更让无数人感动，方华给吴迪打工的机会，让吴迪成了千万富翁的老板，吴迪的聪明、勤奋也让方华成了千万富翁的富婆，这不得不让人们感叹！

天底下没有一个老板，会送荣华富贵的。老板能给的只有"机会"，只有把握手上的"机会"，为老板增加收入，为公司赚到更多利润，才能反过来借用公司和老板的资源，让自己的船，因为公司的水涨而跟着高升。

不管是卖水果还是卖计算机，是做热门还是冷门产业，只要能想通这个道理，就能像小男孩吴迪一样，从老板手中接下更多的荣华富贵。

善良是人性中最美好的美德，行善积德的人，令人佩服。一个人有了善良的心，才能完善自己的人生。善良是人性中最为宝贵的生命之光。

物质享受可以让人陶醉一时，心存善念却足以使人幸福一世。人生在世，名利钱财、金银珠宝等都是身外之物，即使时时刻刻永不停息、永无止境地去追求和索取，也不会有满足的时候。善念则是内心深处一种温柔的升华与富足，它像一缕清纯的阳光，既可照亮自己，也可照耀周围的人。

善良的心是一丝真情、一种关爱，也是人类最美好的情感，拥有了善良就拥有了美好的生活。善心如水，可以滋润所有干渴的心田。

亮出真心给人看，必有朋友共患难；拿出虚假在人前，必有陌路在后面；将心比心给人暖，必得千金难买好情缘；勾心斗角给人乱，必将自食恶果无人伴。

没有人陪着走一辈子，所以要乐在其中；没有人会帮着一辈子，所以要建立强大的自我。当爱的人远去，任凭呼天抢地亦无济于事；当背后有人蜚短流长，任你舌如莲花亦百口莫辩。得志时，好事如潮涨；失意后，皆似花落去。

真正的朋友，是失落时的一双手，痛苦时的一个肩膀，气馁时的一句安慰；真正的朋友，不会因荣耀而想沾光，更不会因落魄而远之；真正的朋友，默默付出不求回报，只求越来越好；真正的朋友，是坎坷时的风雨同行，磨难时的信念支撑；真正的朋友，是辉煌时的警示，失意时的勇气；真正的朋友，因喜而喜，因忧而荣，因难而疼，因苦而痛。

人生中，观众向来比朋友多。观众只会让人从视觉上舒服，朋友却会让你内心感动，朋友不是天天见面，吃喝玩乐，相互吹捧。而是懂你，在精神上、灵魂上支持你，鼓励你，帮助你。在你有所不足时，指正你。肤浅的人，交的是观众；上进的人，交的是朋友。真正的朋友，不是只给你掌声和赞美，真正的朋友除了鼓励，更多的是建议。真正的朋友或许不会说漂亮话，但却会说真心话。真正的朋友不只是锦上添花，更多的是雪中送炭。不要拒绝真诚的话，更不要拒绝一颗真诚的心。人与人，一场缘；心与心，一段交流。朋友，需要的不是数量，而是质量，与人品好的人相处才能让你受益，才能提高自己。

有一次小长假，刘银丽与李俊平去乡下采风，路过一地摊，看见摆地摊的是一个中年女人张美玲。一个中年男人谢斌骑着自行车过来送饭。谢斌一下车，就带有歉意地笑道："对不起，来迟了，饿了吧？"张美玲抬起头，看到谢斌，眼睛里闪过一丝亮色，笑道："不急，还早呢。"谢斌憨憨地笑笑，从自行车车篓里拿出饭盒，坐在张美玲身边，说道："快吃吧，不要凉了，我陪你一起吃。"这时，地摊前走来了一个中年大嫂佟爱平，她将头伸向张美玲的盒饭里，发出惊讶的叫声："哎呀，我的大妹子啊，你可真苦啊，你吃的这是什么菜啊，一点油水也没有，这怎么能吃下去啊？"说罢，嘴里还不住地发出叹气声，脸上露出讥讽的神色，扭着肥胖的身子走开了。

张美玲端着手中的盒饭，愣愣地望着佟爱平背影，眼睛里噙满了泪花，那眼泪吧嗒吧嗒地滴落到手中的盒饭里，身旁的男人谢斌眼圈也红红的，捧在手里的盒饭，再也没有心情吃上一口了，周围的气氛仿佛顿时凝固了似的，让人透不过气来。

张美玲儿子谢友才考上了大学，虽然是一个普通的大学，但是全家人依然感到快乐幸福，一点没有感觉到有什么遗憾。父亲谢斌对儿子谢友才说："儿子，你比你爸和老妈都有出息了，我只上了小学三年级，你妈才小学毕业，你在我们家可就是状元了。"儿子羞涩地笑了，笑得很甜、很舒心，全家人带着一种幸福和喜悦的心情。过了几天，谢斌、张美玲送儿子谢友才去上学。在车站，突然有人拍了一下谢斌肩膀，谢斌一看，原来是自己的一个熟人马向民，也来送儿子去上学，马向民问："你儿子考上什么大学？"谢斌刚说出校名，马向民脸上立刻露出惊讶的神色，说道："你儿子考的这是什么大学？这大学上了也白上，毕业的学生根本找不到工作。我儿子马林可比你儿子强多了，他考的可是名牌的大学。毕业了，人家单位都抢着要，月薪最少八千块。"马向民的脸上露出轻蔑的神色，说罢转身走了。

谢斌和儿子谢友才望着马向民远去的背影，目光一下子黯淡了下来，刚才一家人的幸福和甜蜜，被马向民叽哩呱啦一阵连珠炮似的自问自答，冲散得荡然无存。心，从火热降到冰点，再看帅气的儿子，眼睛里也噙满了晶莹的泪花。

刘银丽与李俊平看见这一幕，心里很不是滋味，回家后写下了这样一段话放进了微博：有的人开着路虎，却玩一块钱的小麻将；有的人开着两万元的车，却有三套房子；有的人穿着地摊货，却有超万元的手表；有的人还用着垃圾手机没换，但普拉达的包买了签名款。不要拿你的价值观去丈量别人的实力，你觉得高档的东西，也许人家没兴趣。每个人在乎的东西是不一样的，永远不要拿自己的想法去评价别人，也不要用眼光去低估任何人。鸟活着时，吃蚂蚁；鸟死后，蚂蚁吃鸟。一棵树可以制成一百万根火柴，烧光一百万棵树只需一根火柴。

一个人越炫耀什么，就越缺少什么。

一个人越掩饰什么，就越自卑什么。

人活着，低调做人，高调做事！

每个人都有各自的幸福，也都有各自幸福的方式。有的人的幸福是来自一个钻戒，有的人的幸福是来自一杯奶茶，有的人的幸福或许就是爱人对自己的一个微笑，一句关心的话。无论是什么，都会因为这个幸福的触点而幸福着！

不要打扰他人的幸福，幸福也是一个人的隐私。在你眼中是一种苦难，在别人的心里也许正是一种幸福，这种幸福，无关荣华富贵、无关名誉地位，有关的，只是一种心灵感应和默契。这种幸福，像花儿开放一样，悄无声息，但非常馨香，在彼此心田里缠绵、涟漪，化作了生命中的永恒和地久天长。

多祝福身边那些幸福的人，即使他们不是朋友，也不要去惊扰他们最珍贵的东西！

以一颗谦卑心，看身边人；以一颗恭敬心，看身边事；以一颗欣赏心，对待身边的人和事。

在美国有这样一个故事，是克林顿·希拉里在中学读书时与她父亲相处的一件事：

一个春暖花开的中午，希拉里和她父亲在公园里散步。希拉里发现一个老太太紧裹着一件厚厚的羊绒大衣，脖子上围着一条毛皮围巾，那穿戴仿佛是在滴水成冰的三九寒冬。她说："爸爸，你看，那位老太太穿的，真是太奇怪、太可笑了！"当时她父亲的表情有些严肃，沉默了一会儿说："希拉里，我突然发现你缺少一种本领，就是欣赏别人的本领。这说明你在与别人的交往中，缺少了一些热心和友善。"希拉里觉得父亲太小题大做了，很不服气地问："那你不觉得老太太穿得太多了吗？"她父亲说："恰恰相反，我觉得老太太很值得欣赏。她穿着羊绒大衣，围着毛皮围巾，也许是因为生病初愈，身体还没有完全康复，也许是因为别的什么原因。但你仔细看，她专注地看着树枝上漂亮的丁香花，表情是那么的安详、愉快。她是那么热爱鲜花，热爱春天，热爱大自然。我觉得老太太的神情令人感动！难道你不认为她很美吗？"希拉里认真地观察了之后，觉得确实像父亲说的那样，从老太太脸上的笑容，可以看到她的内心像怒放的鲜花一样。父亲领着希拉里走到老太太面前，微笑着说："夫人，您欣赏鲜花的神情真令人感动，您使这春天变得更加美好了！"老太太似乎有些激动："谢谢，谢谢您！先生。"随后，她从提包里取出一小袋饼干，一边递给了希拉里一边夸赞地说："这孩子真漂亮……"

事后，父亲对希拉里说："渴望得到欣赏，是人的本性。一定要学会真诚地欣赏别人，因为每个人都有值得欣赏的优点和特点。当你学会真诚地欣赏别人之日，就是你得到别人更多的欣赏之时。"

欣赏，就是用愉悦的情绪与他人交流沟通。要取人长处补己之不足，完善自己，一定要学会真诚地欣赏别人，因为每个人都有值得欣赏的优点和特点。懂得欣赏是一种美德，是一种修养，是一种聪明，欣赏别人的同时自己是快乐的，只有用美的眼睛才能发现美，所以，欣赏别人的同时你是最美的。永远把别人当作榜样，因为每个人都有优点。若把身边每个人的优点都汲取到自己身上，取长补短，并发扬光大，自己就会优秀！

几年后谢有才和马林都大学毕业了，谢有才工作非常认真，进步很快，几年后就成为公司老总。马林大学毕业后考取了国家公务员，月收入几千元，这两个年轻人对自己的前途都非常自信，而且对工作也很投入。有一年同学聚会，几番交流后马林对谢有才的公司非常感兴趣，决定加入谢有才的公司一起创业，谢有才非常高兴，也非常欢迎，很快他们签了合同，马林到谢有才公司任副总。一晃到了春节，谢有才和马林都回家过春节。一天，谢斌和马向民碰到了一起，俩人聊起了家常，马向民为自己的儿子大学毕业考取了公务员，月薪几千元，沾沾自喜，非常得意，对谢斌不屑一顾。这时谢斌说话了："听说你儿子马林辞去公职了？"马向民听到后，先是一愣，转身回去问马林，原来的确是真的，马林已经辞去公职到谢有才公司任副总了。后来谢斌找到马向民说道："谢有才和马林从小一起长大，知根知底，他们哥俩在一起创业，绝对错不了！"一直狂妄自大、自以为是的马向民得知自己的儿子到谢斌儿子手下工作后，原来那种轻蔑的神色也没有了。不知道此时此刻马向民心里想的是什么！

人生路，很漫长，不管是谁别太狂，将来说不定谁辉煌！任何人都不可能尽善尽美，我们没有理由以俯视的目光去审视别人，也没有资格用不屑一顾的神情去伤害别人。假如自己某些方面不如别人，我们也不必用自卑或嫉妒去代替应有的自尊。只有学会尊重别人，才能赢得别人的尊重，其实尊重别人就是尊重自己。

世界如一个山坡，只要你没有站在顶点，就永远有人比你高，当你仰望久了，要适时向下看看。我们都是平凡人，不必有太多的卑微。当别人疏忽或者遗忘你的时候，无须悲观难过，大家都在一门心思向着自己的目标攀爬，没有人永远盯着你走向何方。

每个人都有自己的活法，我们没必要去羡慕别人的生活。有的人表面风光，暗地里却不知流了多少眼泪；有的人看似生活窘迫，实际上可能过得潇洒快活。幸福没有标准答案，快乐也不止一条途径。过自己喜欢的日子，就是最美的日子；过自己喜欢的生活，就是最好的生活。

丰富自己，比取悦他人更有力量。不要去追一匹马，用追马的时间种草，待到春暖花开时，就会有一批骏马任你挑选，

不去刻意巴结哪一个人，用暂时没有真正朋友的时间，去完善自己，完善你的能力，待到时机成熟时，会有一大批的朋友任你选择。

用人情做出来的朋友只是暂时的，用人格魅力吸引来的朋友才能长久。

所以，丰富自己，比取悦他人要有力量得多！种下梧桐树，引来金凤凰。你若盛开，蝴蝶自来；你若精彩，天自安排！

苏东坡在《留侯论》中写过，司马迁本来猜想张良的形貌一定是魁梧奇伟的，谁料到他的长相竟然像是妇人女子，与他的志气和度量不相称，也许这就是张良之所以成为张良的不凡之处吧！

言外之意是：正因为张良有能忍之大度，所以，尽管他状貌如妇人，却能成就大业，远比外表魁梧的人奇伟万倍！

平常相貌的张良，却是一个"天下有大勇者"，一个"卒然临之而不惊，无故加之而不怒"的人。人不可貌相，海水不可斗量！

像女子一样纤弱，貌如常人的张良有不凡的智慧，同时也有一颗平常心。

刘邦夺得天下之后，封赏有功之臣，让张良自己从齐国选择三万户作为封邑。而张良只愿受封留县，不愿承受三万户，结果被封为留侯。

韩信、英布、彭越等人被封为王，最终受刘邦猜忌而被诛杀。

张良宣称："凭借三寸之舌为帝王师，封邑一万户，位居列侯，这对一个平民是至高无上的，我张良已经非常满足了。"

懂得谦退的张良得以善终。

懂得尊重别人是做人最起码的要求。真正做到尊重别人，则是一种境界，一种美德。孟子有云："爱人者，人恒爱之；敬人者，人恒敬之。"此话强调了尊重他人的重要性，一个人在与别人交往中，如果能很好地理解别人，尊重别人，那么他一定会得到别人百倍的理解和尊重。

优秀的人对谁都会尊重。尊重领导是一种天职，尊重同事是一种本分，尊重下属是一种美德，尊重客户是一种常识，尊重对手是一种大度，尊重所有人是一种教养，可以说尊重的魅力无限。

有一个故事：一家生意红火的蛋糕店门前站着一位衣衫褴褛身上散发着难闻气味的乞丐。旁边的客人都皱眉掩鼻，露出嫌恶的神色来。伙计喊着："一边去，快走吧。"乞丐却拿出几张脏乎乎的小面额钞票小声地说："我来买蛋糕，最小的那种。"

店老板走过来，热情的从柜子里取出一个小而精致的蛋糕递给乞丐，并深深地向他鞠了一躬，说："多谢关照，欢迎再次光临！"乞丐受宠若惊般离开，要知道他从来没有受过如此待遇。

店老板的孙子不解，问道："爷爷，你为什么对乞丐如此热情？"

店老板解释说："虽然他是乞丐，却也是顾客呀。他为了吃到我们的蛋糕，不惜花去很长时间讨得的一点点钱，实在是难得，我不亲自为他服务怎么对得起他的这份厚爱？"

孙子又问："既然如此，为什么要收他的钱呢？"

店老板说："他今天是客人不是来讨饭的，我们当然要尊重他。如果我不收他的钱，岂不是对他的侮辱？我们一定要记住，要尊重我们的每一个顾客，哪怕他是一个乞丐。因为我们的一切都是顾客给予的。"小孩若有所思地点点头。

这个店老板就是日本大企业家堤义明的爷爷。堤义明坦言，当年爷爷对乞丐的一举一动深深地印在了他的脑海里，后来曾多次在会上讲到这个故事，要求员工像他爷爷那样尊重每一个顾客。

可以想象，这里的"尊重"绝不是社交场合的礼貌，而是来自于人心深处对另一个生命深切地理解、关爱、体谅与敬重，这样的尊重绝不含有任何功利的色彩，也不受任何身份地位的影响。唯其如此，才最纯粹、最质朴，也最值得回报。

心宽一尺路宽一丈，敞开心胸善待所有人。无论是你喜欢的还是讨厌的，无论是你的朋友还是你的敌人，都要尊重他们，这是一种勇气，更是一种智慧！

只有学会尊重别人，才能赢得别人的尊重。其实尊重别人就是尊重自己。

一个人，不可能永远得意，也不可能永远失意。得意时，要清醒，这个世界上有太多比自己厉害的人，要记得自己的渺小；失意时，不退缩，坚持下去，过去是怎样走过来的，现在就怎样走过去。

生活不是战场，无须一较高下。人与人之间，多一份理解就会少一些误会；心与心之间，多一份包容、就会少一些纷争。不要以自己的眼光和认知去评论一个人、判断一件事的对错；不要苛求别人的观点与你相同，不要期望别人能完全理解你。每个人都有自己的性格和观点，人往往把自己看得过重才会患得患失，觉得别人必须理解自己。其实，人要看轻自己，少一些自我，多一些换位，才能心生快乐。心有多大，快乐就有多少；包容越多，得到越多；舍得越多，得到越多；舍得舍得，先舍后得。

世间没有不被评论的事，也没有不被评说的人。别人的嘴我们无法去控制，但我们可以抱一颗淡然的心去对待一切纷扰。心静才能听到万物的声音，心清才能看到万物的本质，沉淀自己的心，静观事态变迁。与人相处，需要讲究方式方法，有些事，需忍，勿怒；有些人，需让，勿究。

嘴上吃些亏又何妨，让他三分又如何。人人都需要被尊重，人人都渴望被理解。水深不语，人稳不言，学会淡下性子，学会忍住怒气面对不满。

事事不能太精，太精无路；待人不能太苛，太苛无友。懂得退让，方显大气；知道包容，方显大度。

不要嘲笑他人的努力，不要轻视他人的成绩，每个人的价值不同，不要对任何人不屑。在你眼中的无用价值，未必真的无用。不轻一人，不废一物。以一颗谦卑心，看身边人；以一颗恭敬心，看身边事。尺有所短，寸有所长，世间没有十全十美的人，合理发挥自己的长处，好好学习别人的优点，才能更好地完善自身。是是非非，纷纷扰扰，不看、不听、不想，就能心生清静。有时，烦恼不是因为别人伤害了你，而是因为你太在意，有些事无须计较，时间会证明一切；有些人无须去看，道不同不相为谋。世间事，世人度；人间理，人自悟。面对伤害，微微一笑是豁达；面对辱骂，不去理会是一种超凡。忍耐不是懦弱，而是宽容；退让不是无能，而是大度。

人要有一颗宽容之心，要能容天下难容之事，我们要学会宽容与自己看法不同的人。

宽容别人实际上是给自己的心灵松绑，否则，只会给自己的心灵加压，受累的还是自己。要承认人与人之间的差别，多看别人的优点和长处，宽容别人不足之处，一分为二地看待别人，凡事争则两败，让则两利。

刘银丽、李俊平在上大学期间，成绩特别优秀，一个主要原因就是他们非常喜欢阅读。阅读对一个人、一个民族乃至一个国家都显得非常重要，刘银娟、李俊平通过阅读获取了大量知识，改变了自己的人生，也改变了自己的命运。

人的一生可以干很多蠢事，但最蠢的两件事，就是：拒绝读书，忽视灵魂；拒绝运动，忽视健康。

真正有学问的人，往往谦逊，不会逢人就教；真正有财富的人，往往低调，不会逢人就炫；真正有德行的人，往往慧心，不会逢人就表；真正有智慧的人，往往圆容，不会显山露水；真正有品位的人，往往自然，不会矫揉造作；真正有修为的人，往往安静，不会争先恐后。

人最大的魅力，是有一种阳光的心态。韶华易逝，容颜易老，浮华终是云烟。拥抱阳光的心态，得失了无忧，来去都随缘。

又过了三年，刘银丽、李俊平支边支教工作满八年了，组织上将他们调回了北京。李俊平被分配到国务院政策研究发展中心，刘银丽被分配到中国人民大学附中任教。原来李俊平的父亲是国务院一个部级领导，他从不溺爱孩子。儿子李俊平大学毕业后，他毅然决定将儿子送去支边支教。也正因为他这一举动，让儿子不但学会了做人做事，更收获了一份甜蜜的爱情。刘银丽更是收获满满，一个从农村走出来的金凤凰，如果不去支边支教怎么能遇见李俊平，怎么能走入高干家庭呢！

刘银丽、李俊平回北京后，因为收入不是很高，买不起房子，就和李俊平父母住在一起。刘银丽在中国人民大学附中任教，离家很远，每天上班坐车需要一个多小时的时间。一天，刘银丽的好朋友方华特意来北京感谢刘银丽。见面后方华抱着刘银丽就哭，这一哭意味着辛酸、感激、情真、成功和喜悦。方华和刘银丽在北京一聚就是一个星期，这期间两人互相倾诉过去、现在，畅想未来，无话不说，无事不谈，就像亲姐妹一样。在这期间，方华看到刘银丽过得很幸福，工作又有热情，又有激情，与公公、婆婆相处也非常融洽，非常和谐。如何感谢刘银丽一直困扰着方华，给钱怕她不要，弄不好还伤她的自尊。方华是左也难，右也难。有一天，方华忽然觉得刘银丽上班很远，要是在中国人民大学附中附近住是最好不过的事情。于是方华决定在中国人民大学附中附近给刘银丽买一套房子，她没跟刘银丽商量，花了近一百万买了一套二室一厅的房子。一天晚上，方华把房子钥匙和十万元现金送给刘银丽，并说："我有今天多亏你当年的帮忙，这钥匙是我在中国人民大学附中附近给你买的房子的钥匙，这十万元现金是给你装修房子的。"刘银丽说什么也不要。俩人抱着哭成一团，这一哭意味着俩人情真到了极点！

红颜为谁醉，知己天上有。人的一生会遇到很多人，但是能真心相处的太少。能看到笑脸，却看不到背后的伪装；能看到热情，却猜不出深藏的计谋。

过去有这样一个故事：一个年轻人去买碗，来到店里顺手拿起一只碗，然后依次与其他碗轻轻碰击，碗与碗之间相碰时立即发出沉闷、浑浊的声响，他失望地摇摇头。然后去试下一只碗……

他几乎挑遍了店里所有的碗，竟然没有一只满意的，就连老板捧出的自认为是店里碗中精品也被他摇着头地放回去了。

老板很是纳闷，问他老是拿手中的这只碗去碰别的碗是什么意思？

他得意地告诉老板，这是一位长者告诉他的挑碗的诀窍：当一只碗与另一只碗轻轻碰撞时，发出清脆、悦耳声响的，一定是只好碗。

老板恍然大悟，拿起一只碗递给他，笑着说："小伙子，你拿这只碗去试试，保管你能挑中自己心仪的碗。"

他半信半疑地依言行事。奇怪，这次每一只碗都在轻轻地碰撞下发出清脆的声响。他不明白这是怎么回事，惊问其详。

老板笑着说："道理很简单，你刚才拿来试碗的那只碗本身就是次品，你用它试碗，声音必然浑浊。你想得到一只好碗，首先要保证自己拿的也是只好碗。"

就像一只碗与另一只碗的碰撞一样，一颗心与另一颗心的碰撞，需要付出真诚才能发出清脆悦耳的响声。

自己带着猜忌、怀疑甚至戒备之心与人相处，就难免得到别人的猜忌与怀疑。

其实每个人都可能成为自己生命中的"贵人"，前提条件是应该与人为善。

你付出了真诚就会得到相应的信任，你献出爱心就会得到尊重。

反之，你对别人虚伪、猜忌甚至嫉恨，别人给你的也只能是一堵厚厚的墙和一颗冷漠的心。

每个人的生命里都有一只碗，碗里盛着善良、信任、宽容、真诚，也盛着虚伪、狭隘、猜忌、自私……请剔除碗里的杂质，然后微笑着迎接另一只碗的碰撞，并发出清脆、爽朗的笑声！

做最好的自己，才能碰撞出最好的别人！

真正的朋友，不需要花言巧语。你成功的时候他真心欢喜，你落魄的时候他不会嫌弃。他会给你帮助，为你出头，替你分忧，盼你幸福。

真正的朋友，无须巴结，不用客气。伤心的时候大哭一场，不怕狼狈；高兴的时候欢聚一起，喝酒干杯。再有钱，也能掏心；再穷困，也算知己。

身边能有这样的朋友是幸福，不在远近，只在真心。

身边能有这样的朋友，肯定在风雨中相扶一起走，肯定在困境中牵手一起行。

品性正直的人，即便得到别人微小的恩惠，也会滴水之恩，涌泉相报。

关于报恩，古代也有个故事：有位国王到一个荒郊野外去打猎，因马突然受惊，一下陷在了荒野深处，迷失了方向。正在饥渴难耐之际，有一个人路过那里，将仅有的两颗果子分出一颗给国王，并为他指明了回宫的方向。国王回宫之后，对此人大加赏赐，待他如同王子一般。

民间像这种故事也比较多：以前，有个人叫马森，他天天到森林里打猎。

有一次，他见到一个六十多岁的老人，为了养活家里十几个孩子，不分昼夜地帮人打工，特别可怜，就对老人说："你这样辛苦也赚不了几个钱，不如跟我一起打猎吧，收入肯定比现在高。"于是，老人就跟他去了。

刚去的几天，猎人一直在山沟里睡觉。老人看了特别后悔，心想若是给别人打工，肯定已经赚一些钱了。猎人只好告诉他，自己并不是在偷懒，而是他天生有种预感，什么时候有感觉，一出去就能打到猎物，所以一直在等机会。五六天后的一个早上，猎人突然说："今天帮我烧水，我要去打猎了。"没多久，猎人拖着几头死鹿回来，并让老人把鹿茸、鹿皮、鹿肉全部拿去，说这次就是为了帮助他。

老人感激涕零，回家把这些猎物拉到市场上卖了一个好价钱，并以此为本钱，开始做起小生意。慢慢地，生活变得富裕起来。

后来，猎人因病去世了。老人听说后，为了报答他的恩德，专门请僧众为他念了四十九天的《闻解脱经》，猎人以前用杀生来帮助他，最后他用念经来回报他。

其实，不管是什么样的恩德，我们都要尽力报答。即使自己暂时没有能力，至少也要有一颗感恩之心。

我们每个人，都或多或少得到过别人的帮助。经常发现这样一种现象，两人彼此关系一直很好，有时就为一件琐碎的小事，或者是一次没按自己的意愿办事就会结怨，从此两人见面就如同陌路。也许我们每个人，都会犯同样的毛病，就是别人对我们有十次好，有一次不好，前面的十次好就被我们全部抹杀。

别人扶了你一把，也许你很快就忘记；别人踩了你一脚，也许你会永记心中。我们记住了别人的缺点和错误，记住了别人伤害我们的地方，于是，便耿耿于怀，越看这个人越满身缺点，越看这个人越不可理喻。而别人恰恰是一面镜子，我们对它凝眉瞪眼，镜子反射回来的也是瞪眼凝眉，于是，我们都互相看不顺眼了。原本小的缺点在我们眼中无限放大了，我们看这个人简直是眼中钉、肉中刺，必先拔出而后快。

当别人对你不敬的时候，你总是记住别人的好处，哪怕别人点点滴滴对你的好处，你都默默记在心中。慢慢地，你心中的怒气就烟消云散了，心胸也自然开阔了。量小失友，度大聚朋。有了宽阔的胸襟、宽宏的度量，才能赢得朋友间信任，增进团结，密切友谊。

记住别人的好，可以培养自己谦虚的品质。人无完人，对人宽容就是对己宽容；善待别人，其实就是善待自己！专挑别人缺点、不能容人的人，必然自我感觉良好，看不到自己身上的缺点，从而丧失改进提高的机会；记住别人"滴水之恩"的人，则往往能见贤思齐，虚心学习他人身上的优点，因此自己身上的"好处"也会越来越多，人际吸引力就会越来越强，无形中就拥有了更多的精神财富。

朋友之间，记住别人的好，就会拥有更多的朋友；家庭成员亲属之间，记住别人的好，这个家庭一定会其乐融融。记住别人的好，拥有一颗感恩的心生活，远比记住别人的缺点、毛病，怀着一颗怨恨之心痛苦地生活要强上一万倍。既如此，我们为什么不记住别人的好呢？

有的人得到的还不只是"滴水之恩"，比如父母的养育之恩，师长的谆谆教诲，亲戚朋友的关心，同事的热情帮助，领导的信任，等等，这些都是成长进步的重要因素。但难就难在受到帮助之后，能不能有感激之情，有没有涌泉相报之举。

如果我们记住别人的好，对别人的缺点宽容一些，时间长了，我们会满眼都是别人的好，我们心里记住别人的都是美好的，那么看天是蓝的，看水是绿的，心情是愉快的，世界是美好的。

记住别人的"滴水之恩"，要具有一颗宽容的心和崇高的境界。记住人生历程中曾经帮助过你的人，也记住生活给予你的每一缕善意的微笑，或者每一份源于心底的感动。用一颗感恩的心去对待别人，你将会发现，生活中因有了感恩的心而多了欢笑、快乐、真诚，少了虚伪、欺骗、伤害。

爱心总会有回报。人这一辈子拥有无限的可能性，即使家世不好，一样可以高贵。对于出身寒门的年轻人来说，有一条路，是通往高贵最低的门槛，这条路，无论贫富贵贱，公平地摆在你面前，那就是：读书。爱读书的人是善于思考的人，有思想的人，因为读书能使人变得睿智与坦荡，无欲则刚，心底无私天地宽。读书能使人修德养性、智慧无穷、目光远大、美化心灵。人生在世，吃山珍海味是一种享受，读一些书更是一种享受，前者只能饱一时的口福，后者会让你终身受益。多读书，自然胸中有丘壑，可以开阔眼界、拓宽视野、沉淀思想、提升涵养和气质，让灵魂充满香气，从里往外改变你的心性和气质。

曾国藩说："人之气质，由于天生，本难改变，唯读书则可以变其气质"。

爱读书的人都懂得：人生有风有雨，书是能遮风挡雨的伞；人生有险滩有暗礁，书便是明亮的灯塔；人生有山穷水尽时，书中有柳暗花明处；人生会失去很好的朋友和恋人，书却永远忠诚如一。爱读书的人不仅聪明而且智慧，聪明不一定有智慧，但是智慧一定含有聪明，聪明的人得失心重，有智慧的人则勇于舍得。真正的耳聪是能听到心声，真正的目明是能透视心灵，看到，不等于看见；看见，不等于看清；看清，不等于看懂；看懂，不等于看透；看透，不等于看开。

一个人的精神发育史，应该是一个人的阅读史，而一个民族的精神境界，在很大程度上取决于全民族的阅读水平。一个社会到底是向上提升还是向下沉沦，就看阅读能植根多深。一个国家谁在看书，看哪些书，就决定了这个国家的未来。读书不仅仅影响到个人，还影响到整个民族，整个社会。

要知道：一个不爱读书的民族，是可怕的民族；一个不爱读书的民族，是没有希望的民族。尼克松在 20 世纪 80 年代出了一本书叫《1999，不战而胜》，很出名。原因是，苏联不到 1999 年就解体了，既印证了他的预言，也兑现了美国对苏联的战略。这是美国人用中国智慧击败对手的经典案例。

在德国，老人摔倒一定会有人来帮忙；遇到残疾人时，会有人主动询问是否需要帮助；遇到困难时，也一定会有来自陌生人的温暖。在德国你会发现，在机场候机、在地铁上，玩手机的德国人很少，大家手里经常拿着本书看，还通常是有一定厚度的大书。就算是五六岁的孩子，通常手里也会拿着绘本，安安静静地阅读。德国人很少看电子书，电子书的占有率至今仍然很低。他们的书店里和家里都有大量的印刷书籍，给孩子看的书更是品种丰富。德国也是全世界人均书店密度最高的国家，在柏林，平均1.7万人就有一家书店，而这么密集的书店里却永远不缺读者。

一个国家的繁荣，取决于公民的文明素养，即在于人民所受的教育、人民的远见卓识和品格的高下，这才是真正力量所在。

刘银丽支边支教结束回到北京后，写了一篇回忆录，感动无数人，这篇回忆录，被评为当年最佳小小说。

回忆录是这样写的：我从北京出发到我支教的地方云南元谋县，进入川滇边界，车窗外目之所及都是荒山野岭。火车在沙窝站只停两分钟，窗外一群约十二三岁破衣烂衫的男孩和女孩，都背着背篓拼命朝车上挤，身上那巨大的背篓妨碍着他们。

我所在的车厢里挤上来一个女孩，很瘦，背篓里是满满一篓核桃。她好不容易地把背篓放下来，然后擦着脸上的汗水，把散乱的头发抹到后面，露出俊俏的脸蛋儿，却带着菜色。半袖的土布小褂前后都是补丁，破裤子裤脚一长一短，也满是补丁，显然是山里的一个穷苦女娃。

车上人很多，女孩不好意思挤着我，一只手扶住椅背，努力支开自己的身子。我想让她坐下，但三个人的座位再挤上一个人是不可能的，我便使劲让让身子，想让她站得舒服些，帮她拉了拉背篓，以免影响人们过路。她向我表露着感激的笑容，打开背篓的盖，一把一把抓起核桃朝我的口袋里装，我使劲拒绝，可是没用，她很执拗。

慢慢地小姑娘对我已不太拘束了。从她那很难懂的话里我终于听明白，小姑娘十四了，家离刚才的沙窝站还有几十里。家里的核桃树收了很多核桃，但汽车进不了山，要卖就得背到很远的地方。现在妈妈病着，要钱治病，爸爸才叫她出来卖核桃。她是半夜起身，一直走到天黑才赶到这里的，在一个山洞里住了一夜，天不亮就背起篓子走，才赶上了这趟车。卖完核桃赶回来还要走一天一夜才能回到家。

"出这么远门你不害怕吗？"我问。

"我有伴儿，一上车都挤散了，下车就见到了。"她很有信心地说。

"走出这么远卖一筐核桃能赚多少钱？"

"除去来回车票钱，能剩下十五六块吧。"小姑娘微微一笑，显然这个数字给她以鼓舞。

"还不够路上吃顿饭的呢！"我身边一位乘客插话说。

小姑娘马上说："我们带的干粮。"

那位乘客真有点多话，"你带的什么干粮？"

"我已经吃过一次了，还有一包在核桃底下，爸爸要我卖完核桃再吃那些。"

"你带的什么干粮？"那位乘客追问。

"红薯面饼子。"

周围的旅客闻之一时凄然。

就在这时，车厢广播要晚点半小时，火车停在了半道中间。我赶忙利用这个机会，对车厢里的旅客说："这个女孩带来的山核桃挺好吃的，希望大家都能买一点。"

有人问："多少钱一斤?"

女孩说："阿妈告诉我，十个核桃卖两角五分钱，不能再少了。"

我跟着说："真够便宜的，我们那里卖八块钱一斤呢。"

旅客纷纷来买了，我帮着小姑娘数着核桃，她收钱。那种核桃是薄皮核桃，把两个攥在手里一挤就破了，生着吃也很香。一会儿，那一篓核桃就卖去了多半篓。那女孩儿仔细地把收到的零碎钱打理好，一脸欣喜。

很快到了站，姑娘要下车了，我帮她把背篓背在肩上。然后取出一套红豆色的衣裤，放进她的背篓，对她说："这是我买来要送我侄女的衣服，送你一套，回家穿。"

她高兴地侧身看那身衣服，笑容中对我表示着谢意。此时一直在旁边玩扑克的四个农民工也急忙站起来，一人捏着五十元钱，远远伸着手把钱塞给小姑娘："小妹妹，我们因为实在带不了，没法买你的核桃，这点钱拿回去给你妈妈买点药。"姑娘哭了，她很着急自己不会表达心里的感谢，脸憋得通红。

小姑娘在拥挤中下车了，却没有走，转回来站到高高的车窗跟前对那几位给她钱的农民工大声喊着："大爷! 大爷们!"感激的泪水纷挂在小脸上，不知道说什么好。那几位农民工都很年轻，大爷这称呼显然是不合适的。她又走到我的车窗前喊："阿姨啊，你送我的衣服我先不穿，我要留着嫁人时穿，阿姨……"声音是哽咽的，"阿姨，我叫山——果——"！

灿烂阳光下的这个车站很快移出了我们的视线。我心里久久回荡着这名字：山果！眼里也有泪水流出来。车上一阵混乱之后又平静了，车窗外那一簇簇漫山遍野的野百合，连同那个小小的沙窝站，那个瘦弱的面容姣好的山果姑娘，那些衣衫不整的农民工，那份心灵深处的慈爱一起消隐在群山中！

所有刻骨铭心的故事，都会有一个伤感的结局。纵然花开有时，花落有时，于三千风月中回望，那一场倾心的相遇，虽只剩下一片花影，却还在散发着馨香，是一朵花开的过往。时光，已然走过；岁月，几多惆怅。如水的光阴里，总会有一些心心念念，是窗前一树的花香，摇曳着风月情长，美丽了心情，温柔了时光。无论是相遇的辗转，还是别离的惆怅，都会浸润于逐渐化开的尘心里，只留下一个眼神的温馨，一朵浅浅的笑靥，在心底凝成暖暖的河流，是微风拂面的温情。

与文字邂逅，灵魂相知，温暖陪伴，便是绽放在心底纯净的花朵，成为平淡流年里最美的印记。光阴荏苒中，走过蒹葭苍苍，览过世事沧桑，褪去稚嫩，远离年少轻狂，学会以平和的心态，对待生命中的所有，爱情只选适合的人，生活只做真实的自己，人生只求踏实安稳。

生命中每一次成长，都离不开挫折坎坷的历练，离不开爱的陪伴，最美的情怀，深藏在岁月中；最真的情意，总是在心底，有爱的路上，一直都很美。感谢生活，在漫长的岁月里感悟生命的美丽，在默默地静候，属于自己的那一场春暖花开，人朝高处走，水往低处流，怎么算过得好？应该和谁比？看到这篇回忆录应该有一点震撼与感悟。

生命的美好就在于不经意间收获的温暖与感动，光阴是一杯陈年的酒，浓也芬芳，淡也芬芳。始终相信，只要心中有爱，温暖一直都在；只要心存希望，便会迎来属于自己的春暖花开。

辗转的光阴中，总能在邂逅的一程山水里，寻找到温暖的韵味，来驱走光阴的荒芜；总能在清宁的岁月中，用汗水将黑夜照亮，洗去灵魂的迷茫。

刘金强的弟弟刘银强，是刘忠群的二儿子。父亲去世后，母亲刘忠群没改嫁，含辛茹苦地拉扯着四个孩子，那时村里没通电，孩子们每晚在油灯下书声朗朗、写写画画，母亲拿着针线，轻轻、细细地将母爱缝进孩子们的衣衫，日复一日，年复一年。当一张张奖状覆盖了两面斑驳陆离的土墙时，孩子们也像春天的翠竹，噌噌地往上长，望着孩子们一天天长大，母亲眼角的皱纹长满了笑意。

当满山的树木泛出秋意时，二儿子刘银强考上了罗店高中，母亲却患上了严重的风湿病，干不了农活，有时连饭都吃不饱。那时的罗店高中，学生每月都得带 30 斤米交给食堂。刘银强知道母亲拿不出，便说："娘，我要退学，帮你干农活。"母亲摸着儿子的头，疼爱地说："你有这份心，娘打心眼儿里高兴，但书是非读不可。放心，娘生你们，就有法子养你们，你先到学校报名，我随后就送米去。"

刘银强固执地说不，母亲说快去，儿子还是说不，母亲挥起粗糙的巴掌，结实地甩在儿子脸上，这是刘银强第一次挨打。

刘银强终于上学去了，望着他远去的背影，母亲在默默沉思。没多久，罗店高中的大食堂迎来了姗姗来迟的母亲，她一瘸一拐地挪进门，气喘吁吁地从肩上卸下一袋米，负责掌秤登记的熊辉师傅打开袋口，抓起一把米看了看，眉头就锁紧了，说："你们这些做家长的，总喜欢占点小便宜，你看看，这里有早稻、中稻、晚稻，还有细米，简直把我们食堂当杂米桶了。"这位母亲臊红了脸，连说对不起。熊师傅见状，没再说什么，收了。母亲又掏出一个小布包，说："大师傅，这是5元钱，我儿子这个月的生活费，麻烦您转给他。"熊师傅接过去，摇了摇，里面的硬币叮当作响，他开玩笑说："怎么，你在街上卖茶叶蛋？"母亲的脸又红了，吱唔着道个谢，一瘸一拐地走了。

又一个月初，刘忠群背着一袋米走进食堂，熊师傅照例开袋看米，眉头又锁紧，还是杂色米。他想，是不是上次没给这位母亲交代清楚，便一字一顿地对她说："不管什么米，我们都收，但品种要分开，千万不能混在一起，否则没法煮，煮出的饭也是夹生的。下次还这样，我就不收了。"刘忠群有些惶恐地请求道："大师傅，我家的米都是这样的，怎么办？"熊师傅哭笑不得，反问道："你家一亩田能种出百样米？真好笑。"遭此呛白，母亲不敢吱声，熊师傅也不再理她。第三个月初，刘忠群又来了，熊师傅一看米，勃然大怒，用几乎失去理智的语气，毛辣辣地呵斥："哎，我说你这个做妈的，怎么顽固不化呀？咋还是杂色米呢？你呀，今天是怎么背来的，还是怎样背回去！"

刘忠群似乎早有预料，双膝一弯，跪在熊师傅面前，两行热泪顺着凹陷无神的眼眶涌出："大师傅，我跟您实说了吧，这米是我讨……讨饭得来的啊！"熊师傅大吃一惊，眼睛瞪得溜圆，半晌说不出话，母亲坐在地上，挽起裤腿，露出一双僵硬变形的腿，肿大成梭形……母亲抹了一把泪，说："我得了严重的风湿病，连走路都困难，更甭说种田了。四个孩子，还有两个小的，刘银强懂事，要退学帮我，被我一巴掌打到了学校。"

她又向熊师傅解释，她一直瞒着乡亲，更怕儿子知道伤了他的自尊心。每天天蒙蒙亮，她就揣着空米袋，挂着棍子悄悄到十多里外的村子去讨饭，然后挨到天黑后才偷偷摸进村。她将讨来的米聚在一起，月初送到学校。刘忠群絮絮叨叨地说着，熊师傅早已潸然泪下，他扶起刘忠群，说："好妈妈啊，我马上去告诉校长，要学校给你家捐款。"母亲慌不迭地摇着手，说："别，别，如果儿子知道娘讨饭供他上学，就毁了他的自尊心，影响他读书可不好。大师傅的好意我领了，求你为我保密，切记！切记！"母亲一瘸一拐地走了。

校长杨军最终知道了这件事，不动声色，以特困生的名义减免了儿子三年的学费与生活费。三年后，刘银强以627分的成绩考进了清华大学建筑系。欢送毕业生那天，县一中锣鼓喧天，校长杨军特意将刘银强请上主席台，刘银强纳闷，考了高分的同学有好几个，为什么单单请我上台呢？更令人奇怪的是，台上还堆着三条鼓囊囊的蛇皮袋。此时，熊师傅上台讲了母亲讨米供儿上学的故事，台下鸦雀无声，校长指着三条蛇皮袋，情绪激昂地说："这三条鼓囊囊的蛇皮袋就是刘银强母亲讨得来的三袋米，这是世上用金钱买不到的粮食。下面有请这位伟大的母亲上台。"

刘银强疑惑地往后看，只见熊师傅扶着母亲正一步一步往台上挪。

我们不知刘银强那一刻在想什么，相信给他的那份撼动绝不亚于惊涛骇浪。于是，人间最温暖的一幕亲情上演了，母子俩对视着，母亲的目光暖暖的、柔柔的，一绺儿有些花白的头发散乱地搭在额前。儿子猛扑上前，搂住她，号啕大哭："娘啊，我的娘啊……"这一幕让在场所有人感动！

人们被刘忠群的坚强、憨厚、善良、善行所感动，纷纷流下眼泪。那不是伤感的眼泪，而是被那真诚的付出和那宽厚的心肠所感动的落泪，那是内心的善念被启发出来而落下的热泪。

随着年轮的递增，人们会越来越感觉到，纵是岁月改变了容貌，纵是沧海变作了桑田，枯守着不变的依然是那份对家的眷恋和对母亲的深深的眷恋。

有娘在，你就可以放心地天马行空独闯天下了，你可以安安心心地规划你的理想。路的前方还有路，你不可能一口气到达终点。累的时候，永远有一个宁静的港湾，那便是家，娘在那里为你守候。

高处不胜寒，特别是当你事业有成或是成了顶天立地的人物，叱咤风云时，会迫不及待地寻找心灵的依托，而那最安全、最永久、最可靠的心灵依托，依然是娘。

有人说，一个成功的男人背后，必定站着伟大的女性，如果真是这样，那女性中，首先是娘。

美国世贸大厦倾倒的那一刻，一个拥有亿万资产的商人，当他意识到自己的末日来临时，他想到的不是他的财产。他用手机发出的信号是传递了一个世界上最美的语言"妈妈，我爱你！"母与子的情爱，在最危急的时刻，暗淡了硝烟，迸发出夺目的光彩。

人类最不能动摇的情感，就是那深深的母爱。

在大会结束时校长这样讲道："这三袋米，代表了大如天、重如山的母爱，也许不是所有的父母，都像这位母亲一样在艰难中支撑起儿子的天空，但天下父母对孩子的爱，都是一样的，父母恩难报啊！是他们给予了我们一生中不可替代的——生命！"

刘银强大学毕业后，经过多年打拼，终于有了自己的公司——银辉房地产开发有限责任公司。刘银强把他的母亲刘忠群接到了城里。他的母亲也很了不起，经常帮刘银强打理公司，再后来她的母亲成为董事会的主席。

有一天刘银强开车下乡，刚出城五十多公里，突然发现一辆车侧翻到路边沟底，没有一辆车停下来施救。刘银强发现后，毫不犹豫停下车来，对侧翻车辆实施营救。刘银强发现车里就司机一人，已奄奄一息，他立刻开始施救。首先拿东西把车风挡击碎，然后把司机救出来。这时候，司机已人事不省，刘银强把他抱上自己的车，然后将他送往医院急救。送到医院后，刘银强交了三万元押金，不留名就离开了医院，后来伤者醒来后才和家人联系上，然后寻找这个救命恩人，经过多方寻找仍无结果。后来找到警察调取监控录像，才看到刘银强车牌号，通过车牌号终于找到了刘银强。原来刘银强救的这个人是银辉房地产开发有限责任公司董事长李宗辉，李宗辉董事长为了感谢刘银强的救命之恩，将公司原始股份的三分之一给了刘银强，并让刘银强到他的公司工作，就这样刘银强成了银辉房地产开发有限责任公司的三大股东之一。由于刘银强工作努力、智慧超人，懂经营懂管理，李宗辉便让刘金强接替了他的董事长职务，就这样刘银强成了银辉房地产开发有限责任公司的董事长。

帮别人就是帮自己，善待他人就是善待自己。刘银强见义勇为，舍己救人的精神打动了李宗辉，更打动了所有人。

大学毕业的那年，刘银强去一个古镇考察。夜晚，他一个人坐在一个旅店的沙发上休息。除了他之外，还有老板魏平安坐在柜台前，低着头在看书。

这是一个价格不菲的旅店，比许多快捷酒店的价格高出许多。他是用那最后一年的奖学金去考察古城建筑的，否则对于他这个学生族来说，这儿的住宿价格简直是天价。差不多十点多，一对老夫妻刘相军、黄桂香走到旅店门口，一人一个包裹，女人站在外面，男人颤巍巍地走进来，轻声问："你们旅店价格多少啊？"

老板魏平安报出了价格，两个老夫妻被吓了一跳，转身就走。而在老夫妻快走出门的那一刻，老板魏平安说："你们来住吧。"

不知道魏老板最后给了他们什么价，但一定是很低的。两个老人很高兴，但又不好意思，嘴上说着："真是碰到好人了。"然后呢，一边推辞着，一边往里走。

后来才知道，夫妻刘相军、黄桂香只是来古镇旅游的。他们真正的身份是一个商人，开着很大的企业，雇了职业经理人，早过了一段艰苦的日子，当下已是自由又闲适。

魏老板对老夫妻说："以己度人，如果这么晚了，继续去一个陌生的地方找旅店，那会是一件多么寒心又崩溃的事，更何况是你们两个老人，毕竟天黑了。当然了，我也并不缺那些钱。"刘银强看到这一切对老板说："你真好！"老板魏平安接着对刘银强说："人生不易，不要笑话别人，善待他人就是善待自己。家家都有难念的经，人人都有难唱的曲。再风光的人，背后也有寒凉苦楚；再幸福的人，内心也有无奈难处。谁的人生都不易，尊重别人就是尊重自己。"

刘银强听后很受感动，也很受启发，心中充满对魏平安老人无比崇敬。

这个社会，对于强者的尊重太多，就好像是一部戏里的主角，所有的化妆师、灯光师、摄像机的焦点都不约而同地在她身上，她可以随意摆设自己，表达情绪，甚至于乐观的时候，可以更改剧本，也无可厚非。而弱者，大多数时候，只是那个根本没有特写的群众演员，吃着盒饭，没有经纪人，甚至于随时都有可能被撵走而要不到工资。

一个真正强大的人，是不需要欺负他人来垫高自己的。强者对弱者下手，是生物链的规律。因为人海茫茫，你永远不知道，下一刻，你是谁，他又是谁。

魏平安还是个非常喜欢喝茶的人，凡是到他家喝茶的人，无论贫富，只要来，他就好生招待。

一天，他家来了一个鳏夫李德望，不言吃饭，只说来讨碗茶喝，魏平安连忙让他进屋，给他倒一碗茶。

李德望看了一下，说："茶不好"。

魏平安见他懂，连忙换好茶来。

李德望闻了闻，说："茶是好茶，但水不行，需得上好的山泉水"。

魏平安看出他有些来头，忙取了早有储备的泉水再泡。

李德望尝了一口，说："水是好水，但烧水的柴不行，柴需用名山阴面之柴，因为阳面之柴质松，阴面之柴质坚硬。"

魏平安终于确认这是个精通茶道之人，就连忙取好柴再烹，茶重新上来后，魏平安与李德望对饮了一碗。

李德望说："嗯，这回茶、水、柴、火都好了，只是泡茶的壶不行"。

魏平安说："这已是我最好的壶了"。

李德望摇摇头，小心翼翼地从怀里掏出一把紫砂壶，让魏平安重新泡一壶茶来。

重新泡一壶茶后，魏平安一品，味道果然不凡，立刻起身对李德望道："我愿买你这把紫砂壶，要多少钱都可以。"

但是李德望也是非常喜欢这紫砂壶，不想用来交换。李德望非常果断地回答："不行，这个壶是我的命，我不能给你。"李德望连忙倒掉茶，收起壶就走。

魏平安赶忙拦住，说："我愿出一半家产要你这壶。"李德望不言，执意要走。魏平安急了，说："我愿出全部家产买你这把壶。"李德望听了，不由地笑起来，说："我要是舍得这壶，也不会落到今天这种地步。"说完李德望转身要离开。

魏平安急忙上前说道："这样吧，壶还是你的，你就在我家住下，我吃什么你吃什么。但是有个条件，就是你必须每天让我看看这壶，怎么样？"魏平安太喜欢这东西了，所以在情急之下只有想到这个办法。

李德望也在为每天的生计而发愁，有这么好的事情为什么不答应呢？为此，李德望很爽快地答应了魏平安的要求。

就这样，李德望住在了他家，和魏平安同吃同住，两人每天捧着这壶，无话不谈，喝茶饮酒，好不开心。就这样两人开心地相处了十几年的时间，成了无话不谈的老知己。

时间慢慢地流逝，魏平安和李德望也慢慢变老。李德望年纪比魏平安大，这天魏平安对李德望说："你膝下无子女，没有任何人继承你的壶，不如你去世之后，我来帮你保管，你看如何？"李德望非常感动地答应了。

不久，李德望真的去世了，魏平安也如愿以偿得到了这把紫砂壶。刚开始，魏平安每天都沉迷在拥有这把紫砂壶的喜悦中，直到有一天，魏平安拿着紫砂壶左右上下欣赏的时候，突然觉得现在的自己似乎少了点什么。这时他眼前浮现出昔日与李德望一起玩壶品茶的场景，一切都明白了。于是魏平安将紫砂壶狠狠地往地上一摔……

紫砂壶摔碎了，结局出人意料。其实随着时间的流逝，很多东西都改变了，魏平安与李德望间的情谊早已超越了这把紫砂壶本身的价值，再好的东西没有人与自己共享就失去了意义，再值钱的东西也没有知己重要。转念想想自己的人生，什么才是你心中最重要的东西呢？

人生得一知己足矣！这是多少人经历风雨后的感慨，又是多少人感悟人生的追求！知己的情，是一种无言的温暖，是一种无形的陪伴。真正的知己，是一份懂得，一份相知，一种淡淡的陪伴与共鸣，犹如一杯清茶，淡然中沁入心田。有时候只要一个拥抱，一个眼神，便一切尽在不言中；有时候只要一段文字，一次疼惜，便留下永久的感动。

一壶茶，一首歌，一篇文，一个暖暖的午后，一段悠闲安静的时光。一个人也可以快乐着、幸福着，因为有心有梦有希望，有情有爱有思念。

一个人可以寂寞，但不可以孤独！轻轻地呼吸，慢慢地行走，静静地遐思，一种快乐、一种安谧、一种淡然在心里充满。人，活的快乐原来很简单，少些欲望，少些追逐，活在当下，珍惜眼前，一切如此，便好！

舍得舍得，先舍才得，道理都明白，做起来不容易。首先要把心态摆正，看开了看淡了，更要看明白了，才可以做到舍弃了不痛苦，才能够做到得到了不炫耀。

有些事情恨不得想要向全世界炫耀，却又舍不得拿出来与人分享。每个人都有心底深处珍藏的情感，既然是珍藏，就好好保存。

是非善恶，只在一念，一切功名利禄、悲欢离合都不过是过眼烟云。得而失之、失而复得等状况都是经常发生的，能看到这一层，就能把那些扰乱自心的东西，看淡些。

红尘滚滚多烦忧，庙堂之显贵、村野之农夫、都市之商贾，每个人都面临很多烦忧之事，内心都或多或少有些说不出的苦。茫茫人海中，如果有那么一位或几位懂你的发小、红颜、蓝颜、忘年交……能及时分享你的幸福，及时分担你的痛苦，一定要心怀感恩，倍加珍惜。

如今社会越来越现实，整个社会进步都靠利益驱动，但是我们此时更需要知己。越努力越孤独，越奋斗越寂寞，如果能得一知己，无论是红颜知己，还是惺惺相惜的朋友，人生足矣！

刘银红是刘忠群的二女儿，没上大学，高中毕业就嫁给了同村同学许勇。结婚后，许勇就在本村的小学教书，由于没有经验，不到一周就被学生轰下了台。

回到家后，老婆刘银红为他擦了擦眼泪，安慰说："满肚子的东西，有人倒得出来，有人倒不出来，没必要为这个伤心。也许有更适合你的事情等着你做，你一定要相信自己，树立信心，你就一定能成功！"

后来，许勇外出打工，又被老板轰了回来，因为动作太慢。这时老婆对他说："手脚总是有快有慢，别人已经干很多年了，而你一直在念书，怎么快得了？"许勇又干了很多工作，但无一例外，都半途而废。然而，每次他沮丧地回来时，他老婆总安慰他，从没有抱怨。

三十多岁时，许勇凭着一点语言天赋，做了聋哑学校的辅导员。后来，他又开办了一家残障学校。

再后来，他在许多城市开办了残障人用品连锁店，此时的他已经是一个拥有几千万资产的老板了。

有一天，功成名就的许勇问自己的老婆，自己都觉得前途渺茫的时候，是什么原因让你对我那么有信心呢？

他老婆刘银红的回答朴素而简单。她说，一块地，不适合种麦子，可以试试种豆子；豆子也长不好的话，可以种瓜果；如果瓜果也不济的话，撒上一些荞麦种子一定能够开花。因为一块地，总有一粒种子适合它，也终会有属于它的一片收成。

听完老婆的话，许勇落泪了！老婆恒久而不绝的信念和爱，就像是一粒坚韧的种子，许勇的奇迹，就是这粒种子的执着而生长出的奇迹！

这个妻贤的故事给人以启示，更给人感动！

古代也有妻贤的故事：明朝有一个读书人叫吴子恬，他的太太姓孙。吴子恬的母亲过世早，父亲娶了继母。继母偏心，对他弟弟比较好，对他不好。他心里慢慢地就有不平，有怨。后来他娶妻了，继母对他太太也不是很好。他就不平，想要去找继母理论，都是太太把他劝下来。后来他的父亲去世了，父亲留下的有地、有银两，结果继母把最差的田给他，自己跟弟弟留好的田地，还把不少钱都私吞了。吴子恬真的受不了了，要去找继母，又被太太拦下来。太太告诉他，做人首先要学吃亏，不只是跟别人要学吃亏，最亲的人也要学吃亏。该是我们的，跑都跑不掉，哪是争能争得来的呢？越争福报越折损。从古至今没有一个家庭为了争财产闹上法院，最后家族是兴旺的。《朱子治家格言》就讲，"伦常乖舛"，冲突了，"立见消亡"，很快整个家就败掉了。结果很快的，继母生的儿子染上赌瘾，把钱全部败光，母子几乎沦为乞丐了。假如你是吴子恬，这时候你会怎么办？"苍天有眼，你们也有今天！"对自己的兄弟跟继母讲这种话，不是很不符合伦常吗？这个时候，太太很懂人情事理，赶紧劝先生去把母亲、弟弟接回来。做不做得到？尽弃前嫌，不然怎么消得家庭内的嫌隙？对方任何的过失绝不放在心上。只要放在心上，借题发挥，那可能就不能共住了。接回来一起吃年夜饭，然后还帮助弟弟戒赌，最后感动了继母跟弟弟，这个家就和乐了。

而太太生了三个儿子，都考上进士。该是他们家的福报，怎么会跑得掉呢？一个家族里面出一个进士就不得了，她生三个，三个都是进士，你看她的福报！所以人量大福大，怎么可以跟自己的至亲计较呢？三个儿子从小看到母亲的德行跟忍辱，哪有不成才的道理？所以人要不计较，学吃亏，人欠你天会还你。

"妻贤夫祸少"，妻子贤德，会帮丈夫消去很多的劫难。

爱出者爱返，福往者福来！且看芸芸众生，许多的失意和烦扰不都是在苛求得到时萌生的吗？你去做那个施人以爱、赐人以福的人，你精神愉悦舒张了，而最终爱心和福祉又会回到你的身边，何乐而不为?!

命运掌握在自己手中，关键在于自己如何去掌控。如果不屈不挠，以金石可镂的精神不息奋斗，默默耕耘一方土地，也许就会收获人间的春天，创造一个惊人的神话。

每个人都有自己的人生路要走，谁也无法改变自己的路。没有谁会一直陪着你，要学会忍受孤独。一个人经历了许多磨难之后，肯定会累，因为你是一个独立的个体。你也许会看错过人，会承受一些背叛，会有过狼狈不堪。可是真的都没有关系，只要还活着，你就还能站起来，别小觑自己，你没有那么脆弱，没有那么累。

这个世界给予了我们每一个人同样的机会，就看你是否能抓住。如果你抓住了机遇，还要看你是否能坚持到底。如果我们没有努力去奋斗过，那自己的人生将是多么苍白？每一个人都带着这样的态度去做人和做事，那么这个世界就会清明，这个世界就会敞亮。所谓成功，并不是看你有多聪明，而是看你能否笑着渡过难关。再累，也要昂起头，坚强地走到最后；再累，也要挺起胸，勇于挑战自己，去拼搏，去努力，只有努力了，前方才会有硕果累累的辉煌！

有一种成功，叫永不言弃；有一种成功，叫继续努力。

人们都说：过去的习惯，决定今天的你。所以，过去的懒惰，决定你今天的一败涂地。

人，可以失败，也可以从失败中站起。

但是，一定要记住，决不能习惯失败，因为要知道，身体的疲惫，不是真正的疲惫；精神上的疲惫，才是真的劳累。

真正的绝望，是内心的迷茫。

我们必须记住：路是自己选的，后悔的话，也只能往自己的肚子里咽。

我们自己选择的路，即使跪着也要走完，因为一旦开始，便不能终止，这才叫真正的坚持。

如果我们要做好一件事情，就是要有志向和意志。做事情的志向，也就是必须要设定自己的目标，不论是阶段性的还是人生的，不论是关系紧要的还是不太重要的事情，都要制定合适的目标，这样，才能够合理组织自己的时间和精力去做事情。做事情的意志，也就是执行力，坚持自己志向，执行自己目标的能力。有些人总是有各种各样的目标，甚至是异常宏伟的目标。但是还是庸庸碌碌一生，无所作为。这是因为制定目标不合理，没有执行自己的志向。空中楼阁存在于童话之中。做事情还是需要我们自己坚实的基础，需要我们以志向，以目标为指引，以意志与坚持为策力。一步一步，量变到质变会带我们接近梦想的。志向与意志也是这么相辅相成的，缺一不可。

回头看自己走过的路，经历的事，看到的，想到的，听到的，欲望着的各式各样的情形。我明白了一些事情。

进步和成长的过程总是有许多的困难与坎坷。有时我们是由于志向不明，没有明确的目的而碌碌无为。但是还有另外一种情况，是由于我们自己的退缩，与自己"亲密"的妥协，没有坚持到底的意志，才使得机会逝去，颗粒无收。

现在我遇到严重的困难，有些畏惧，甚至想要放弃的时候，我就会问自己：在此之前，有没有任何一件事情，是你尽量努力了，全力争取了，最后却没有做成的？答案是没有。似乎只要努力过，争取过的事情，从来没有失败的例子。那些让人悔恨的经历，反倒是那些退缩、软弱、偷懒、不尽力争取的场景。所以，尽力去做就好了，不要跟自己妥协。做应该做的事情，做好该做的事情。

如果不坚持，到哪里都是放弃。如果这一刻不坚持，不管到哪里，身后总有一步可退，可退一步不会海阔天空，只是躲进自己的世界，而那个世界也只会越来越小。如果现在不坚持，到哪里都是放弃，这句话是应该铭记在心的，时刻警戒着自己。

　　写书、耕田、养花……这些让无数人向往的诗情画意情景，在王丽娟的身上成为现实。王丽娟是东方村走出去的大学生，虽然当时王丽娟辞去月薪过万的工作让周围人很诧异，但在王丽娟看来，她一点都不后悔，过清新质朴的生活，才是她内心想要的。

　　一年前，王丽娟和大多数人一样，过的是"两点一线"的职场生活。她在一家做医疗方面的公司做企划，有属于自己的办公室，工资上万元，日子过得富足。

　　王丽娟说，一直以来，她理想的生活都是这样：可以不用上班，在家读书写字。再有一块田，养点花，种点菜。读书写字累了，给花浇浇水，给菜锄锄草。然后做家务，把家里打扫得窗明几净，给老公孩子做干净又有营养的家常饭，自己蒸馒头，把衣服烫得平平整整，叠得整整齐齐……"十年前来城里打拼，我就希望过这样的生活。但那时候，生活还不允许我有一点点任性。但十年后，我觉得已经可以有所选择了。"于是，王丽娟毅然辞职，回到东方村种地，并开始投入写作。

　　从王丽娟居住的地方出发，往西南方向行进约十公里，就会到一处山区。她租的地就在这里，一年的租金只有一千多元，开车不到半个小时的车程。签下租种合约后，王丽娟便精心打理她的"理想国"。王丽娟在菜地旁边建了一个小木屋，那间小木屋，有她喜欢的木格窗户、草帘子。这一年里，她开始关心二十四节气，去了解身边的每一种树和草的名字，开始学习画画、弹古筝、茶艺、种菜、养花……

　　王丽娟说，春天的时候，她在窗下种的芍药和牡丹会开出鲜艳的花朵，非常漂亮，沿着篱笆长出来的爬墙月季，更是喜人夺目。"每到周末或者天气好的时候，我就会给菜浇浇水、锄锄草，看看它们又长了多高。"王丽娟有声有色地说起菜园的事情。

离开忙碌的职场，王丽娟并不是游手好闲、无事可做。王丽娟说，她非常感谢当时支持她辞职的家人，因为这样就有大把的时间可以做自己喜欢的事情。

王丽娟放弃城市生活，心态平和，生活安逸，可以说回到东方村享受着世外桃源的生活，的确让人佩服。王丽娟的举动也许代表着一个新时代，城乡建设一体化，城市人向往农村！不远的将来，城市里的人会源源不断地流向农村，这是时代进步，也是大势所趋。

在很多人的物质生活相比过去都更富足之后，我们都在追求幸福的生活。可是，你有没有考虑过：我们应该拥有的幸福生活究竟是什么样的？

生活除了逆来顺受，还要真正爱自己。或许，我们最想要的生活并不一定是留在物欲横流的都市，而是在大城市奋斗，最后回归到田园。世界很大，我们的幸福很小，或许，我们不一定要奋斗到老眼昏花，而是要适可而止。地位、金钱和欲望是永远没有尽头的。在合适的时候回到农村，只闻花香，不谈悲喜，喝茶读书，不争朝夕。

女人的成长比成功更重要。穿得起几千元的大衣，也不嫌弃几十元的 T 恤；享受得了高档的咖啡厅，也咽得下路边的麻辣烫；坐得起豪华轿车，也坐得住"11 路公交"；去得了高雅的宴会，也嗨得起姐妹们的聚会；可以小鸟依人，也可以自力更生。

在滚滚红尘中，能让自己拥有一份淡淡的情怀，过着淡淡的闲情逸致生活，那是人生多么悠然自得的美丽啊！在平常、平凡、平淡的人生中，让自己的生命鸣唱出最美妙动听的天籁之音，那是生命多么珍贵的闪耀啊！淡字，一半是水，一半是火，水火本不容，却被造字者巧妙地融合在一起，不禁令人感叹神奇，意蕴深邃。

淡，是水与火的缠绵，火与水的较量，是碰撞，是交融，达到了完美的结合。人生，淡定而从容。宠辱不惊，闲看庭前花开花落；去留无意，漫随天外云卷云舒。

淡淡的情怀，像雨后的彩虹，光彩夺目又清新典雅，让人耳目一新。

喜欢淡淡的感觉，夜的静美，雨的飘逸，风的洒脱，雪的轻盈。此时的淡淡，是一种意境，不是淡而无味的淡，是人淡如菊的淡，是过滤了喧嚣纷扰后的宁静，是心静如水的淡然，就这样淡淡地感受一份属于自己的天地，心如雨后的天空一样纯净。

喜欢淡淡的人生。淡淡的愁不刺心却千丝万缕，淡淡的寂寞不放纵却独品生命里的无奈，淡淡的思念不纠缠却绵长浓厚，淡淡的牵挂不强求却悠远永久。淡淡的人生，巧声吟唱着淡淡的天籁之音。

喜欢淡淡的音乐。那美妙动听之音，是多么令人心旷神怡。徜徉在音乐的海洋，任情思长上翅膀，飞舞在音乐的天灵里。淡淡的心事，在歌声中浸染、滋润，在歌声中翩翩起舞。

喜欢淡淡的生活。不管外面的风风雨雨，惊涛骇浪，不管世事变幻沧海桑田。永远就这样平平静静地生活，平平安安地做事，平平淡淡地做人。不期望流芳溢彩，不奢望艳目夺人，给生活一丝坦然，给生命一份真实，给自己一份感激，给他人一份宽容。如此也许更能体会生活的意义和生命的价值！

喜欢淡淡的心。人生旅途中，淡淡地欣赏旅途中的风光，淡淡地享受着自己所拥有的一切，淡淡地应对人生中的风风雨雨，淡淡地对待一切，一切自然就风轻云淡了。

刘长发是刘忠群的三弟弟，是东方村通往城里的公交车司机。他曾经是村里的富户，固定资产近千万，在城里有四处房产，其中一栋360平方米的二层小楼经营旅店，1 100平方米的六层楼房经营宾馆，雅阁轿车一辆，沉迷赌博后，倾家荡产，后来又东山再起，一朝醒悟，开始做善事。

村里每天公交车发往城里后，要停留三个小时再回村里。可刘长发就是因为这停留三个小时，认识了城里的几个小混混，继而染上了赌瘾，天天进赌场豪赌，每场输赢少则几千多则几万，不到三年时间，输掉了近二百万。这些钱都是向亲戚、朋友和村民借的，还有一部分高利贷，直到后来，东窗事发，债主逼上门来，刘长发不得不变卖家产还债。由于欠债太多，只有把住房变卖，两口子不得不进城打工。

刘长发落魄后，同事嘲笑他、亲戚看不起他、朋友讽刺他，可他总是淡然一笑。面对这些伤害，他心在滴血，但是他相信总有一天他会东山再起。后来时来运转，不管做什么，都非常顺利，最后他还清了所有欠款，重新站了起来。

刘长发媳妇因为刘长发豪赌，输掉几百万，眼泪都哭干了，想离婚考虑到孩子还小，不得不跟刘长发凑合着过。到城里后，刘长发在妻子的教育下，悔过自新，发誓重新做人。夫妇俩在城里租了一家宾馆经营，小两口兢兢业业，任劳任怨，勤劳节约，热情好客，宾馆收入一年比一年好，就这样用了近六年时间还清了所有债务，夫妻俩又重新过上了好日子。刘长发深有感触地说，多亏媳妇，从此对媳妇疼爱有加，更加爱自己的妻子，日子过得也很甜美。亲戚朋友和村里人也都和往常一样，对他们非常友好，一对"死而复生"的夫妇就这样又回到了人们的视线当中。人间正道是沧桑，不走正道真的不行，要远离黄赌毒、远离高利贷、远离非法集资，说得千真万确。

古代有这样一个故事：有一个诗人，才华横溢且家境富裕，妻子美丽温柔，儿子聪明伶俐，但他怎么也感觉不到快乐。他请上帝帮他找回幸福，上帝先夺去了他的财产，再带走他的妻儿，最后拿走了他的才华。诗人痛不欲生。过了一个月，上帝把这些又重新还给了他，诗人搂着妻儿，长久地跪在上帝脚下，深深地致谢，感谢上帝赐予他幸福。

另一则关于穷人的故事：穷人家房子很小，四世同堂，异常拥挤。他请求上帝帮他摆脱这种困境。上帝说你把鸡和鸭也关进屋子里，和你们一起住，一周后来找我。一周后，穷人备受折磨，苦不堪言，再次请求上帝帮他。上帝说你把牛和羊也关进屋子里，和你们一起住，一周后再来找我。又过了一周，穷人痛苦难耐，再次恳请上帝帮他。上帝说把那些动物都赶走吧，一周后再来找我。一周后，穷人跪在上帝脚下，深深地致谢，感谢上帝赐予他幸福，让他尝到了久违的快乐。

其实上帝并没有多给他们任何东西，只是给了他们一份失而复得的感觉而已，他们便从中体会到拥有的满足，从而开始珍惜现状。正所谓不识庐山真面目，只缘身在此山中。

很多时候，当我们为找不到幸福而苦恼时，并非是幸福真的远离了我们，变得遥不可及，而是我们自己迷失了方向。由于我们自身变得麻木，以至于对幸福熟视无睹，但幸福始终默默地跟随着我们。有一天我们幡然醒悟，蓦然回首，会发现幸福正在拐角处对我们微笑，静静地等候着和我们一起回家，刹那间我们止不住热泪盈眶，感动万分。

刘长发曾经是那么富有，可他不知足，感觉不到幸福，沉迷赌博，倾家荡产，后来又东山再起。这个过程是一个酸甜苦辣、非常悲惨的过程，也是一个失而复得、绝处逢生的过程。

有钱人未必幸福，但知道自己富足的人可以体会幸福；没钱人未必不幸福，但珍惜自己已拥有的人同样可以感悟幸福。幸福和金钱未必成正比，但也未必水火不容。

当我们身处逆境时，要始终勉励自己："天将降大任于斯人也，必先苦其心志，劳其筋骨，饿其体肤，空乏其身，行拂乱其所为，所以动心忍性，增益其所不能。"要始终相信，还有一半的命运在自己手中，不可随波逐流、不自暴自弃。只要自己不倒下，没有人能够打垮你。

当我们身处顺境时，更要保持清醒的头脑。我们成功的原因，一半是能力，一半是机会。当机会均等时，能力无疑会占上风。很多暂时没有成功的人并非输在能力，只是缺乏机会而已，一失足成千古恨。

在人生的旅途中，曾有许多人常怨叹自己命不好，运势不佳，却又不知如何去改造命运；有人知道自己的命运不错，但意志不坚，缺乏信心耐力，或不脚踏实地，因而无法创造自己的命运；有人知道自己的命运不佳，于是心灰意冷、失志，而对生活失去希望；有人知道自己的命运甚佳，整天坐享其乐，好吃懒做，不付出耕耘的代价，心存梦想，不求行动，而让好的命运悄悄溜走。

因经不起人生的考验，有的人在人生半途中就停止前进，有的甚至尚未在人生的旅途上迈开步伐就已经倒下，于是烦闷、失意的心情围绕着自己的人生，而自己自暴自弃，再加上现实的环境越使自己感到孤立无助，前途渺茫，转而埋天怨地，咒骂人生。

做人要有诚信，再穷，不要欠钱消失；再难，不要说话不算数；再有事，把话说明白，不要不接电话。堂堂正正做人，明明白白做事。永远不要丢掉别人对你的信任，因为别人信任你，是你在别人心目中存在价值。一穷二白不可怕，怕在不讲信用；山穷水尽不可怕，怕在不敢承担。只要踏踏实实一步一个脚印，什么都会有，一切可以从头再来。

在人生大起大落之后，刘长发终于顿悟：赚再多钱，买不来内心的快乐和平和，而获取快乐的方法，莫过于帮助他人，行善事做公益。因此刘长发开始转变自己的心态，从"事事从钱出发、凡事以赚钱为目的"，转变为"够吃够用就行"，做公益事业，让他感到"悠哉、乐哉、快哉"！"真是君子乐得做君子，小人冤枉做小人"。刘长发说，自己以前没学习传统文化，不懂孝悌之道，是糊里糊涂地活着，以为钱多就是爷！现在明白了行善事、做公益也很幸福。为村里出义务工，帮老人洗澡，还不定期地给学校的孩子们买衣服、篮球、球鞋、蚊帐、吉他、画笔，给养老院捐款近五万元等。刘长发从一个赌徒变成一个喜欢做公益活动的慈善者，让东方村全体村民无不为他感动！

赌博、饮酒、婚外恋等，这些不良嗜好必须要有个度，不能无度玩耍。比如赌博，不管你玩得再好、再高明，只要你无度豪赌，败家是早晚的事情。可是偏偏有一部分败家的人就是无度，就是没有节制，包括别的不良嗜好也是一样，一样会造成恶果。假如一个人面对不良嗜好不能控制自己，无度地放纵自己，那么这个人败家的事情会很快降临。

人，会在不幸的时候切身感到"不幸"，而只有在回望的时候才会感到"幸福"。有的时候，以为无路可走，其实是生命另一段旅程的开端。没能力看穿全局的会心慌，会焦虑、不知所措。然而，只要再撑一下，自然就能见识到更宽广的世界。

爱和恨，从来就没有单独存在过，一直是一起存在的，只不过是某个阶段中，爱比恨多了一点儿，所以看见了爱，模糊了恨；或者恨比爱多了一点儿，所以看见了恨，模糊了爱。其实，都在这些被模糊了的情感中，最终模糊了自己。

风雨之中，打伞也要前行；失败之后，带泪也要经营。没地方喊累，因为这就是生活；没有人诉苦，因为这就是选择。面对着难过，绝不让泪水滑过，跌跌撞撞失去了很多，也放下了很多，来来往往经历了无数，也明白了无数，不丢根本，不忘初衷，才能走得从容，站得稳定。

路遥知马力，日久见人心。不穷一时，不知谁会掏钱给你；不难一回，不知谁会真心帮你。落魄一次，才知谁会死心塌地跟你；无助一刻，才知谁是救命稻草救你。心里有你的人，风吹草动也心疼；心里没你的人，坟头草动也无声。人这辈子，能遇见好人，也能遇见坏人，最重要的是，自己要做个好人；人这辈子，能碰到假意，也能收获真情，最可贵的是，自己要有颗真心。永远记住：好人，一定有好报；真心，一定得情深。

穷不长脚，富不扎根；山不转水转，水不转人还转！富，买不了太阳不下山；穷，不一定日后没江山！所以做人，谁也别瞧不起谁，风水轮流转，咸鱼也会把身翻！作为朋友，你若为我赴汤蹈火，我就敢为你上刀山下油锅。作为爱人，你若对我知冷知热，我就会对你百般体贴万般不舍。不管爱情还是友情，弃我者，绝不为我所藏；惜我者，我绝对放在心上！人可以穷一点，但不能志短；人可以富一点，但不能臭显；人可以傻一点，但不能窝囊；人可以精一点，但不能阴险；人可以懒一点，但不能没承担；人可以善一点，但不能没底线。别管别人怎么说，别管别人怎么看，只要自己问心无愧，就活得理得心安！

草枯了，来年继续发芽；花落了，明年还会再开。而人，只有一次生命，不会再生，也无法重来。活一次，不容易，要品尝酸甜苦辣的滋味，要面对生老病死的痛苦，既要争取快乐，又要抵触悲伤，总是身心疲惫，还得咬牙坚持。人，无法左右自然规律；人，只能改变自己心情。

这一生的路坎坷无数，没有谁能预知何事发生，我们能做的除了珍惜当下，就是做好自己。珍惜眼前的幸福，别等失去了懊悔，珍惜所有的付出，别轻易放弃喊停，因为失去了找不回来，放弃的无法再有。生命没有第二次花开，人生也不会破土重来，好好珍惜自己活着的每一天，能微笑别抱怨，能休息别拼命。我们只活这一次，只过这一生，让这一生平淡且幸福，让每一天精彩又轻松。

过去有这样一个故事：一个老和尚养了一盆兰花，他对这盆淡雅的兰花呵护有加，经常为它浇水除草杀虫。兰花在老和尚的悉心照料下，长得十分健康，出落得清秀可人。

有一次，老和尚要外出会友，便把这盆花托付给小和尚，请他帮忙照看。小和尚很负责，像老和尚一样用心呵护兰花，兰花茁壮地成长着。

一天，小和尚给兰花浇过水后放在窗台上，就出门办事了。不想天降暴雨，狂风把兰花打翻砸坏了。小和尚赶回来，看到一地的残枝败叶，十分痛心，也很害怕老和尚责怪他。

过几天老和尚回来了，小和尚向他讲述了兰花的事情，并准备接受他的责怪。

可老和尚什么也没说。

小和尚感到很意外，因为那是老和尚最心爱的兰花。老和尚淡淡一笑，说道："我养兰花，不是为了生气的。"

简单的一句话，却道出了一种豁达的人生态度。

我们工作不是为了生气的，我们相爱也不是为了生气的。用心付出的东西一旦无法挽回，也不用再怨什么，悔什么。拥有的时候好好珍惜，失去的时候淡然处之。无愧于自心便好。

你若恨，生活哪里都可恨；你若感恩，处处可感恩；你若成长，事事可成长。不是世界选择了你，是你选择了这个世界。

既然无处可躲，不如傻乐；既然无处可逃，不如喜悦；既然没有净土，不如静心；既然没有如愿，不如释然。

张菊花是刘忠群的弟弟刘长发的媳妇，刚嫁到东方村公婆就不在了，对公公很不孝顺，家庭很不和睦。孩子长大后，对公公更是不好，所有好吃的，从不给公公吃，有时还不让公公到桌上和她们一起吃。一天儿子刘海从外面拾回来一个破碗，放在桌子上，张菊花问儿子："你把破碗拿回来干啥？"她儿子回答："等你老了，我让你用这个碗吃饭，跟爷爷一样，也不让你上桌吃饭，所有好吃的也不给你吃，看你怎么想。"儿子的一番话让张菊花呆若木鸡。后来终于醒悟过来了，她这样做是不对的，对孩子成长不利，连自己的儿子都不如。她自惭形秽，自愧不如，终于悔悟，从那以后，非常孝顺公公。

父母的所作所为对孩子的影响是很大的。广东梅州市一中学一名初二女生在校内自杀身亡。学校在她课桌上找到一封遗书，上面写道，"因为我希望我站在奈何桥上看人间最后一眼的时候，看到的不是阴森的所谓的'家'，而是教室里的你们。"遗书的最后还写道："告诉那个我最爱的女人，对不起。"旁边留着一个电话号码。学校拨打过去后，发现另一头是已故女孩的母亲。

女孩的父母早在几年前就离异，父亲在外做生意，很少在老家，母亲与她也较少见面。起初，她跟随姑姑生活，上中学后转而跟爷爷奶奶生活。或许是因为家庭温暖的缺失，才致使她选择这条让人惋惜的不归路。

正值花季，一个年轻的生命就这样消逝，让人悲痛不已。事实上，类似这样的悲剧屡见不鲜。生而不养的普遍现象让人无奈，父母与子女之间，连相处都变得举步维艰。另一方面，学校无法完全替代家庭。家庭教育遗留的问题，学校教育无法从根本上弥补。正如国学大师南怀瑾说："教育从家开始，学校不过是帮一下忙。"家庭是孩子的第一课堂，父母永远是孩子的老师，缺少家庭教育，家风又该从何谈起？

天下之本在于国，国之本在家。修身齐家，才能治国平天下。家风正，则一家正；家庭正，则国家稳定。追本溯源，究其因还是"家风"二字。家风，顾名思义就是一个家庭或家族的传统风尚。一个家庭在长期的延续过程中，会形成自己独特的风气。一个词、一句话或者一段家庭的回忆都可以成为家风的载体，深深地印在后人的心里。

一代名臣曾国藩认为："绝大学问，即在家庭日用之间。"曾家门风以"八本""三致祥"为里，以"耕读""勤俭""和睦""敦厚"为表，百年家族人才辈出，长盛不衰，这跟他严厉的家教是密切相关的。

自古至今，文化家庭都讲究"家风"的传承。站在历史长河之上，细数泱泱数千年的华夏文明。结合国学与我国的传统家风，解读古圣先贤之家训精髓，诸如孔子教子、孟母三迁以及诸葛亮、范仲淹、司马光等人的教子，还有颜氏家训、包拯家训、朱子家训等，至今仍影响深远，广为传颂。

青少年时期是人生活作风形成的黄金时期。现在很多家庭里不少都是只有一个孩子，独生子女作为家里的宝，被宠着爱着，很容易"衣来伸手、饭来张口"。这个时候，就需要家长进行引导。

人们都想要自己的孩子进步从善，却不知道自己也要进行修养，这真是一个大迷惑所在。

凡人都希望自己的孩子能成为一个优秀的人，所谓"望子成龙，望女成凤"。但很多时候，我们往往忽略了对孩子树立的榜样作用。我们一方面要求孩子要努力学习，做一个有出息的人；另一方面却不严格要求自己，检点自己的行为，甚至还在孩子面前做一些不道德的事。例如要求孩子长大后要孝顺自己，却当着孩子的面，对家中长者大声呵斥，这是极其错误的。

古代孟子母亲"断织喻学"的举动，可以算是体现中国母亲智慧的典型例子。孟子小时无心向学，一次还没放学就跑回了家。孟母正在织布，见他回来，问道："学习怎么样了？"孟子漫不经心地说："跟过去一样。"孟母闻言，举起剪刀一把剪断了织好的布。"读书犹如织布，累丝成寸。你荒废学业，如同我剪断这布一样，还能接得上吗？"孟子顿有所悟，从此刻苦读书。

明清之际著名思想家顾炎武由婶母一手抚养长大。顾炎武从小聪颖，常被夸赞，渐渐滋长了骄傲情绪。婶母觉察后，让他背诵并解释

《卖柑者言》。这是一篇寓言杂文，用形象的比喻，揭露那些"金玉其外，败絮其中"的达官贵人的腐朽本质。顾炎武解释得很清楚。"还有什么别的意思吗？"婶母追问。顾炎武无言以对。"文章的讽刺对一般人不也很有教益吗？如果做学问刚有一点进步就骄傲起来，满足于一知半解，那不也就是'金玉其外，败絮其中'吗？"顾炎武闻言大窘，从此立志进德，勤于修身。

古代周文王的母亲，怀孕期间"目不视恶色"，眼睛看东西，不善的东西、不好的东西不看；"耳不听淫声"，耳听声音，声音不善、言语不善、音乐不善不听；"口不出傲言"，说话的时候柔和、温柔。

林则徐说过一段发人深省的话："子孙若如我，留钱做什么，贤而多财，则损其志；子孙不如我，留钱做什么，愚而多财，益增其过。"这话说得何其透辟又何其超脱。子孙如果像我一样卓异，那么，我就没必要留钱给他，贤能却拥有过多钱财，会消磨他的斗志；

子孙如果是平庸之辈，那么，我也没必要留钱给他，愚钝却拥有过多钱财，会增加他的过失。

今天，能真正读懂并践行林则徐这段话的，又有多少人呢？

孩子若是超越自己，留财与他无用！孩子如果是个衣来伸手饭来张口之人，不思进取的人，父母留再多的钱财亦无用！有智慧的父母，不能留过多的钱财给儿孙，要让他懂得自己要养活自己，没有人应该欠谁的，父母也不例外。现在的富二代过着优越的生活，谁也不能保证无忧无虑地过完一辈子。父母如果钱财多了，也不能让孩子知道，让他感觉家里永远有花不完的钱，这样只能害小孩。

母亲教育孩子，一定要懂得防微杜渐的道理，及时发现孩子身上的缺点，督促改正。母亲对孩子的影响是潜移默化的，作为一个合格的母亲，一定要品行端正。

孩子是父母的影子，孩子是父母的翻版。为了培养孩子的品德，做父母亲的行为要自慎，应该处处做孩子的表率。孩子好的行为、坏的行为都是父母教育影响的结果。

如果母亲爱打扮，其女儿也必然是爱打扮的；若母亲是多舌的，女儿也不例外。同样父亲好喝酒，儿子也会喝酒；父亲说脏话、粗话，则孩子也是如此。这已成为家庭教育的定律。

作为家长，不要和孩子讲太多的道理，而应用实际行动去影响他们，给他们做好榜样，让他们在实践中感知那些道理，这样他们才能真正地理解，并运用到自己的一言一行中。

正如人们所说，孩子的心是块奇怪的土地，播上思想的种子就会获得行为的收获；播上行为的种子就会获得习惯的收获；播上习惯的种子就会获得品德的收获；播上品德的种子就会获得命运的收获！

教育孩子，说难也难，说简单也简单。作为父母，只需做好榜样，当一面无比光亮美好的镜子，孩子自然能从中找到自己该有的样子。任何事业的成功都无法弥补孩子教育的失败！言教不如身教，身教不如境教！给孩子最好的礼物是榜样！给孩子食物只会让孩子成为大人，给孩子观念会让孩子成为伟人！

人在年轻的时候，千万不要借口工作忙而忽略对孩子的教育。在年老的时候，一切荣华富贵都是过眼烟云，而一个不成器的孩子，足以让你晚景惨淡，但是一个成功孝顺的孩子足可以让你生活无忧。

人生的意义，究竟是什么呢？有人会说，活得有价值，实现人生理想，有钱又有名，就是人生最大的意义；也有人说，过得开心，自由自在，就是活着的意义。每个人都有自己的看法和观点，人生的真正意义，在于心存希望。希望在，人生就有意义；希望不在了，人生该是多么的无趣。

刘中年是刘忠群的大弟弟，刘中年大学毕业后被分配到县建设局工作。由于刘中年工作兢兢业业、任劳任怨，不到七八年工夫，刘中年就当上了建设局局长，消息刚公布，头一个上门来送礼的竟是他的父亲刘云海。

刘云海是位地地道道的农民，他知道儿子当上了建设局局长，很是高兴。刘云海孩子多，刘中年是唯一一个当官的，很是骄傲，怕儿子犯错误，找人为儿子画了一幅题为"清清白白"的水墨丹青画，镶在一个精致的玻璃画框中，作为贺礼送给了儿子。这幅画上有一棵水灵灵的青菜，青的是菜叶，白的是菜帮，笔法细腻，色彩逼真。

刘云海把画交给儿子刘中年，语重心长地告诫道："做人要清清白白，我把这幅画送给你，就是为了让你始终牢记这一点。"

刘中年听了连连点点头，郑重地接过画，把它端端正正地挂在客厅的墙上。

见儿子如此认真，刘云海满意地笑了。他眯起眼睛，凝视着画上的那棵青菜，自言自语道："过些天我再来，看你是否依然清白。"

刘中年瞅瞅父亲，又望望墙上的画，听不懂这句话究竟是啥意思。

刘云海并不解释，神秘地笑了笑，径直回乡下去了。

两个月后，刘云海又来到了儿子家。

一进客厅，他首先去看墙上的那幅"清清白白"的画，只瞅了一眼，他的脸立刻拉长了。

刘云海转过身，冲着刘中年气哼哼地问："这阵子，你拿了不该拿的东西，收了不该收的礼物，对不对？"

刘中年吃了一惊，心里暗暗称奇，最近两个多月，确实有不少人上门来送礼，但远在乡下的父亲是怎么知道的呢？于是，他困惑地问："爸，您是咋知道的？"

刘云海一指墙上的画说："是这棵青菜告诉我的！"

"青菜告诉您的？"刘中年听得瞠目结舌。

刘云海点点头，一字一句地说："画上的菜变了颜色，青的不青，白的不白，这说明你最近没做到两袖清风！"

刘中年抬起头，盯着墙上的画仔细端详，这才惊讶地发现，画上的青菜果然变了颜色——原本青翠的菜叶和雪白的菜帮此刻变得浑浊不清了！

刘中年简直不敢相信自己的眼睛，愣在那儿好半天说不出话来。

刘云海沉着脸，冷笑道："若要人不知，除非己莫为，现在，你先讲讲收受礼物的情况吧。"

刘中年找出一个笔记本，双手捧给父亲，解释说："送来的礼物我全部退回去了，每一笔账都记在这本子上。"

刘云海接过笔记本，带上老花镜仔仔细细翻看起来，本子上有十五条记录，送礼人姓名、送礼日期、礼物的名称、退还礼物的时间等内容一目了然，看着看着，刘云海紧皱的双眉渐渐舒展了。

刘云海仰起脸，看看刘中年，又瞧瞧墙上的画，笑眯眯地说："看来，这幅宝画只知其一不知其二，冤枉了我的儿子。"

刘中年听得一头雾水，诧异地问："难道，这幅画真有魔力？"

刘云海微微一笑，点着头说："不错，这幅'青青白白'的画，有灵性，能反腐倡廉。"

刘中年不相信画有灵性，但一时又猜不透这其中的奥妙。刘云海仍不肯多做解释，背着手走开了。

刘云海在儿子家住了一晚，第二天一早就回去了，临出门前，他又抛下一句话："过一阵子，我再来看我的宝画。"

去车站送完父亲后，刘中年赶紧去看客厅那幅"清清白白"的画。这一看更让他惊讶不已，只见画上的青菜居然恢复了原有的色彩，青青白白，鲜活水灵。

画上的菜自己会变颜色，这究竟是咋回事呢？刘中年盯着画框，百思不得其解。

打那天起，刘中年每天上下班时都要往客厅的墙上瞅一眼，看看那棵神奇的青菜有没有变色，还好，画上的菜一直青白分明。

转眼到了第二年，市里开始大规模旧城改造，有许多城建项目要上马。不少建筑商闻风而动，变着法子来给建设局局长刘中年送红包。

这天，刘中年下班回家，习惯性地朝客厅墙上扫了一眼，当看清那个离奇的画框时，他不禁倒吸了一口凉气，只见画上的青菜又鬼使神差般地变浑浊了，真是太诡异了！刘中年再也忍不住好奇，决定立即给父亲打个电话，问明"青青白白"变色的奥秘。

就在这当，门铃响了，刘中年开门一看，见父亲正风尘仆仆地站在门外。

"爸，您要来城里，事先咋不打个电话，我好去车站接您呀。"刘中年关切地问。

刘云海说："进城看一个朋友，顺便来你这儿瞧瞧我的宝画。"

说着，他径直朝客厅的画框走去，望着画上那变了色的青菜，当即沉下了脸。

"刘中年，你说实话，前一阵是不是收了许多红包?"刘云海双眉紧锁，单刀直入地问。

刘中年没隐瞒，老老实实地点了点头。

刘云海浑身一震，情绪立刻激动起来，他指着刘中年，声音发颤地说："儿啊，我平时反复提醒你，当官一定要清清白白，不该拿的东西绝不能拿，不该要的东西绝不能要，你为啥不听呢!"

刘中年把父亲拉到沙发上坐下，笑着安慰道："爸，您先别着急，听我慢慢往下讲。"

刘云海直勾勾地盯着儿子，听他做进一步解释。

刘中年一边倒茶一边说："那些红包我确实收下了，不过，都集中起来交给了纪检部门，到时候我把相关的证明材料交给您看。"

听了这话，刘云海转怒为喜。

这时，刘中年又恳求道："爸，我已经交了底，接下来您也该实话实说，把'青青白白'变色的秘密告诉我吧。"

刘云海喝了口茶，得意地说："少安毋躁，过一会我就揭开谜底。"

约摸过了半小时，刘中年家的保姆赵红艳买菜回来了。

刘云海把赵红艳拉到身边，笑着对刘中年说："谜底就在这儿。"

"难道是赵姨让画上的青菜变了颜色？"刘中年盯着赵姨，难以置信地瞪大了眼睛。

原来，听说儿子出任建设局局长，刘云海担心他在廉政问题上会出现闪失，为了劝勉刘中年始终保持两袖清风的良好本色，刘云海决定弄一幅画送给他，作为时时刻刻的提醒。

几经斟酌，刘云海找人画了一棵青菜，取其清清白白的寓意。然后，从玻璃厂弄到了一高科技的玻璃画框，这种画框只要装上电池，通过开关，就可以把玻璃调节成不同的透明度。

刘云海将画送给儿子后，悄悄找到赵姨，把画框的秘密告诉了她。接着，刘云海请赵姨担任廉政监督员，秘密监督刘中年有无受贿行为，一旦发现这种行为，就把玻璃偷偷调暗，让画中的青菜看上去显得浑浊。

赵姨和刘云海是三十多年的老邻居了，这几年在刘中年家里帮忙，也是希望他们一家能顺顺利利、平平安安。明白刘云海的意图后，赵红艳爽快地答应了。

此后，他一边密切关注刘中年的一举一动，一边通过电话跟刘云海保持联系，昨天晚上，他打电话给刘云海，详细描述了刘中年最近收受红包的情况。于是，刘云海一早就赶到了儿子家。

听完父亲的讲述，刘中年这才恍然大悟，他笑着说："我家的廉政监督员真是太有才了，不但有相互的默契配合，还运用了高科技！"

真是一位好父亲，为了儿子的前途，煞费苦心，可惜当今这样的父亲太少了！

有一天在武汉市一家百货商店里，由于突下大雨，有位衣着简朴的老太太浑身湿透进来避雨，几乎所有的售货员都不愿搭理这位老太太。

有位小伙子王同生很诚恳对老太太说，"老奶奶您好，能为您做些什么？""不用了，我躲一下雨马上就走。"老太太觉得借别人的地方躲雨，有点不好意思，就想买一点商品，可是转了半天实在不知道买什么。这位小伙子看到了就对老太太说："奶奶，不必为难！我搬一张椅子放在门口，您安心休息就好了。"两个小时后雨停了，老太太要了小伙子王同生的名片离开了。

老太太回家后把这件事告诉了儿子刘银强，并且跟儿子说："王同生这小伙子待人热情，能尊敬老人，看得出他人品好，是个好小伙子，必将前途无量。"儿子刘银强听后也很受感动。

几个月后，这个小伙子获得一个机会，被指定代表这家百货公司和另一家大的家族公司洽谈业务，利润巨大。后来才知道是一位老太太给的机会，这位老太太不是别人，正是刘银强的母亲刘忠群。后来王同生来到刘银强公司工作，由此一帆风顺，青云直上，后来成为刘银强的左膀右臂，同时也是地位仅次于刘银强的重要人物。

刘银强有了自己的房地产开发有限责任公司后，专程去看望古镇旅店老板魏平安，并且对魏平安老板说愿意为他提供一切帮助。这时魏老板的妻子马玉春出来了，笑着对刘银强说，我女儿魏丽霞在大学学习财务的，刚毕业，那就麻烦你帮找一份工作。刘银强当场答应，让老板女儿魏丽霞到公司财务部工作，老板女儿魏丽霞由于工作出色，很快被提升为公司财务总监，再后来老板女儿魏丽霞就成了刘银强的妻子。

一天，刘银强像往常一样开着吉普车下乡，乡下离家有五十多公里，中途要经过一段长长的山道。这段山道崎岖难行，并且周围也没有村庄，荒无人烟。

刘银强开着车在山道上慢慢行驶着，突然兜里的手机响了。

"银强，快回家……我，我肚子疼得要命，我们的孩子可能要早产了……"

听到妻子的话，刘银强立刻慌了神，他们的家离医院很远，这可怎么办？

上次魏丽霞到医院做过检查，医生推测说魏丽霞有可能早产或难产，没想到离预产期还有一个多月，医生的推测就应验了。刘银强知道，如果不能及时去医院，恐怕母子不保。

"亲爱的，别担心，我马上就赶回去！"时间就是生命，刘银强扔下手机，立刻往回赶。

这时，有人突然从后边大喊着追了上来，并绕到前面，拦住了刘银强的车。

拦车的是个中年男子，他哭丧着脸哀求道："先生，求求你，救救我儿子吧！"

中年男子叫许德平，今天天气晴朗，他带妻子和儿子出来郊游，没想到，不幸从天而降——许德平的越野车由于刹车失灵，竟从山道上滚下了谷底！许德平九岁的儿子因为顽皮，没有系安全带，此刻生死不明，许德平夫妇则只是一点点擦伤。

刘银强陷入了难以抉择的境地——倘若他帮助许德平，那妻子魏丽霞就有生命危险，可要是先回去接妻子魏丽霞，许德平的儿子就可能因为时间耽搁太长失血而亡。

就在刘银强犹豫不决时，许德平竟然双膝一软，跪在了车前。

刘银强真想告诉许德平，自己的妻子也正处在危险中，但他还是从车上走了下来，一把将许德平拉起来："你儿子在哪儿?"

刘银强立刻带许德平来到前边不远处，从山道边往下看，果然有一辆越野车翻倒在山谷下面，一个男孩儿正躺在地上，两人走下去，刘银强俯身看了看，小男孩儿浑身是血，脸色苍白，显然是失血过多，而身上和腿上多处重创还在不断地流血，刘银强只看了一眼就再也看不下去了。

"快把孩子弄上车！"刘银强高声喊道。

经过一番思想斗争，他终于做出了这个艰难的选择——救许德平的孩子！

许德平连忙把孩子抱起来，刘银强启动吉普车，飞快地向医院赶去。

他一边开车，一边抓起手机，不断拨打家里的电话，希望能通过电波鼓励魏丽霞坚持住。第一次，电话通了，魏丽霞痛苦的呻吟声像针一样扎在刘银强的心里："你在哪儿？"

刘银强忍着眼泪说："亲爱的，对不起，你再坚持一会儿。"

隔了十几分钟，刘银强第二次拨打家里的电话，魏丽霞的声音已经十分微弱，刘银强强忍着眼泪，不断地对着听筒大喊："亲爱的，原谅我，我不能见死不救……"

因为争取了足够的时间，许德平的儿子很快脱离了生命危险，而此时的刘银强，虽有一丝宽慰，但更多的是对妻子的担心。他第三次拨打了家里的电话，但这一次没有人接听！泪水瞬间从他的眼睛里滚落下来，他知道，没人接电话，很可能是魏丽霞已经出了意外！

刘银强发疯一样地往家里赶，许德平也执意跟着上了车。

刘银强一路上风驰电掣，快到家门口时，他们突然听到哇哇的婴儿啼哭声。

刘银强第一个冲了进去，看到的是这样一幅画面——他的妻子魏丽霞平安无恙地睡在床上，身上盖着被子，床头的襁褓里躺着刚生下不久的婴儿，而床边守着的是个一脸疲惫的妇女，她正轻声哄着孩子。

刘银强又惊又喜。这时，跟进来的许德平走过去，一把抱住那位妇女，激动地告诉她："亲爱的妈妈，我们要感谢刘银强的帮助，我儿子没事了！"许德平一五一十将儿子获救的经过讲了一遍。

原来她是许德平的妈妈徐丽梅。徐丽梅是个妇产科医生，那天她去朋友家串门，在经过刘银强家门前时，听到了魏丽霞痛苦的呻吟，进去一看，发现魏丽霞要临盆，而且是早产，如果不是专业的接产，必定会有生命危险，正好徐丽梅是个妇产科医生，很顺利地接生了，母子平安。

刘银强俯身看看已经熟睡的魏丽霞，又看看襁褓中可爱的孩子，流下了幸福的眼泪。

人生在世，没有永久的得到，也不会永远失去。得失总是相伴而行的。你在得到的同时也在失去，得失之间，莫要太过计较。

昨天已回不去，明天依然未知，唯一能把握的就是今天。

有快乐就会有忧愁，两者是相对的。忧愁又何尝不是人生的宝贵经历。只有经历过的人才不会遗憾在这世上走一回。

没有一帆风顺的人生路，也没有满布荆棘的人生路，有逆境就会有顺境。只有咬牙坚持了，才能知道：山重水复疑无路，柳暗花明又一村。

人生难得有好友，人生也难得有对手。有时候对手才是最了解你的那个人，不要抱怨对手的强大，因为只有强大的对手才能让你更强大。

很多事情是你坚持之后得到的，苦尽甘来的会让你更懂得珍惜。但是你也要明白有些事情却是无结果的，努力过就够了，人要拿得起，放得下。

心中有爱，人生何处不花开；爱中有情，人生何处不春天。内心有阳光，有爱的人，无论走到哪里，都不会畏惧黑暗。让桃源存于心内，身上就永远有一缕花香；让爱植于心内，身边就永远有一片阳光。

守一卷经年之后的领悟，身边就永远有云淡风轻，生命就永远有美丽传奇。生活总是这样，以为失去的，可能在来的路上；以为拥有的，可能在去的途中。不要因为没有阳光，而走不进春天；不要因为没有歌声，而放弃自己的追求；不要因为没有掌声，而丢掉自己的理想。其实每一条通往阳光的大道，都充满坎坷。要永远深信，有些东西，冬天从你身边带走了，春天还会还给你。心若计较，处处都有怨言；心若放宽，时时都是春天。

一天银斗房地产开发有限责任公司财务总监方明带着自己的孩子果果在公司门口的凉亭里玩，有个老太太在凉亭旁锻炼身体。这时，财务总监方明从兜里拿出两个苹果放在凳子上，孩子果果很快将两个苹果放进自己兜里。方明看见后就跟孩子说，给妈妈一个苹果吃。孩子听到后，马上拿出两个苹果各咬了一口。方明看见后很不高兴，认为孩子很自私，丝毫没有让妈妈吃苹果的意思。正在方明不悦之时，孩子突然拿出一个苹果递给妈妈说道："妈妈这个苹果最甜。"这时，妈妈方明忍不住流下了眼泪，错怪孩子了，正如人们经常所说的那样，有时爱和回报是需要等待的。

过去有这样一个故事：一个旅行者，在一条大河旁看到了一个婆婆，正在为渡水而发愁。已经精疲力竭的他，用尽浑身的气力，帮婆婆渡过了河，结果，过河之后，婆婆什么也没说，就匆匆走了。旅行者很懊悔。他觉得，似乎很不值得耗尽气力去帮助婆婆，因为他连"谢谢"两个字都没有得到。哪知道，几小时后，就在他累得寸步难行的时候，一个年轻人追上了他。年轻人说，谢谢你帮了我的祖母，祖母嘱咐我带些东西来，说你用得着。说完，年轻人拿出了干粮，并把胯下的马也送给了他。不必急着要生活给予你所有的答案，有时候，你要拿出耐心等等。即便你向空谷喊话，也要等一会儿，才会听见那绵长的回音。也就是说，生活总会给你答案，但不会马上把一切都告诉你。

其实，岁月是一棵纵横交错的巨树。而生命，是其中飞进飞出的小鸟。如果哪一天，你遭遇了人生的冷风冻雨，你的心已经不堪承受，那么，也请你等一等。要知道，这棵巨树正在生活的背风处为你营造出一种春天的气象，并一点一点靠近你，只要你努力了。

回报不一定在付出后立即出现，只要你肯等一等，生活的美好，总在你不经意的时候，盛装莅临。

只管好好做人，一切都是最好的安排！

正当娘俩因为吃苹果阴转晴的时候，那个老太太走了过来，将孩子吐在地上的苹果拾了起来。不一会孩子又拿出一个橘子吃，将橘子皮扔在地上，老太太又过来拾了起来。这时孩子母亲方明突然对孩子说道，你将来不好好学习，不好好做人就像这老太太一样，做这样最低贱的工作。老太太听见后什么也没说。正在这时候，公司秘书过来走到老太太面前："主席，马上召开董事会，董事长让我通知您，财务总监看到这一幕心里很不是滋味。"原来那位老太太不是别人，正是董事长的母亲刘忠群，公司的董事会主席。

董事会开始了，董事长在开会之前宣读了一项决定，免除财务总监方明的职务。方明这下全明白了，那样对待老人和那样教育孩子都是不对的……如果当时方明教育孩子要爱护环境，不能乱扔垃圾，教育孩子要谢谢奶奶，帮助奶奶，也许命运会改变。

人不能瞧不起任何人！善待他人，就是善待自己，积德虽无人见，行善自有天知。人为善，福虽未至，祸已远离；人为恶，祸虽未至，福已远离。行善之人，如春园之草，不见其长，日有所增；作恶之人，如磨刀之石，不见其损，日有所亏。福祸无门总在心，作恶之可怕，不在被人发现，而在于自己知道；行善之可嘉，不在别人夸赞，而在于自己安详。

尊重每个人，不以身份而区分，这是你的风度。风度是装不出来的，总会暴露出你真实的一面。

财富不是一辈子的朋友，学会尊重才是一辈子的财富，只有这样才是人生的最高境界。

刘银强结婚有了孩子，家里经济情况改善后，又买了一套大房子，因为装修新房等原因，小房子一直空着。

这时乡下有个亲戚刘世平过来打工，亲戚刘世平就说："不如把房子租给我吧，我付你房租。"刘银强同意了。考虑到当时租金也就500块钱，还不如不要。就这样，过去了很多年，亲戚一直也没给过租金，而这期间房价一直在上涨，租金自然也涨，刘银强在这期间又陆续买了两套房子。

后来，刘银强相中了一个新建商场的商铺，地段价格十分诱人。商铺昂贵，刘银强要买商铺就必须要卖掉两套房子，权衡之后决定卖掉租给亲戚的那套房子。好的地段当然看上的人很多，时间有限，所以刘银强就去和亲戚讲，能不能尽快再找个房子租住，亲戚刘世平一听非常生气，表示："你什么意思，这不明摆着撵我走吗？有话你就明说，我们交你租金不就行了吗？至于找个借口把人往外撵吗？你这不缺德吗？"最后的结果当然是亲戚根本就不去找房子。刘银强实在等不了，直接自己去中介找了间合适的房子，并且表示可以先垫付一个月的租金，亲戚一看，实在是没办法了，跟刘银强说，那你直接把房子卖给我吧！刘银强着急买商铺，况且卖给谁不是卖啊，但万万没想到，亲戚提出十万块钱买这套房子！刘银强心简直碎了，按市价这套房子已经升值到二十三万，中介甚至表示，如果卖二十万可直接现金收房。刘银强无法接受，然后刘世平就找了很多人过来说："两口子不容易，孩子还上学，打工也不轻松。你们两家又是这么近的亲戚，你们家好几套房子，那么有钱，也不缺他这点小钱，就算照顾亲戚了，便宜卖给他得了。"

刘银强最后表示可以看在亲戚的面子上，二十万卖给他，亲戚要是不买，就直接委托中介了。刘世平知道后找到刘银强说："你这是要把人赶尽杀绝啊！为了钱，连亲戚也不认，为了钱，连心都黑了，你这样要遭报应的，你这样做是要家破人亡的！"

最后两家人闹得像仇人一样。

恩将仇报的故事写满了史书。当年北燕王高云，救了两个吃不上饭的壮士，又赐宝物又赐美酒。结果呢？这俩壮士某天突然想：凭啥咱俩天天见到他还要鞠躬下跪的，凭什么他是王，咱们连个官都没有。然后两个人持剑入宫，把北燕王给刺死了。

中国有句很耐人寻味的谚语：斗米养恩，担米养仇。

必要的时候你要学会狠，狠心放下那些你在乎却不在乎你的人；适当的时候你要懂得冷，冷漠对待那些需要时找你，不需要时不理你的人。

一生辗转千万里，莫问成败重几许。得之坦然，失之淡然，少结怨仇，不记人过。与其在别人的辉煌里仰望，不如亲手点亮自己的心灯。扬帆远航，把握最真实的自己，才会更深刻地解读自己。

穷在闹市无人问，富在深山有远亲。不信但看宴中酒，杯杯先敬富贵人。门前拴着高头马，不是亲来也是亲。门前放着讨饭棍，亲朋好友不上门。世上结交需黄金，黄金不多交不深。有钱有酒多兄弟，急难何曾见一人。胜者为王败者寇，只重衣官不看人。三穷三富过到老，十年兴败多少人。在官三日人问我，离官三日我问人。近水楼台先得月，向阳花木又逢春。谁人背后无人说，谁人背后不说人。

不要结怨更不要结仇，要做到宽容。宽容是一种美德，宽容别人，其实也是给自己的心灵让路，只有在宽容的世界里，人，才能奏出和谐的生命之歌！

要想没有偏见，就要创造一个宽容的社会。要想根除偏见，就要首先根除狭隘的思想。只有远离偏见，才有人与内心的和谐，人与人的和谐，人与社会的和谐。

我们不但要自己快乐，还要把自己的快乐分享给朋友、家人甚至素不相识的陌生人，因为分享快乐本身就是一种快乐，一种更高境界的快乐。

人要做善良的人，坦荡一辈子；不能做虚伪的人，算计一辈子。人活着，比的不是谁高谁低，比的不是谁上谁下，比的是睡能睡得舒坦，笑能笑得灿烂！一个人的真性情、真感情，永远是最难得的限量版。人活着，要上无愧于天、下无愧于地、行无愧于人、做无愧于心。

王冬是个很漂亮的少女，她在刘银强公司工作快三年了，比她后来的同事陆续得到了升职的机会，她却原地不动，心里颇不是滋味。终于有一天，她冒着被解聘的危险，找到刘银强理论。"老板，我有过迟到、早退或乱章违纪的现象吗？"刘银强干脆地回答："没有"。

"那是公司对我有偏见吗？"刘银强先是一怔，继而说："当然没有"。

"为什么比我资历浅的人都可以得到重用，而我却一直在微不足道的岗位上？"

刘银强一时语塞，然后笑笑说："你的事咱们等会再说，我手头上有个急事，要不你先帮我处理一下？"

"一家客户准备到公司来考察产品状况，你联系一下他们，问问何时过来。"刘银强说。

"这真是个重要的任务。"临出门前，她还不忘调侃一句。

一刻钟后，她回到刘银强办公室。

"联系到了吗？"刘银强问。

"联系到了，他们说可能下周过来。"

"具体是下周几？"刘银强问。

"这个我没细问。"

"他们一行多少人。"

"啊！您没问我这个啊！"

"那他们是坐火车还是飞机？"

"这个您也没叫我问呀！"

刘银强不再说什么了，打电话叫张梅过来。张梅比她晚到公司一年，现在已是一个部门的负责人了，张梅接到了与她刚才相同的任务，一会儿工夫，张梅回来了。

"哦，是这样的……"张梅答道："他们是乘下周五下午3点的飞机，大约晚上6点钟到，他们一行五人，由采购部王经理带队，我跟他们说了，我公司会派人到机场迎接。另外，他们计划考察两天时间，具体行程到了以后双方再商榷。为了方便工作，我建议把他们安置在附近的国际酒店，如果您同意，房间明天我就提前预订。还有，下周天气预报有雨，我会随时和他们保持联系，一旦情况有变，我将随时向您汇报。"

做事不要事事等人交代，一个人只要能主动地做好一切，哪怕起点比别人低，也会有很大的发展，主动的人永远受老板欢迎。

从"要我做"到"我要做"，主动分担一些"分外"事。先做后说，给上司惊喜，学会毛遂自荐，高标准要求，要求一步，做到三步，拿好主动的尺度，不要急于表现、出风头甚至抢别人的工作。

王冬在一边脸不禁发红，不好意思再说什么就离开了办公室。

当晚她收到刘银强发来的一条信息：

王冬，不管你在哪里上班，请记住以下黄金定律！

第一则：工作不养闲人，团队不养懒人。

第二则：入一行，先别惦记着能赚钱，先学着让自己值钱。

第三则：没有哪个行业的钱是好赚的。

第四则：干工作，没有哪个是顺利的，受点气是正常的。

第五则：赚不到钱，赚知识；赚不到知识，赚经历；赚不到经历，赚阅历。以上都赚到了，就不可能赚不到钱。

第六则：只有先改变自己的态度，才能改变人生的高度。只有先改变自己的工作态度，才能有职业高度。

第七则：让人迷茫的原因只有一个——那就是本该拼搏的年纪，却想得太多，做得太少！

送君三个字：用心干！

有这样一个故事：有一个博士分到一家研究所，成为学历最高的一个人。有一天他到单位后面的小池塘钓鱼，正好正副局长在他的一左一右，也在钓鱼。他只是微微点了点头，这两个本科生，有啥好聊的呢？不一会儿，正局长放下钓竿，伸伸懒腰，从水面上如飞似地走到对面上厕所。博士眼睛睁得都快掉下来了。水上漂？不会吧，这可是一个池塘啊！

正局长上完厕所回来的时候，同样也是地从水上漂回来了。怎么回事？博士生又不好去问，自己是博士生啊！

过一阵，副局长也站起来，走几步，"蹭蹭蹭"地飘过水面上厕所。这下子博士更是差点昏倒：不会吧，到了一个江湖高手集中的地方？博士生也内急了。这个池塘两边有围墙，要到对面厕所非得绕十分钟的路，而回单位上又太远。怎么办？博士生也不愿意去问两位局长，憋了半天后，也起身往水里跨：我就不信本科生能过的水面，我博士生不能过。只听"咚"的一声，博士生栽到了水里。两位局长将他拉了出来，问他为什么要下水，他问："为什么你们可以走过去呢？"两局长相视一笑："这池塘里有两排木桩子，由于这两天下雨涨水正好在水面下。我们都知道这木桩的位置，所以可以踩着桩子过去。你怎么不问一声呢？"

学历代表过去，只有学习能力才能代表将来。尊重经验的人，才能少走弯路。一个好的团队，也应该是学习型的团队。

20 世纪初，美国福特公司正处于高速发展时期，一个个车间、一片片厂房迅速建成并投入使用。客户的订单快把福特公司销售处的办公室塞满了。每一辆刚刚下线的福特汽车都有许多人等着购买。

突然，福特公司一台电机出了毛病，几乎整个车间都不能运转了，相关的生产工作也被迫停了下来。公司调来大批检修工人反复检修，又请了许多专家来察看，可怎么也找不到问题出在哪儿，更谈不上维修了。

福特公司的领导气得火冒三丈，别说停一天，就是停一分钟，对福特来讲也是巨大的经济损失。

这时有人提议去请著名的物理学家、电机专家斯坦门茨来帮忙。大家一听有理，急忙派专人把斯坦门茨请来。

斯坦门茨要了一张席子铺在电机旁，聚精会神地听了三天，然后又要了梯子，爬上爬下忙了多时，最后在电机的一个部位用粉笔画了一道线，写下了"这里的线圈多绕了16圈"。人们照办了，令人惊异的是，故障竟然排除了，生产立刻恢复了。

福特公司经理问斯坦门茨要多少酬金，斯坦门茨说："不多，只需要1万美元。"1万美元？就只简简单单画了一条线！当时福特公司最著名的薪酬口号就是"月薪5美元"，这在当时是很高的工资待遇，以至于全美国许许多多经验丰富的技术工人和优秀的工程师为了这5美元月薪从各地纷纷涌来。

1条线，1万美元，一个普通职员100多年的收入总和！

斯坦门茨看大家迷惑不解，转身开了个账单：画一条线，1美元；知道在哪儿画线，9 999美元。

福特公司经理看了之后，不仅照价付酬，还重金聘用了斯坦门茨。

知识就是财富。

伴随这个口号的是，如何去获取知识，然后通过知识获取财富。至于采取何种手段？没有人去管。

斯坦门茨原本是德国的一位工程技术人员，因为德国国内经济不景气而失业后，来到美国。由于举目无亲，根本无法立足，只得四处流浪，直到幸运地得到一家小工厂老板的青睐，雇用他担任制造机器马达的技术人员为止。

斯坦门茨十分感谢老板，他刻苦钻研，很快便掌握了马达制造的核心技术，并且帮小工厂接到了很多订单。

当福特公司总裁福特先生得知后，对斯坦门茨十分欣赏，先是很痛快地给了1万美元的酬金，然后又亲自邀请斯坦门茨加盟福特公司。

斯坦门茨却向福特先生说，他不能离开那家小工厂，因为那家小工厂的老板在他最困难的时候帮助了他，一旦他离开了，那家小工厂就要倒闭。

福特先生先是觉得遗憾，继而感慨不已。福特公司在美国是实力雄厚的大公司，人们都以能进福特公司为荣，而这个人却因为对人负责而舍弃这样的机会。

不久，福特先生做出了收购思斯坦门茨所在的那家小工厂的决定。

董事会的成员都觉得不可思议，这样一家小工厂何以会进入福特的视野呢？福特先生意味深长地说：因为那里有斯坦门茨那样懂得感恩和有责任感的人！

今天，我们宣扬的都是"知识就是财富""科学技术是第一生产力"，大力批判"拿手术刀的不如拿剃头刀的"，抱怨给知识分子的待遇差了。于是乎，我们的大学扩招，研究生扩招。

至于什么是感恩？什么是责任？一切退而居其次了。

因为这个社会的许多知识分子们，都把眼光盯到财富上了，他们都在想着怎么贩卖他们的"知识"，怎么把他们的知识变成财富。

于是我们感叹世风日下，感叹道德败坏，感叹人心不古。我们还是没醒悟过来，我们在过度宣扬"知识就是财富"，却遗忘了一些更加重要的东西，没有人去反思我们已经失去了什么。

世界这么大，有人在跑，有人怕摔倒。路上的坎坷是一样的，不一样的是，奔跑的人心里只有目标；怕摔倒的人总是盯着路上的荆棘。最终的结果，奔跑的人到达成功终点；怕摔倒的人，纠结一生，枉费才华，遗憾终生！

没有一条路不是坎坷的，没有一个人不是经历磨难就能获得成功的！大自然的规律，谁也无法改变。坚持、奔跑，相信结果就是成功！

每个人的人生都有两条路，一条用心走，叫作梦想；一条用脚走，叫作现实。心走得太慢，现实会苍白；脚走得太慢，梦不会高飞。人生的精彩，总是心走得很美，而与脚步合一。

人生，总有太多期待一直失望，总有太多梦想一直落空，总有太多言语无人可诉。其实，有些事，轻轻放下，未必不是轻松；有些人，深深记住，未必不是幸福；有些痛，淡淡看开，未必不是历练。坎坷路途，给身边一份温暖；风雨人生，给自己一个微笑。生活，就是把快乐装在心中，然后，静静融化，慢慢扩散。

人活在世上，要俯下身子，正视前方的路，以谦虚的态度，踏踏实实、一步一个脚印地往前走，既不要因为一时的成功而自大，也不要因为一时的失败而一蹶不振。每个人都有闪光的一面，值得我们学习借鉴。

做事，要公正无私、光明磊落，人活一生要坦诚做事、真诚做人，做一个真正的君子。

为人，要直爽坦率，不要遮遮掩掩，不要虚伪、虚荣，要真诚地对待每一个人。一个人在与别人交往中，如果能很好地理解别人，尊重别人，那么他一定会得到别人百倍的理解和尊重。处事，要完美、圆满，处理事情尽可能做到周到、细致，圆满完成每一项任务，努力协调好各种人际关系，尽可能用自己的真诚与自信，赢得他人的理解和信任，最终达到一种完美的理想境界。

王冬突然明白，没有谁生来就能担当大任，都是从简单、平凡的小事做起。今天你为自己贴上什么样的标签，或许就决定了明天你是否会被委以重任。操心的程度直接影响到办事的效率，任何一个公司都需要那些工作积极主动负责的员工。优秀的员工往往不是被动地等待别人安排工作，而是主动去了解自己应该做什么，然后全力以赴地去完成。

热爱你的工作，积极投身其中，它让你大半生有事做、有饭吃，也会让你更值钱。

不要总认为自己比别人做得好，即使你很出色。做事方法有多种，没有完美的途径，遇到困难不妨试试别人的建议。谦虚一些，人们的眼睛是雪亮的。

无论走到哪里都该喜欢那一段时光，完成那一段该完成的职责。保持微笑，珍惜美好年华，别人拥有的，不必羡慕，只要努力，时间都会给你。

与其担心未来，不如现在努力。人生路上，只有奋斗才能给你安全感。不要轻易把梦想寄托在某个人身上，也不要太在乎身旁的耳语，因为未来是你自己的。

人生的高度，是自信撑起来的，我们不是欠缺成功的筹码，而是欠缺自信。所有的路，只有脚踩上去才知其远近和曲折。自信是人最大的潜能。

那些折磨你的，都是激励你的动机，人生之路不会一帆风顺，在所有成功路上折磨你的，背后都隐藏着激励你奋发向上的动机。

郭玉霞是山东师范大学毕业的，来刘银强公司应聘，郭玉霞除了学过韩语专业，又特别选修了国际贸易。

郭玉霞在最后一轮面试的时候，还有两人参加面试：一个是浙江大学的，已经在韩国留学了半年；一个是山东大学的，也是韩语专业。只有郭玉霞是山东师范大学毕业的。面试的过程中，郭玉霞不停地帮助那两个人，或出主意或回答问题。

最后轮到郭玉霞面试，刘银强就问她："你难道不知道那两个人都是你的对手吗？他们中间有一个被录取，你就被淘汰了！"

郭玉霞笑笑说："我知道，可是我觉得这个位置更适合他们。""为什么？""因为他们一个比我有经验，一个比我有能力。你们需要的，就是他们这样的人才。"

然而刘银强当场就告诉郭玉霞："我们需要他们这样的人才，却更需要你这样的人品！你被录取了！"工作了一段时间之后，因为郭玉霞口语好，又学过国际贸易，很快就被调到了人事部。

郭玉霞不仅相貌平平，而且个子很矮小，因而当时就有人问她："以你这样的学历、这样的品貌，这么快就升到人事部，得有多硬的关系呀？"她笑而不语。

只是，再硬的关系，也硬不过好的人品啊！所有的成功，都是做人的成功！

所以，无论干什么，也无论在什么地方，都要本着做人的良心，厚德明礼、积极上进。这样即便不能做出一番大事业，也能做到不愧天地，不愧良心！

做人不能耍聪明。

这世界上有许许多多的人是活在自己世界的人，他们并没有真正的成熟，他们只是身体年龄被时间所催熟，内心却依然活在一个强权就是真理，耍赖可以获得糖果的巨婴世界。有人自以为很聪明，确实也很聪明。但是，有人太聪明了，往往就让别人吃了亏。而别人也不傻，在一定的时候，有时就会为自己的聪明付出代价。

一位好久不见的朋友刚从美国回来，寒暄之余，闲话之间，难免会讲起他在美国的所见所闻。

在美国，很多超市会发行有限期的会员卡。而且很多超市规定，第一次开卡都是免费的，但是当到期后续卡，则要交一笔手续费。

几乎所有美国人都会毫不犹豫地续卡，但是这个朋友则发现了另外一个聪明的办法：

他要求先将第一张卡注销，然后重新开一张卡。

超市工作人员面对朋友这一充满了智慧的要求，竟然无言以对。就像见了外星人一样，完全不知所措。

最终，无可奈何，工作人员只好自己掏钱垫付手续费，给朋友续了卡。

朋友讲完这故事，一边拍着大腿，一边笑得前俯后仰："你说美国人是不是傻！"

无独有偶。一个去澳洲旅行回来的朋友也讲了一段同样有趣而充满智慧的发现。

澳洲的警察一般服务意识很强，脸上往往写着自带光环的五个大字："为人们服务"。

久而久之，一些精明的中国游客发现了一个诀窍：只要你拿着地图，找警察问路，然后呆呆地看着他们，摆出一副听不懂英语，茫然不知所措的样子。警察就会用警车将你送到目的地。

初尝甜头的游客回来，怀着无比自豪的心情，将自己的经验写成攻略，无私地分享给大家。

大家纷纷效仿。

久而久之，澳洲警察看到中国游客，总是心中有所忌惮，甚至很多澳洲警察开始自费学习简单的中文了。其实，在我们的生活中，自古以来，从来不缺乏这些聪明人，他们深谙世事，精明圆滑，在生活中风生水起，游刃有余，人人称羡，个个效仿。

在民国时期出了一个极其精明之人叫李宗吾。他总结古往今来成大事者的规律，最终写成一篇雄文《厚黑学》。将成功的经验总结为两点：脸皮要厚，心要黑。厚黑的最高境界是：脸皮至厚而无形，心至黑而无色。此等学说一出，各路英雄均觉得是至理名言，有人摇旗鼓掌，有人暗暗称奇。

至今，无论是各种媒介流出的励志成功故事，还是教人为人处世的心灵鸡汤，归根结底，最终恐怕都逃不出这"厚黑"的精神。

也正是因为如此，很多人大为受用。读完之后，无不觉得"心有戚戚焉"，大呼人就该这么活着。

以至于原本意思好好的词，现在的含义都发生了变化。比如"老实本分"，毫无疑问曾经是一个褒义词，但是现在要说谁老实本分，恐怕他得翻脸急眼。因为现在的老实本分，大概和"蠢、笨、无能"的意思差不多，意味着在社会上缺乏足够的生存能力。

诚然，天下熙熙皆为利来，天下攘攘皆为利往。这种以宣扬"自利"为目的聪明智慧，自然是广有市场。

但是，大家似乎都没有想过：这是多大的利？是多长远的利？

久而久之，人心发生了微妙的变化，我们的生存状态也发生了变化。

我们拿着钱，不敢随便购买东西，因为很多东西可能是假的：衣服可能是假的，手机可能是山寨的，文凭可能是在大街边买的，结婚证可能是别有目的的共谋，甚至饿了吃的东西，病了吃的药，这些人命关天的东西也可以是假的。

最终，人与人之间的感情也可以是假的，"真爱"一词，就显现出了特别的魅力。

《红楼梦》中头号聪明人物王熙凤说："机关算尽太聪明，反误了卿卿性命。"其实，这是对很多太过于精明人的准确概括。

一个老人在大街上摔倒了，有人去扶了她，老人昧了良心反咬一口，得了不少利益。有利可图，就有人争相效仿，于是，再有老人在大街上跌倒了，大家都避之唯恐不及。

有的人本来好好排队，等地铁上班，然后总有聪明人在门打开的一瞬间蜂拥而上。老老实实排队的轻则没有了座位，重则没挤上车。迟到了，挨骂了，扣钱了，吃亏了，久而久之，这些人也学聪明了。

于是乎，高峰期的地铁里总是不缺乏尖叫声、叫骂声，甚至大打出手。高度文明的今天，为何这场面如此不堪？

一切的根源，似乎没有谁错了，唯独错了的就是我们耍聪明。

做人一辈子，人品做底子。品行是一个人的内涵，名誉是一个人的外貌。做人德为先，待人诚为先，做事勤为先，长辈孝为先。

能力很重要，可有一样东西比能力更重要，那就是人品。人品，是人真正的最高学历，是人能力施展的基础，是当今社会稀缺而珍贵的品质标签。人品和能力，如同左手和右手：单有能力，没有人品，人将残缺不全。人品决定态度，态度决定行为，行为决定着最后的结果。人品意义深远，没有人会愿意信任、重用一个人品欠佳的员工。好人品已成为现代人职业晋升的敬业标杆与成功人生的坚实根基。

任何人都不可能尽善尽美，我们没有理由以高山仰止的目光去审视别人，也没有资格用不屑一顾的神情去伤害别人的自尊。道德可以弥补智慧上的缺陷，但智慧永远弥补不了道德上的缺陷。人的两种力量最有魅力，一种是人格的力量，一种是思想的力量。

做人要有志气，做事要有底气和正气。靠素质立身，靠勤奋创业，靠品德做人，困难面前先让自己承担，荣誉面前先让自己靠边，危险面前先让自己闯关。对上级不媚，对同级不损，对下级不伪，对自己不私。欣赏别人是一种境界，善待别人是一种胸怀，关心别人是一种品质，理解别人是一种涵养，帮助别人是一种快乐，学习别人是一种智慧，团结别人是一种能力，借鉴别人是一种收获。

随着社会进步，人们的知识背景越来越趋同，学历、文凭已不再是公司挑选员工的首要条件，很多公司考察员工的第一条件就是敬业，其次才是专业水平。

敬业要做到：工作的目的不仅仅在于报酬，要有超出报酬的服务与努力，乐意为工作做出个人牺牲，模糊上下班概念，完成工作再谈休息，重视工作中的每一个细节。

对一个忠心耿耿的人，不会有领导愿意让他走。他会成为单位这个铁打营盘中最长久的战士，而且是最有发展前景的员工。

忠心耿耿的人要做到：站在老板的立场上思考问题，与上级分享你的想法，时刻维护公司的利益，琢磨为公司赚钱，在外界诱惑面前经得起考验。

有一天刘银强的妻子魏丽霞上街买东西，看到男子侯斌在对一个老人刘红梅吼叫，是老人刘红梅一不小心站在了他公司门口。侯斌瞪着眼对那个老人刘红梅说："你走开，别站在公司门口，影响公司生意。"刘红梅老人红着脸，像个做了错事的孩子。这时一个男子过来搀着那个老人离开了，对那个吼叫的男人侯斌说："不好意思啊，我刚才心情不好，对老人照顾不周。"

这一切刚好被刘银强的妻子魏丽霞看到了，魏丽霞马上给公司业务部打电话，终止跟该男子侯斌的直接业务往来。原来侯斌以前跟公司有很多业务往来，魏丽霞认为侯斌对老人不敬不孝，人品有问题，这样的人不可交，不可用，决定集团公司不再与侯斌合作。后来刘银强的妻子发短信给侯斌：人人都需要被尊重，人人都渴望被理解，尊老爱幼是传统美德，更不能歧视老人。得意时莫炫耀，失意时莫气馁，花无百日红，人无百日衰，行善积德，尊老爱幼，才能成就大事！你如果能悔悟，集团公司将继续与你合作！

后来侯斌认识到自己的错误，专程到公司找魏丽霞致谢，恢复了与公司的业务往来，而且侯斌在后来做了很多尊老爱幼的事情，公司也日益强大。

不要乱发脾气，一伤身体，二伤感情，人与人在出生和去世中都是平等的——哭声中来，哭声中去。千万注意，自己恋恋不舍，而别人早就去意已决，退一步海阔天空，忍一事风平浪静，牢骚太多易肠断，风物长宜放眼量。别人尊重你，并不是因为你优秀，而是别人很优秀。

忍耐是一生的修行，过程是痛苦的，结果是美妙的；不论是逆境、顺境都要忍，肚量能容事，善意会化解，就会雨过天晴。忍耐是一种以退为进的生存智慧；忍耐不是软弱，也不是逃避，而是一种自我的超越。吃亏能养德，忍耐能养心。

很多人都以为尊重别人是放低自己，是把自己的优越感隐藏起来，其实错了。一个有本事的人，越尊重别人越受敬仰；一个没本事的人，越不尊重别人越被厌恶。

魏丽霞给侯斌发完信息之后去国贸商城，国贸商城是中山路上最繁华的路段。一个乞丐跪地乞讨，是个老人，没有下肢。一寸寸地爬行，路人皆侧目，无表情，逢乞必施的人们都顺手掏出一些钱，扔给了那乞丐，动作娴熟。没过多久，对面走来一个女人，女人衣衫华贵，妆容精致，她不是别人，正是魏丽霞。她从国贸刚买完东西出来，手里大包小包，走到乞丐面前时，她停下了脚步，想掏钱，却腾不出手来，乞丐"善解人意"地趴在地上摆了摆手，示意她离开。魏丽霞却突然蹲下了身体，人们以为她是想近距离地训斥乞丐几句，却见她用腾不开的手和眼神示意乞丐自己动手去掏她的腰包！乞丐的手，脏到不能再脏，黑得像刚捡完煤渣。可魏丽霞就那样蹲在乞丐的面前，任由那脏手去掏她贴身的腰包！乞丐掏了，是一张10元的钞票，魏丽霞站起身，急匆匆地离去。

看见的人都怔住了！眼前的场景，却令人们无比惊讶。不是施舍钱多钱少的问题，是看见了灵魂深处的某种傲慢，某种偏见，某种如乞丐般的卑微。那些以为优美的一扔，是施舍，是恩赐，是强势对弱势的怜悯，很炫。而事实上，不是！魏丽霞那一蹲，蹲出了她的高贵！这样的女人，可爱之外，还有可敬！

懂得尊重别人，不只是涵养，更是做事业的基础和前提。在你本事还不够的时候，如果能够尊重别人，正是广交朋友、拓宽路子的最好办法。

别把他人的善良当软弱，那是一种大度；别把他人的宽容当懦弱，那是一种慈悲。好脾气的人不轻易发火，不代表不会发火。性子淡的人只是装糊涂，不代表没有底线，感情不能敷衍，人心不能玩弄，缘分不能挥霍。把情当情，才有真感情，平等互爱，才有真人心。善待老人，才有好前程。

有一天刘金强开奔驰车由南向北行驶，走到富水河公路大桥桥北头时，遇上红灯，于是停车等信号。紧随其后的一辆农用三轮车，刹车不及，"咣"的一声，撞个正着！

一声巨响之后，奔驰车的后保险杠、大灯纷纷碎裂，散落一地……开农用三轮车的是一对夫妇王勇和谢敏，四十岁左右的年纪，面相忠厚、朴实，穿着拖鞋、褪了色的迷彩服、挽着裤腿，见闯下大祸，吓得面无人色、呆若木鸡。

奔驰车上下来两个男人，年纪大的是刘金强，年龄小的二十出头是刘金强儿子刘军。刘军转向车后，看过车后，对着肇事的农用三轮司机王勇破口大骂："你瞎了？我的车都停了，你还瞪俩眼睛往上撞！"三轮司机王勇小声说："对不起，我开车时打盹了，所以撞上了，都怨我……"

刘军说："你说怨你就好了，怎么办吧？修车费用怎么着也得万八千的，你看是报警还是私了？"三轮司机王勇怯怯回答说："私了吧，不过我真的拿不出那么多的钱……老婆，你把你兜里的钱掏出来都给他吧。"

被吓呆了的女人谢敏哆哆嗦嗦地从兜里掏出一沓钱，有些不舍地递给王勇，说："这是咱买水泵的钱啊，咱们的水泵不买了？"男人说："把人家的车给撞了，得赔人家钱，还买什么水泵？"转头对小伙刘军说："真的对不起，我身上就这1 500块钱了，都赔你吧……"

刘军刚要发火，一直没说话的父亲刘金强说话了："你开车怎么能打盹呢？昨晚没睡觉啊？"三轮司机王勇回答说："今年大旱，庄稼果树都要枯死了。村里打了一眼井，但水不多，家家轮流着担水抗旱，昨夜轮到我家时，都后半夜了，所以一夜几乎没怎么睡。"刘金强又问："那买水泵又是怎么回事儿?"三轮车主说："这么靠担水实在来不及,今早从亲戚家借了1 500元,准备到城里买一个水泵,谁曾想开车时打盹了,结果……"

刘军转头问父亲："爸,你说怎么办?"他父亲叹息一声："儿子,算了吧,善待他人就是善待自己,一两万对我们来说不算什么,但够他们生活一年的。爸爸也是农村出来的,农村的苦日子也过过,他们挣点钱不容易。"对农用车夫妻说："你们走吧,不用你们赔了,以后开车慢点,注意安全。"

王勇、谢敏夫妻二人好像傻了一样,呆呆不动,在众人的提醒下,才千恩万谢,直说遇到好人了。就在他们即将发动车子的一刹那,刘金强又说："别急,你先停一下。"三轮车夫妇俩脸色霎时就变了:不会是人家反悔了吧?只见刘金强走上前,手里拿着一把钱,说："这是一千元钱,别嫌少,送给你们买水泵。"

三轮车夫妇顿时泪流如雨,握住刘金强的手说："大哥,你说我们把你的车给撞了,你不但不用我们赔,还送我们钱。"

刘金强说："兄弟,收下吧,我知道你们不容易,就算我为农村尽点力,你们走吧!"

三轮车夫妇走后,刘金强又对儿子说："其实每个人身边都有一根关于爱的链条,所有付出的关爱都会周转无数的人。善待自尊、自强的弱者,就是善待自己。心怀感恩的心,不怕年少苦难和挫折!你让别人一步,别人才会敬你一尺。人心如路,越计较,越狭窄,越宽容,越宽阔。不与君子计较,他会加倍奉还,不与小人计较,他会拿你无招，宽容，貌似是让别人，实际是给自己的心开拓道路。"

儿子听后，低下了头，沉默了很久。父亲的一段话令儿子很受教育。

有一天一名成绩优秀的青年王浩去刘金强集团应聘公司的经理职位。他通过了第一级的面试，刘金强董事长进行最后面试，做最后的决定。

董事长刘金强从王浩的履历上发现，王浩成绩一贯优秀，从中学到研究生从来没有间断过。

董事长："你在学校里拿到奖学金吗？"

青年："没有。"

董事长："是你的父亲为您付学费吗？"

青年："我父亲在我一岁时就去世了，是我的母亲给我付学费。"

董事长："那你的母亲是在哪家公司高就？"

王浩回答："我的母亲是给人洗衣服的。"

董事长要求王浩把手伸给他，王浩把一双洁白的手伸给董事长。

董事长："你帮你母亲洗过衣服吗？"

青年："从来没有，我妈总是要我多读书。再说，母亲洗衣服比我快得多。"

董事长说："我有个要求，你今天回家，给你母亲洗双手，明天上午你再来见我。"

王浩觉得自己被录取的可能性很大，回到家后高高兴兴地要给母亲洗手，母亲受宠若惊地把手伸给孩子。

王浩给母亲洗着手，渐渐地，眼泪掉下来了。因为他第一次发现，他母亲的双手都是老茧，有个伤口在碰到水时还疼得发抖。王浩第一次体会到，母亲就是每天用这双有伤口的手洗衣服为他付学费，母亲的这双手就是他今天毕业的代价。王浩给母亲洗完手后，一声不响地把母亲剩下要洗的衣服都洗了。当天晚上，母亲和孩子聊了很久很久。

第二天早上，王浩去见董事长。

董事长望着王浩红肿的眼睛，问道："可以告诉我你昨天回家做了些什么吗？"

王浩回答："我给母亲洗完手之后，我帮母亲把剩下的衣服都洗了。"

董事长说："请你告诉我你的感受。"

王浩说："第一，我懂得了感恩，没有我母亲，我不可能有今天。第二，我懂得了要去和母亲一起劳动，才会知道母亲的辛苦。第三，我懂得了家庭亲情的可贵。"

董事长说："我就是要录取一个会感恩，会体会别人辛苦，不是把金钱当作人生第一目标的人来当经理，你被录取了。"

王浩后来果真工作努力，深得职工拥护，员工也都努力工作，整个公司业绩大幅增长。

父母一路养育我们长大，给予了我们许多，我们逐渐有了自己的思想，自己的思维方式。这时候，我们不是应该胡思乱想，而是要好好想想父母这些年来对我们的养育之恩，虽说现在孝顺父母也被写进了法律，但真正的孝顺父母不是要法律法规来要求的，而是自觉的。

　　父母一天天变老，逐渐长出了白头发。以前小时候不懂事，看见父母的白头发只会笑哈哈的说你们老了。现在想起来，父母的沧桑、辛苦，都是为了我们子女的幸福，为了给我们一个好的环境。我们长大了，更不应该让父母操心了，我们要做力所能及的事，减轻父母肩上的重担，让父母休息一下。

　　做人一定要讲良心，良心是做人底线。人心向善，丢什么也不能丢了良心。丢掉了这根"底线"，就必然会把自己送入失败的人生"黑洞"。孟子说："仰不愧于天，俯不怍于地。"为人处世不能愧对天地，愧对自己的良心，做人必须光明磊落，问心无愧。

　　良心就是一个人注重自己的做人修养，要有只做善事、不为恶行的心态。拥有了这样的心态，就会像孟子那样，浑身都闪耀着大丈夫的浩然正气；就会知恩图报，见义勇为，助人为乐，爱岗敬业；就会把自己的利益置于相对次要的位置，成为一个真正问心无愧的人。

　　无论时代如何变迁，做人的良心是不应该缺失的，热情而不冷漠，人世间就会少了许许多多的悲剧。良心不可欺，欺了良心，就会寝食不安，心神不宁，就会受到来自心底的自我谴责。

　　一个懂感恩，会体会别人辛苦，不是把金钱当作人生第一目标的人，才会有好报，才能成功！

　　再看刘金强的表弟黄大勇，他和刘金强也是同村，他家贫穷，大学是靠自己打零工挣钱念完的。

　　刚上大学时父亲叹着气，颤抖着将四处求借来的4 533元钱递给了儿子黄大勇，黄大勇清楚地明白交完4 100元的学杂费，这一学期属于他自由支配的费用就只有 433 元了！他也清楚，老迈的父亲已经尽了全力，再也无法给予他更多。"爹，你放心吧，儿子还有一双手，一双腿呢。"

强抑着辛酸，他笑着安慰完父亲，转身走向那条弯弯的山路，转身的刹那，有泪流出。他穿着那双半新的胶鞋，走完 120 里山路，再花上 68 块钱坐车，到达他梦寐以求的大学。

到了学校，扣除车费，交上学费，他的手里仅剩下可怜的 365 块钱。5 个月，300 多块，应该如何分配才能熬过这一学期？身边那些脖子上挂着 MP4，穿着时尚品牌的同学来来往往，笑着冲他打招呼。他也跟着笑，只是无人知道，他的心里正泪水汹涌。饭，只吃两顿，每顿控制在 2 块钱以内，这是他给自己拟订的开销，可即便这样，也无法维持到期末。

思来想去，他一狠心，跑到手机店花 150 块买了一部旧手机，除了能打能接听外，仅有短信功能。第二天学校的各个宣传栏里便贴出了一张张手写的小广告：你需要代理服务吗？如果你不想去买饭、打开水、交纳话费……请拨打电话告诉我，我会在最短的时间内为你服务，校内代理每次 1 元，校外 1 公里内代理每次 2 元。

小广告一出，他的手机几乎成了最繁忙的"热线"。

一位大四美术系的师哥第一个打来电话："我这人懒，早晨不愿起床买饭。这事就拜托你了！""行！每天早上七点我准时送到你的寝室。"

他兴奋地刚记下第一单生意，又有一位同学发来短信："你能帮我买双拖鞋送到 504 吗？41 码，要防臭的。"

他是个聪明的男孩，入校没多久，他便发现了一个有趣的现象：校园里，特别是大三大四的学生，"蜗居"一族越来越多。所谓"蜗居"就是一些家境比较好的同学整日缩在宿舍里看书、玩电脑，甚至连饭菜都不愿下楼去打。而他又是在大山里长大的，坑洼不平的山路给了他一双"快脚"，上五楼六楼也就是一眨眼的事。

当天下午，一位同学打来电话，让他去校外的一家外卖快餐店，买一份 15 元标准的快餐。他挂断电话，一阵风似地去了。来回没用上 10 分钟，这也太快了！那位同学当即掏出 20 块钱，递给他。他找回 3 块，因为事先说好的，出校门，代理费 2 元。做生意嘛，无论大小都要讲信用。后来就冲这效率这信用，各个寝室只要有采购的事，总会想到他。

能有如此火爆的生意，的确出乎他的意料。有时一下课，手机一打开，里面便堆满了各种各样要求代理的信息。一天下午，倾盆大雨，手机却不失时机地响了，是位女生发来的短信。接到信息，他一头冲进了雨里，等被浇成"落汤鸡"地他把雨伞送到女生手上时，女生感动不已，竟然给了他一个温暖的拥抱！那是他第一次接受女孩子的拥抱！他连声说着谢谢，泪水止不住地涌出……

随着知名度的提高，他的生意越来越好。只要顾客有需求，他总会提供最快捷最优质的服务。仿佛是一转眼，第一学期就在他不停地奔跑中结束了。

寒假回家，老父亲还在为他的学费发愁，他却掏出 1000 块钱塞到父亲的手里："爹，虽然你没有给我一个富裕的家，可你给了我一双善于奔跑的双腿，凭着这双腿，我一定能'跑'完大学，跑出个名堂来！"

转过年，他不再单兵作战，而是招了几个家境不好的朋友，为全校甚至外校的顾客作代理。代理范围也不断扩大，逐渐从零零碎碎的生活用品扩展到电脑配件、电子产品。

等这一学期跑下来，他不仅购置了电脑，在网络上拥有了庞大的顾客群，还被一家大商场选中，做起了校园总代理。

奔跑，奔跑，不停地奔跑，他一路跑向了成功。

我们每个人都生在不同的家庭，拥有不同的家庭背景，也许别人在雨中享受雨伞给他们带来的安逸，我们却不得不奔跑着回家。如果是你，会怎么办呢？你会像上面的主人翁那样，还是抱怨父母及社会？

当多数人只看到眼前的时候，成功的人却不仅看当前，还包括过去，甚至能看见未来。

未成功的人，往往找不到问题的关键；而成功的人在面对问题时总能一针见血、一击即中。

成功人士知道要想建造属于自己的城堡，就必须打好根基；而未成功的人，一路只知道埋头往高处走，从未努力去打好基础。

成功的人不仅能听懂别人说的话，更能听懂话语背后更深层次的意思；而未成功的人，懵懂，往往只能听见别人说的话而已。

视野的宽度决定着成功的高度。未成功的人往往只考虑小范围的利害，而成功的人则有大局观，未雨绸缪，为将来的康庄大道搭桥铺石。

成功的人更加在意执行力，在确定目标之后的行动，就如同一只迅猛的猎豹！这是成功的真理之一，试想一下，如龟速般的执行力何时才能盖好城堡？

未成功的人总是缺少足够的自信，就像小孩的依赖，什么都要问大人；而成功的人往往拥有雄狮般傲视群雄的自信，独立思考分析，有精准的判断力和决断力。

与看人一样，我们需要从表面往深远去看问题，成功的人考虑的事情多而且周全缜密，会向更深层次迈进，能够看到表面背后千丝万缕的关联，从而找到更多奔向成功的道路。

成功就是达成所设定的目标，意指达到目的或理想所得到结果。成功其实是一种积极的感觉，它是每个人达到自己理想之后一种自信的状态和一种满足的感觉！总之，我们每个人对于成功的定义是各不相同的！而到达成功的方法只有一个，那就是先得学会付出常人所不能付出的东西！

成功不可能一帆风顺，往往要经历各种瓶颈和低谷。不少人从高峰落下低谷，从此一蹶不振，摔死在"谷底"。而对于成功的人，低谷意味着被压到最低处的弹簧、蓄势待发的火箭、准备离弦的箭，在这里，他们反思、学习、积累，储备足够的能量，一飞冲天。

黄大勇在上大学期间认识了同学刘娟，对刘娟有好感。刘娟家庭富有，是城里的姑娘，父母是高干，家里有保姆，第一次去乡下时，她认不清麦苗和韭菜。

　　刘娟和所有成熟的女人一样，也曾有过少女时代单纯、幼稚、迷茫、困惑、梦想的经历和羽化的过程。笑过，也哭过；快乐过，也痛苦过；爱过，也迷惘过。正是因为有过这样的阅历和经历，她比那种肤浅、矫情、浅薄、无知，花蝴蝶似的女人有更多的内涵、纯粹、温和、知性、包容、智慧、自信和稳健。

　　黄大勇和刘娟初次相见是在场上。她忽然来例假，染红了白裙子，却浑然不觉，还在和同学有说有笑。黄大勇看见后脸红了，脱下自己的上衣让刘娟围在腰间。那一刻，是她一辈子也难忘的。之后是缠缠绵绵的四年恋爱，她试图帮他，而他不肯，男人哪会用女孩子帮忙？

　　毕业时，他们本来免不了天各一方。但她死心塌地地跟着他走，家里人反对，几乎与她反目，她却认定这男人是她想要的。她有一只珍贵的玉镯，是母亲给她的。到小城后，她摘下了玉镯，是的，在这样的地方哪里用得着戴玉镯啊！不久，她怀孕了。见她反应厉害，他跑到附近的山上为她摘山杏，不料一脚踩空，从山上摔了下去。这一摔，几乎摔掉了她和他的未来。她常常这样想：如果他不去摘山杏呢？可是，这个世界从来没有如果。他瘫了，家里的一切都靠她，父母来接她，毕竟在小城里的一生可以预见。是的，谁都能想象以后的生活会是什么样子，但这最后的机会，她仍然拒绝了，为了给他治病，她卖掉了那只镯子，接受父母给的钱。到底是父母啊，看见固执的女儿这么苦，心疼了。她挺着个大肚子挑起家里的重担，在田里摘菜不小心摔倒了，她流产了，躺在冰冷的病床上流泪。

　　他们依然在小城过着贫苦的日子。她当中学教师，他病退在家翻译一些书。她早已没有了大城市姑娘的骄傲，低下头来做一切，和小菜贩讨价还价，买廉价的衣服……与当地的女人并无二样。大夫说她丈夫不可能再站起来了，可她还是坚持给他按摩，十几年如一日，并不指望奇迹发生，只希望他的腿不萎缩。35岁那年，她听说有位大夫针灸功夫好，但要翻过一座山才能找到那位大夫。她找来一辆平板车，每两天就拉着他翻山去扎针。风雪中，她弓着背，艰难地往前走。他看着她的背影，哭了："下一辈子，我再也不要遇到你，再也不爱你。因为，你太苦了。"所有人都希望来生再爱，可他却说"来生，再也不爱你。"奇迹是在一年后出现的，他的腿居然有了知觉，慢慢能走了，好事成双，他写的论文在国际上获了奖，有许多人来找他。他也四处讲学，同时讲这十几年自己在轮椅上的生活，谁也没想到会有这一天，谁也没想到柳暗花明。

男人只有穷一次，才知道哪个女人最爱你；女人只有丑一次，才知道哪个男人不会离开你；人只有落魄一次，才知道谁最真谁最在乎你。

陪伴，不是你有钱我才追随；珍惜，不是你漂亮我才关注。时间留下的，不是财富，不是美丽，是真诚。日久不一定生情，但一定见人心！

温室的花朵是不会鲜艳的，是不会芳香扑鼻的。逆境促使人生存，促使人奋进。我们应该学会在逆境中看到希望。希望不仅给我们力量，让我们撑过困境，更可扭转逆势。希望不仅让生命变得容易承受，更让它变成一场精彩的球赛，人人都想再打一次——赢得胜利！

当身处最恶劣的环境，面临终极的绝望时，没有别的选择，只能拥抱真理，昂首前望，开始爬出深渊。

生活中，一个好的心态，可以使你乐观豁达；一个好的心态，可以使你战胜面临的苦难；一个好的心态，可以使你淡泊名利，过上真正快乐的生活。人类几千年的文明史告诉我们，积极的心态能帮助我们获取健康、幸福和财富。

在现实生活中，我们不能控制自己的遭遇，却可以控制自己的心态；我们不能改变别人，却可以改变自己。其实，人与人之间并无太大的区别，真正的区别在于心态。所以，一个人成功与否，主要取决于他的心态。

人生有顺境也有逆境，不可能处处是逆境；人生有巅峰也有谷底，不可能处处是谷底。因为顺境或巅峰而趾高气扬，因为逆境或低谷而垂头丧气，都是浅薄的人生。面对挫折，如果只是一味地抱怨、生气，那么你注定永远是个弱者。

古往今来，许多人之所以失败，究其原因，不是因为无能，而是因为不自信。自信是一种力量，更是一种动力。当你不自信的时候，你难于做好事情；当你什么也不做不好时，你就更加不自信。这是一种恶性循环。若想从这种恶性循环中解脱出来，就得与失败进行斗争，就得树立牢固的自信心。

逆境是最好的老师。逆境强迫我们去正视自己的生活与生活形态，要我们放弃过时的、不合适的希望，去摆脱阻止我们前进的依赖心理，更要摒除那些除了满足自我以外，毫无用处的自欺欺人的想法。

让我们以全新的方式成长：暴风雨比起晴空万里，当然更能唤起人们的警戒心。从内心深处，我们会发现更多的耐心、毅力、勇气以及意志。即使我们确定已经没有资源可以利用时，仍然可以再发掘出另外的力量。

让我们体会同情心的可贵：有人会从心底去帮助无家可归者，只有曾受难的人才能深切体会其中的痛。挫败带给我们的，是非常可贵的同情心。

要能够正确对待逆境，能够在逆境中不断崛起。请记住：绝望只能让你更加绝望，它于事无补，而希望却常常让你柳暗花明，让你走向成功。

人生就是这样充满了大起大合，你永远不会知道下一刻会发生什么，也不会明白命运为何这样待你。只有在经历了人生种种变故之后，才会褪尽了最初的浮华，以一种谦卑的姿态看待这个世界。

人，来到这世上，总会有许多的不如意，也会有许多的不公平，会有许多的失落，也会有许多的羡慕。

你羡慕我的自由，我羡慕你的约束；你羡慕我的车，我羡慕你的房；你羡慕我的工作，我羡慕你每天总有休息时间。

或许，我们都是远视眼，总是活在对别人的仰视里；或许，我们都是近视眼，往往忽略了身边的幸福。

当你走在生活的风雨旅程中，当你羡慕别人住着高楼大厦时，也许瑟缩在墙角的人，正羡慕你有一座可以遮风的草屋，当你羡慕别人坐在豪华车里，而失意于自己在地上行走时，也许躺在病床上的人，正羡慕你还可以自由行走。

抱怨命运不如改变命运，抱怨生活不如改善生活。凡事多找方法，少找借口，强者不是没有眼泪，而是含着眼泪在奔跑！人生无悔便是道，人生无怨便是德，得到的要珍惜，失去的就放弃。

法国请黄大勇去讲学三年，他犹豫了，刘娟说："去，一定要去，这是千载难逢的机会。"这时，36 岁的刘娟已初露沧桑端倪，黑发里有了白发，眼角堆起了皱纹，衣服永远是过时的，身体有些发胖，再也没有了当年的样子。而黄大勇正是最好的时候。法国，是多么浪漫的国度啊！有人担心他会一去不回，问她："你不怕吗?"她摇摇头说："感情经历了这么多，如果还那么脆弱，那就一定不是爱情"。三年后，黄大勇回来了，留在了城里，他叫人捎来了口信，说他做的第一件事就是去小镇接刘娟，但没有告诉刘娟准确到达的时间，只是说这几天回来，想给刘娟一个惊喜。从听到黄大勇要回来的那一天起，刘娟每天都在车站等他，凡是从城里来的车，她一辆也没放过，早出晚归。终于有一天，黄大勇回来了，把刘娟接到了城里，住进了宽敞明亮的高楼，和他一起享受天伦之乐，后来夫妻俩在城里成立了一所民办私立学校。

大病一场后，他们明白只有身体最重要。所以，平时那些看似重如泰山般的事情，一场大病后就都看轻、看透、看开了。

亲人只有一次缘分，这辈子，即使无法与你一路伴行，但在风雨交加的时候，总会想着为你遮风挡雨一程！即使不能与你一路并肩作战，但在艰难险阻的时候，总会想着与你一同分担苦痛！这辈子，无论相处多久，也请好好珍惜共聚的时光。

有一种感情很纯，不惊不扰，来往于彼此之间；有一种交集很暖，不偏不倚，融化于心灵之间。不管需不需要，陪伴一直都在。无论四季冷暖，惦念是始终不变的情感。缘分不需要理由，默然相念，寂静喜欢；朋友不需要誓言，肝胆相照，风雨同歌。天涯咫尺，你若懂得，便是心安；咫尺天涯，你若安好，便是晴天。

刘娟这样说，女人可以貌不出众，可以平淡无奇，可以资质愚钝，甚至可以没多少气质，但是不可以没有教养，有教养的女人是最高贵的。

有教养的女人，处世落落大方，不亢不卑，不张扬，不显摆，似一株幽兰，芬芳四溢而不自知；有教养的女人善解人意，通达世情，不天真，不偏激，在任何突发变故面前都能处变不惊。

有教养的女人，面对男人的追求，不盲目地惊慌，不虚荣地窃喜，懂得端庄之中辨真情，懂得怎样用婉转的措辞拒绝倾慕。当男人决定离开的时候，即使无助的泪往心里流，也不挽留，不痴缠，懂得缘尽而散。放手，是给他一条出路，也是给自己留一条生路。有教养的女人，面对名利金钱的诱惑，会三思而行，反复斟酌，不会轻易让自己陷入尴尬的处境。有教养的女人，在平静的岁月，是柔风细雨，于淡然中抒旖旎柔情。

一对体貌反差很大的夫妻之所以能够白头偕老，一对学识上天差地远的夫妻之所以能够相伴终生，一对年轻时打打闹闹的夫妻进入老年后却突然相敬如宾，在很大程度上，并非是他们之间的爱情有了多大进展，而是因为他们在长期相濡以沫的日常生活中，储存下了多少恩情。这种恩情，通常都不是来自夫妻幸运阶段的锦上添花，而是来自失意阶段的雪中送炭。或一方落难时的舍命相救，或一方患病期间的精心服侍，或惨淡日子中的无怨无悔，或众叛亲离时的不离不弃。这种感情，是任何物质利益和名利引诱都不能替代的，世间恩爱夫妻之所以把"恩"放在前面，把"爱"放在后面，就是因为他们之间的"恩情"，早已远远超过了"爱情"的分量。

花开一春，人活一世，有许多东西可能说不太清楚为什么或怎么了。然而，人不是因为弄清了一切的奥秘才生活的，人是因为询问着、体察着、感受着与且信且疑着才享受了生活的滋味的。不知，不尽知，有所期待，有所失望，所以一切才这样迷人。

我们以为人生是出悲剧或者喜剧，其实不然。你能走出悲剧，最终往往是喜剧；你若沉溺喜剧，结局又常常是悲剧。哭笑犬牙交错，悲喜时刻轮回。哭的时候，学会遗忘；笑的时候，与人分享。没人愿意哭，没人拒绝笑。

以出世的心态做人，以入世的心态做事。"有缘即住无缘去，一任清风送白云。"人生有所求，求而得之，我之所喜，求而不得，我亦无忧，若如此，人生哪里还会有什么烦恼可言？苦乐随缘，得失随缘，以"入世"的态度去耕耘，以"出世"的态度去收获，这就是随缘人生的最高境界。时间的渡口，我们皆是过客，无论我们怎样珍惜与挽留，抑或怎样荒废与抛弃，生命的田地终将是一片寂静荒芜，我们无力留下什么。你就是再成功，光阴的橡皮也会慢慢擦去你的名字。

人心都是相对的，以真换真；感情都是相互的，用心暖心。有多少人半路就离去，有多少人中途就转移，有几颗心能专心专意，有几份情会不离不弃。历经风雨，才能看透人心真假；患难与共，才能领悟感情冷暖。

虚情留不住，真心总会在。一份情，因为真诚而存在；一颗心，因为疼惜而从未走开。

任何感情都需要用心呵护，好好珍惜。

你珍惜一个人，一定是感动过；你放弃一个人，一定是失望过。看人不能看表面，日久必现原形；品情不要品随行，患难才见真情。人在落魄时才能看清，谁泼的是盆盆冷水，谁捧的是颗颗丹心。真正的朋友是在最黑暗的时候，陪你一起等天亮的人；真正的感情是心在下雨的时候，甘愿为你撑伞的人。这个世上，能为你留到最后的人是最少的，更是最好的。人只有在最深的绝望里，往往看到的才是最美的风景。

友不在多，贵在风雨同行；情不论久，重在有求必应。所谓义真：只要你要，只要我有，只要你需，只要我能。所谓的情深，不是得意时的花言巧语，而是关键时刻拉你的那只手。打开了心窗，情感有所释放；驻留的感情，寄托有所安放。最大的欣慰，莫过于随同做伴；最真的触动，莫过于心灵牵手。生命中有很多缘分，都是可遇而不可求的。有多少人，从熟悉渐渐地变得陌生；又有多少主动，被视为是自作多情。情之所以勉强，是你在乎的人没有在乎你；心之所以强求，是你看重的情没有得到想要的归属。可谓有缘千里来相会，无缘对面不相逢。

若有缘，不请自入；若无缘，求也无用。其实缘分，顺其自然最好。不珍惜你的，说了珍惜也会离开；能珍惜你的，不说珍惜，也会一直在。

经过几年的辛勤耕耘，黄大勇和刘娟的民办学校越办越好，他们决定开始资助一些贫困山区孩子。校长黄大勇让办公室主任刘斌找有关部门，找到了一些有受捐需求的孩子的联系方式与地址，每人寄去一本书一支笔，并随书标注了自己的电话号码，联系地址以及邮箱等信息。学校老师对校长这些做法有些不理解，为什么送一本书和一支笔，还要留下联系方式？在不解与质疑当中，校长黄大勇好像在等待着什么，每天都去看门口的信投箱，或打开自己的邮箱。有一天，终于有一位得到书的孩子给校长寄来祝贺节日的卡片。校长黄大勇高兴极了，当天就给这个孩子寄去了一笔可观的助学资金，同时毅然放弃了对那些没有反馈消息的学生的资助。

学校其他老师这才明白，校长黄大勇在用他特有的方式诠释不懂感恩的人不值得资助。

人要懂得感恩才会幸福，父母创造了孩子，并以辛勤劳动挣得的血汗钱供养着孩子，孩子的每一步成长都凝结着父母的心血。

感恩是社会和谐的关键。的确如此，感恩可以增强人们的社会归属感，增强作为好公民的责任，使人们对善意更忠诚。当今社会需要以多种形式将感恩贯穿于各种文化中。对每个人的贡献表达感恩，从而使社会变得更加和谐、团结。公开表达的及其他各种形式的感恩会使人们保持乐观并有共同目标感。

教育孩子懂得感恩和尊重别人是很重要的事，如果父母一味溺爱，孩子不懂回报，即便走上社会也会遭遇碰壁，甚至可能无法无天！孩子感恩的对象，莫过于恩情最深的父母！

播种善良，才能收获希望，一个人可以没有让别人羡慕的姿容，也可以忍受缺金少银的日子，但离开了善良却足以让人生搁浅和褪色——因为善良是生命的黄金。

做人，不要丢掉善良。世界可以混乱，内心，不可乱。有些话，能不说就沉默，藏在心里更适合；有些伤，能不揭就放下，无声忘记更明智；有些事，可以看透，但不要说破；有些人，可以看穿，但不要戳穿。给事留一个机会，给人留一个空间，给己留一份尊严。予人方便，就是待己仁厚；包容别人，就是宽恕自己。每个人，有每个人的需求；每个人，有每个人的梦想；每个人，有每个人的价值。有些事，不能强求；有些缘，不能强结；有些人，不能强留；有些路，不能强走；有些理，不能强通；有些观念，不能强为。

要懂得：快乐，源于心态；美好，源于懂爱；丰富，源于知识；成熟，源于磨砺；财富，源于积累。

人无完人，事无巨细。做人既要昂首挺胸，更要低头思过。仰俯之间，不仅是一个姿势，更是一种态度、一种素质。

善良的心，像黄金一样闪光，像甘露一样纯洁、晶莹。善良的心胸是博大、宽宏的，能包容宇宙万物，造福人类苍生。行善而不求回报的人经常能够得到意料之外的回馈，这是因果循环的自然规律。

善良之人经常造福他人，实质上也在造福自己。善良如雪莲，圣洁高雅；善良像阳光，温暖明媚，成为人生最温暖的底色。善良是可以传递的，溪流一样漫过田野和山谷，荡涤生命的尘埃；善良是可以延续的，绵延成心的路标，指引你的走向，安放你的灵魂。

在日常生活中，父母应该时刻创造条件启发孩子学会用感激、感恩的心态去面对自己的付出，让孩子先从感恩父母开始。比如让孩子知道父母为自己做事后要说谢谢等，通过这种小的事情、小的情绪让孩子熟悉这种感恩的状态，并最终知道如何表示自己的感恩。

感恩之心，是心灵成长的营养剂。当孩子们感到他人的善行时，就想到今后自己也应该这样做，这就给孩子一种行为上的暗示，使他们从小知道爱别人，帮助别人。

有位投资人刘小斌打算给黄大勇的民办学校投资一千万。当他跟这个学校的财务副校长聊天的时候，却意外听见这位副校长抱怨手下员工能力很差，学校校长心胸狭窄，投资人刘小斌立刻告诉他说："我觉得投资你们学校的风险太大了，你找别人融资吧，再见！"

这位投资人刘小斌坚持一个原则：一个单位领导班子不团结，这样的单位是没有希望的。人永远不要在背后说别人的坏话，得人善言，如获金珠宝玉，见人善言，美于诗赋文章，言不中理，不如不言，一言不中，千言无用，口舌祸之门，灭身之斧也。

沉淀自己的心，静观事态变迁。与人相处，需要讲究方式方法。有些事，需忍，勿怒；有些人，需让，勿究。

静坐常思己过，闲谈莫论人非。但是，对于那些专门揭他人之短、传他人之私的人而言，搬弄是非往往是他们心存隐疾的表现。从精神分析理论来看，乱嚼舌根与谩骂他人是一种"杀人不见血"的攻击行为。喜欢在背后说别人坏话的人一般都缺乏自信，没有安全感，需要靠否定别人来寻求安慰，他会不断寻找别人的缺点和失败以证明自己比别人强大。

修炼口德，就是修炼自己的气场。一身正气才能好运多多，口德好才能运势好，运势好才能少走弯路，多些成就。恶言不出口，苟言不留耳，这是应该具有的修养。有了这样的修养，就能化腐朽为神奇，风生水起好运来。出言不慎，驷马难追，不知而说，是不聪明；知而不说，是不忠实。君子言简而实，小人言杂而虚。赠人以言，重于珠玉；伤人以言，甚于刀剑。语言切勿刺人骨髓，戏谑切勿中人心病。良药苦口利于病，忠言逆耳利于行。快乐之时说话，没信用的多；愤怒之时说话，失礼节的多。面责人之短，人虽不悦，未必深恨；背地言其短，令人不悦，怀恨甚深。不必说而说，是多说，多说易招怨；不当说而说，是瞎说，瞎说易惹祸。君子一言当百，小人多言取厌，虚言取薄，轻言取侮。对失意者，莫谈得意事；处得意日，莫忘失意时。喜闻过者，忠言日至；恶闻过者，谀言日增。

恨一个人，你永远得不到幸福，而爱，可以让你的内心获得真正的宁静。

中国有句俗话："宁在人前骂人，不在人后说人。"没有完美的人，人人都有缺点。别人有缺点有不足，可以当面指出让他改正，但千万不要当面不说背后乱说，否则，不仅会令被说者讨厌，同样也会令听者讨厌。

宽容是善良，拥有爱心是善良，不乱说话也是一种善良。

善良是人性中最美好的美德，行善积德的人，令人佩服。一个人有了善良的心，才能完善自己的人生。善良是人性中最为宝贵的生命之光。

知人不必言尽，留三分余地与人，留些口德与己；责人不必苛尽，留三分余地与人，留些肚量与己；才能不必傲尽，留三分余地与人，留些内涵与己；锋芒不必露尽，留三分余地与人，留些深敛与己；有功不必邀尽，留三分余地与人，留些谦让与己；得理不必抢尽，留三分余地与人，留些宽和与己。

人生一个梦，生活靠颗心，只要心态不老，只要信念不消。不管多远的路，都会有尽头；不论多深的痛，也会有结束。选择其实很简单，往自己心里感到踏实的地方走，静下心听自己的心声。用一颗美好之心，看世界风景；用一颗快乐之心，对生活琐碎；用一颗感恩之心，感谢经历给我们的成长；用一颗宽阔之心，包容人事对我们的伤害；用一颗平常之心，看人生得失成败。忙碌里，谁都有难处；现实中，谁都有苦楚。

身为朋友，懂得珍惜对方的一切，懂得礼尚往来。金钱是友情的试金石，也是友情的护驾船，好的友情都很贵，都应该珍惜。

人自有生命的那刻起，便沉浸在恩惠的海洋里。一日为师，终身为父；滴水之恩，涌泉相报。心存感恩，知足惜福，人与人、人与自然、人与社会才会变得和谐，我们自身也会因此变得愉快而又健康。

欲望源于内在的恐惧，因自私自利；愿望源于内在的大爱，因正念利他。

做人好，事就会好！一个内心阳光喜悦的人，碰到的所有事都会是好事；一个内心阴暗痛苦的人，碰到的所有事都会是坏事。世间万事万物都有规律，都有原因和结果，我们不要等到做了错和恶，形成病苦、失败、贫穷、不顺，让孩子和自己成为牺牲品，才开始后悔。

钱，不能养你一辈子；美，不能炫耀一辈子。最穷无非讨饭，不死总会出头。谁的人生敢说十全十美，谁的生活不是酸甜苦辣，谁敢保证一直都是人生得志。再风光的人，背后也有寒凉苦楚；再幸福的人，内心也有无奈难处。

每个人都没有表面上光鲜亮丽，每个人的内心都有牵挂的家人，每个人努力奋斗的背后，都曾有过纠结和无奈的痛苦。做人，永远不要瞧不起别人，也不要得意忘形，给未来留点余地和台阶，低调做人，用心生活。

不要取笑别人，损害他人人格，快乐一时，伤害一生。生命的整体是相互依存的，世界上每一样东西都依赖另一样东西。感恩大自然的福佑，感恩父母的养育，感恩社会的安定，感恩食之香甜，感恩衣之温暖，感恩花草鱼虫，感恩苦难逆境。

心中有善，才能春光无限，心中有德，不问春暖花开！

懂你的无须多言，不懂你的说再多都是白费。人要低头做事，更要睁眼看人，择真善人而交，择真君子而处。

做人要有志气，做事要有底气和正气。靠素质立身，靠勤奋创业，靠品德做人。困难面前先让自己承担，荣誉面前先让自己靠边，危险面前先让自己闯关。对上级不媚，对同级不损，对下级不伪，对自己不私。世态炎凉，无须迎合，人情冷暖，勿去在意。身在万物中，心在万物上，静听大海潮起潮落，笑看天边雁去雁回。

宠辱不惊，去留无意，以平常心对待无常事，淡然看待人生的得失、荣辱与成败。在纷扰喧嚣的红尘，亦能简单明约、空静安然地享受生命与生活。

淡看人间事，潇洒天地间。再幸福的人生也有缺憾，再凄凉的人生都有幸福。潇洒的人生，要学会淡看缺憾，随缘而动。所谓随缘，就是尽人事而听天命。有随缘的心态，才能看淡失去，而把精力放到你可能的拥有上。失去变淡了，痛苦就轻了，拥有看重了，快乐就增值了，潇洒的人生，心里只愿装着喜乐。

当你春风得意时，留点空白给思考，莫让得意冲昏头脑；当你痛苦时，留点空白给安慰，莫让痛苦窒息心灵；当你烦恼时，留点空白给快乐，烦恼就会烟消云散，笑容便会增多；当你孤独时，留点空白给友谊，真诚的友谊是第二个自我。留一点空白，这是人生的真理；留一点空白，这是生活的智慧。

人生什么最难？借钱最难。钱花不了一辈子，帮助你的人，目的只有一个，那就是希望你能过得更好！去珍惜那个舍得给你花钱的人，不管这个人是亲人、爱人，还是朋友，因为钱对于谁来说，都是不够花的。舍得给你花钱的人，不是因为钱多，也不是因为他傻，而是那一刻他觉得你比钱重要。

友不在多，贵在风雨同行；情不论久，重在有求必应。

所谓情真：只要你要，只要我有；只要你需，只要我能。

所谓义重：不是得意时的花言巧语，而是关键时刻拉你的那只手！

肯借钱给你的人，一定是你的贵人。不仅肯借，而且连个借条都不让你打的人，一定是你贵人中的贵人。如今，这样的贵人不多，遇到了，必须珍惜一辈子。在你困难时借钱给你的人，不是因为人家钱多，而是因为在你遇到困难时想拉你一把，借给你的也不是钱，而是信心，是信任，是激励，是对你能力的认可，是给你的未来投资。

喜欢主动买单的人，不是因为人傻钱多，而是把友情看得比金钱重要。合作时愿意让利的人，不是因为笨，而是知道分享。工作时愿意主动多干的人，并不是因为傻，而是懂得责任。吵架后先道歉的人，不是因为错，而是懂得珍惜。愿意帮你的人，不是欠你什么，而是把你当真朋友，别人帮你是情分，不帮你是本分，没什么理所当然。有多少人忽视了这简单的道理，又有多少人觉得理所当然。

人这辈子：有人舍得给你花钱，那叫幸福，千万要知足；有人愿意借给你钱，那叫资助，千万要记住；自己能够挣来的钱，那叫辛苦，千万要满足！

真诚的人，走着走着就走进了心里；虚伪的人，走着走着就淡出了视线。忠实的朋友是一辈子的财富！

人的一生中，从小时候起，就领受了父母的养育之恩；等到上学，有老师的教育之恩；工作以后，又有领导、同事的关怀、帮助之恩；年纪大了之后，又免不了要接受晚辈的赡养、照顾之恩。大而言之，我们都生活在一个多层次的社会大环境之中，都从这个大环境里获得了一定的生存条件和发展机会，也就是说，社会这个大环境是有恩于我们每个人的。其实，生活给予我们太多太多，只是我们没有认真察觉罢了，仔细想一想，就会发现很多值得我们去感激的事情。

知恩图报的人，帮他是情分；忘恩负义的人，不帮是本分。诚心对你的，拿出你的真心；无心管你的，亮出你的决心；在乎你的，要加倍在乎；冷落你的，就不屑一顾。这就是爱憎分明的性格。对你好的人，定当涌泉相报，对你不好的，绝不硬贴硬靠，这就是自尊自爱的原则。与人相处：你尊重我，我就尊重你；你无视我，我就无视你，就这么简单。别惯坏了，不知领情的人；别喂饱了，不懂回馈的心。

永远记住：要把善良，留给感恩的人；要把真心，留给珍惜的人。

李冬梅是东方村村民，今年五十八岁，耳不聋眼不花，村里人见到她，都要尊称一声"福星妈"。而说起这"福星妈"，人们都会想到两件事。

一天下午，突然天空乌云密布，狂风大作，电闪雷鸣。就听"轰"的一声巨响，房子被震得乱颤，村民们赶紧出来查看，原来是刘大柱家的三间瓦房倒了，村民们无不大惊失色，赶紧拿起工具去瓦砾中救人。

刘大柱是个好人，在村里做好事无数，没想到遭此横祸，这次看来凶多吉少了！李冬梅触景生情，鼻子一酸，不禁泪流满面。

正在大家心急如焚时，村长王永信急急忙忙跑了过来，大声说道："大家不要担心了，刘大柱一家都在外面，没事了，没事了。"怎么回事呢？原来昨晚刘大柱的儿子得了急性肠胃炎，一清早，他们全家都去了镇卫生院。李冬梅听说刘大柱一家安然无恙，又惊又喜，马上赶到了镇卫生院，一见面，刘大柱夫妇竟跪倒在地，连磕三个响头："感谢福星妈妈的救命之恩！"李冬梅惊的一头雾水，这是怎么回事呢？

说来话长：端午节那天，李冬梅的儿子买了一包粽子和一箱牛奶。李冬梅想到村民刘大柱，他常给自己送水、送面、换煤气罐，但他家庭经济情况不好，孩子又小，于是就把一箱牛奶送了过去。刘大柱的老婆胡小梅是个节俭之人，当时没舍得让孩子喝，准备以后回娘家时拎着。两个月后，小梅没去成娘家，于是才把牛奶拿出来让孩子喝，没想到，牛奶已过期变质，孩子喝罢不久，就上吐下泻，被送进了医院，也正是因为住院治疗，一家人躲过了一劫。他们自然要感谢"福星妈"了。

李冬梅无意中救了刘大柱一家的命，刘大柱感激不尽。这天，刘大柱特地挑选了一个最大的西瓜，送给李冬梅，让她尝尝鲜。李冬梅一看这么大的西瓜，自己肯定一时吃不完，天这么热，要是放久了，在闹出个食物中毒就麻烦了。于是李冬梅切一块留下，拿起大半个西瓜出了门。巧了，一出门迎面就遇见村里的保洁员杨素霞。杨素霞问："这西瓜是坏了？"李冬梅说："好着呢！西瓜太大，我一个人吃不了，送人吧，又怕……"杨素霞听出了李冬梅的话外音，笑着说："大家都知道，上次牛奶的事不怪您，是小梅自己放过期的，与您无关。"他看了看，果然是新鲜的西瓜，就试探着说："送给我吧，我不会放过夜的。"李冬梅听了，就把西瓜递了过去，并一再叮嘱："务必今天吃完，否则，责任自负。"

李冬梅觉得这一次没做错，喜滋滋的。没想到第二天一大早，就听村里人说杨素霞家出事了。李冬梅心里一紧，赶紧就朝杨素霞家跑去。打老远就见大门紧闭，一打听才知道，真的出事了，出大事了！杨素霞怀孕六个月的儿媳妇小产，不慎踩上了西瓜皮摔倒了！

原来，杨素霞把西瓜带回家后，家里人很快就把西瓜吃光了。杨素霞的儿子随手把西瓜皮扔在窗外，也是巧了，被他媳妇一脚踩上，人顿时就像溜冰一样滑出去一丈多远送到医院后，虽然医生全力抢救，但还是未保住胎儿。

李冬梅一听，差点吓晕过去，人命关天，这可比吃坏肚子严重万倍呀！他连忙回到家，取了两千元钱，急急忙忙去医院打探消息。

到了医院，李冬梅面带愧疚，一把拉住杨素霞的手，连声说道："真是对不起，我是老糊涂了，不该送西瓜……"说着从兜里掏出两千元钱，往杨素霞手里塞。

杨素霞半天才醒悟过来，突然大笑起来："我们不怪您，这是天意，就该这样，我那儿媳妇，这一跤摔得好"。

看来杨素霞真是气糊涂了，李冬梅越发害怕了，差点要给对方跪下。杨素霞拦住李冬梅，告诉她："我儿媳妇由于没有做过严格的产前检查，所以不知道她怀的是畸形儿，直到这次流产才发现。"说到这里，杨素霞竖起拇指夸到，"这样的孩子一旦出生，会给我们家庭带来痛苦和负担。所以你做了一件好事，真是'福星妈'啊！"

李冬梅听完杨素霞的叙述，不由地长长出了口气。可刚缓过神来，他一拍脑瓜，大喊一声："哎呀！我真是忙迷糊了，厨房里还煮着小米稀饭呢！"

他顾不得与杨素霞告别，急急忙忙往家赶。

民间有这样一个故事：一个旅行者，在一条大河旁看到了一个婆婆，正在为渡水而发愁。已经精疲力竭的他，用尽浑身的气力，帮婆婆渡过了河。结果，过河之后，婆婆什么也没说，就匆匆走了。

旅行者很懊悔。他觉得，似乎很不值得耗尽气力去帮助婆婆，因为他连"谢谢"两个字都没有得到。

哪知道，几小时后，就在他累得寸步难行的时候，一个年轻人追上了他。年轻人说，谢谢你帮了我的祖母，祖母嘱咐我带些东西来，说你用得着。说完，年轻人拿出了干粮，并把胯下的马也送给了他。不必急着要生活给予你所有的答案，有时候，你要拿出耐心等等。即便你向空谷喊话，也要等一会儿，才会听见那绵长的回音。

也就是说，生活总会给你答案，但不会马上把一切都告诉你。

其实，岁月是一棵纵横交错的巨树。而生命，是其中飞进飞出的小鸟。如果哪一天，你遭遇了人生的冷风冻雨，你的心已经不堪承受，那么，也请你等一等。要知道，这棵巨树正在生活的背风处为你营造出一种春天的气象，并一点一点靠近你，只要你努力了。

回报不一定在付出后立即出现。只要你肯等一等，生活的美好总在你不经意的时候，盛装莅临。

当你身处逆境，感到诸事不顺，爱情、工作、事业、理想都成泡影，心生绝望之念，不妨换个角度看这个问题，告诉自己：一切都是

155

最好的安排，福祸相依，安知未来不会发生惊喜的改变呢？

古代有这样一个故事：有个国王喜欢打猎，还喜欢与宰相微服私访。宰相最常挂在嘴边的一句话就是"一切都是最好的安排。"一天，国王到森林打猎，一箭射倒一只花豹。国王下马检视花豹。谁想到，花豹使出最后的力气，扑向国王，将国王的小指咬掉一截。

国王叫宰相来饮酒解愁，谁知宰相却微笑着说："大王啊，想开一点，一切都是最好的安排！"国王听了很愤怒，"如果寡人把你关进监狱，这也是最好的安排？"宰相微笑说："如果是这样，我也深信这是最好的安排。"国王大怒，派人将宰相押入监狱。

一个月后，国王养好伤，独自出游。他来到一处偏远的山林，忽然从山上冲下一队土著人，把他带回部落！准备将国王处死作为祭品。

山上的原始部落每逢月圆之日就会下山寻找祭祀满月女神的牺牲品，土著人准备将国王烧死。正当国王绝望之时，祭司忽然大惊失色，他发现国王的小指头少了小半截，是个并不完美的祭品，收到这样的祭品满月女神会发怒，于是土著人将国王放了。

国王大喜若狂，回宫后叫人释放宰相，摆酒宴请。国王向宰相敬酒说："你说得真是一点也不错，果然，一切都是最好的安排！如果不是被花豹咬一口，今天连命都没了。"

国王忽然想到什么，问宰相："可是你无缘无故在监狱里蹲了一个多月，这又怎么说呢？"宰相慢条斯理喝下一口酒，才说："如果我不是在监狱里，那么陪伴您微服私巡的人一定是我，当土著人发现国王您不适合祭祀，那岂不是就轮到我了？"国王忍不住哈哈大笑，说：

"果然没错，一切都是最好的安排！"

这些故事告诉我们一个道理：当我们遇到不如意的事，这一切也肯定是一种最好的安排！不要懊恼，不要沮丧，更不要只看在一时。把眼光放远，把人生视野加大，不要自怨自艾，更不要怨天尤人，要乐观、奋斗，相信天无绝人之路。

其实，只要我们仔细回想生活中的每件事，也都可以对自己说"一切都是最好的安排。"当你身边有人发出求救信号，比如情绪低落、大发脾气，或行为异常，那就给他讲讲这个故事，心理疏导远比一些预防举措更加有效。

所以，一切都是最好的安排，感恩生命中所遭遇的一切。

李冬梅是一个有爱心、有热情的人，同时还是一个愿意帮助别人，愿意"舍得"的人。正因为她的"舍得"，才改变了刘大柱、杨素霞两家的命运。李冬梅也因此成了家喻户晓的传奇人物"福星妈"，全村的人都非常喜欢她、爱戴她，对她非常好，她是村里最受人尊敬，最受人爱戴，最享受幸福的人！

塞翁失马，焉知非福！有的事看上去是好事，但不一定是好事；有的事看上去是坏事；但结果不一定是坏事，有的人现在富裕，但不一定永远富裕；有的人现在贫穷，但不一定永远贫穷。刘志杰也是黄大勇的民办学校毕业的。刘志杰18岁那年，因为和同学李东开玩笑，李东侮辱他母亲，刘志杰一气之下将李东砍伤，被判刑6年。刘志杰从入狱那天起，就没人来看过他。母亲侯玉梅守寡，含辛茹苦地养大他，想不到他刚刚高中毕业，就发生这样的事情，让母亲侯玉梅伤透了心。刘志杰理解母亲，母亲有理由恨他。入狱那年冬天，刘志杰收到了一件毛线衣，毛线衣的下角绣着一朵梅花，梅花上别着窄窄的纸条：好好改造，妈指望着你养老呢。这张纸条，让一向坚强的刘志杰泪流满面。这是母亲亲手织的毛线衣，一针一线，都是那么熟悉。母亲曾对他说，一个人要像寒冬的腊梅，越是困苦，越要开出娇艳的花朵来。以后的四年里，母亲仍旧没来看过他，但每年冬天，她都寄来毛线衣，还有那张纸条。为了早一天出去，刘志杰努力改造，争取减刑。果然，就在第五个年头，被刘志杰提前释放了。背着一个简单的包裹，里面是他所有的财物——五件毛线衣，他回到了家。家门挂着大锁，大锁已经生锈了。屋顶，也长出了一尺高的茅草。刘志杰感到疑惑，母亲去哪儿了？转身找到邻居，邻居诧异地看着刘志杰，问刘志杰："你不是还有一年才回来吗？"刘志杰摇头，问："我妈呢？"邻居低下头，说她走了。他的头上像响起一个炸雷，不可能！母亲才四十多岁，怎么会走了？冬天刘志杰还收到了她的毛线衣，看到了她留下的纸条。邻居摇头，带他到祖坟。一个新堆出的土丘出现在他的眼前。他红着眼，脑子里一片空白。半晌，他问妈妈是怎么走的？邻居说："因为你行凶伤人，母亲借了债替伤者治疗。你进监狱后，母亲便搬到离家两百多里的爆竹厂做工，常年不回来，那几件毛线衣，母亲怕你担心，总是托人带回家，由邻居转寄。就在去年春节，工厂加班加点生产爆竹，不慎失火，整个工厂爆炸，里面有十几个做工的外地人，还有来帮忙的老板全家人，都死了，其中，就有你的母亲"。

邻居说着，叹了口气，说自己家里还有一件毛线衣呢，预备今年冬天给你寄去。在母亲的坟前，他捶胸顿足，痛哭不已。全都怪他，是他害死了母亲，他真是个不孝子！他真该下地狱！第二天，他把老屋卖掉，背着装了六件毛线衣的包裹远走他乡，到外地闯荡。时间过得很快，一晃四年过去了，他在城市立足，开一家小饭馆，不久，娶了一个朴实的女孩做妻子。小饭馆的生意很好，因为物美价廉，因为他的谦和和妻子的热情。每天早晨三四点钟，他就早早起来去采购，直到天亮才把所需要的蔬菜、鲜肉拉回家。没有雇人手，两个人忙得很，常常因为缺乏睡眠，刘志杰的眼睛总是红红的。不久，一个推着三轮车的老人来到他门前。她驼背，走路一跛一跛的，用手比画着，想为他提供蔬菜和鲜肉，绝对新鲜，价格还便宜。老人是个哑巴，脸上满是灰尘，额角和眼边的几块疤痕让她看上去面目丑陋。妻子不同意，老人的样子，看上去实在不舒服。可他却不顾妻子的反对，答应下来。不知怎的，眼前的老人让他突然想起了母亲。老人很讲信用，每次应他要求运来的蔬菜果然都是新鲜的。于是，每天早晨六点钟，满满一三轮车的菜准时送到他的饭馆门前。他偶尔也请老人吃碗面，老人吃得很慢，很享受的样子。他心里酸酸的，对老人说，她每天都可以在这儿吃碗面。老人笑了，一跛一跛地走过来。他看着她，不知怎的，又想起了母亲，突然有一种想哭的冲动。一晃，两年又过去了，他的饭馆成了酒楼，他也有了一笔数目可观的积蓄，买了房子。可为他送菜的，依旧是那个老人。又过了半个月，突然有一天，他在门前等了很久，却一直等不到老人。时间已经过了一个小时，老人还没有来。他没有她的联系方式，无奈，只好让工人去买菜。两小时后，工人拉回了菜，仔细看看，他心里有了疙瘩，这车菜远远比不上老人送的菜。老人送来的菜全经过精心挑选，几乎没有干叶子。

只是，从那天后，老人再未出现。春节就要到了，他包着饺子，突然对妻子说想给老人送去一碗，顺便看看她发生了什么事。怎么一个星期都没有送菜？这可是从没有过的事。妻子点头。煮了饺子，他拎着，反复打听一个跛脚的送菜老人，终于在离他酒楼两个街道的胡同里，打听到她了。刘志杰敲了半天门，无人应答。门虚掩着，刘志杰顺手推开，昏暗狭小的屋子里，老人在床上躺着，骨瘦如柴。老人看到刘志杰，诧异地睁大眼，想坐起来，却无能为力。他把饺子放到床边，问老人是不是病了。老人张张嘴，想说什么，却没说出来。刘志杰坐下来，打量这间小屋子，突然，墙上的几张照片让他吃惊地张大嘴巴。竟然是他和妈妈的合影！他5岁时，10岁时，17岁时……墙角，一只用旧布包着的包袱，包袱皮上，绣着一朵梅花。

他转过头，呆呆地看着老人，问她是谁。老人怔怔地，突然脱口而出：儿啊。刘志杰彻底惊呆了！眼前的老人，不是哑巴？为他送了两年菜的老人，是他的母亲？那沙哑的声音分明如此熟悉，不是他母亲又能是谁？他呆愣愣地，突然上前，一把抱住母亲，豪啕痛哭，母子俩的眼泪沾到了一起。不知哭了多久，刘志杰先抬起头，哽咽着说看到了母亲的坟，以为她去世了，所以才离开家。母亲擦擦眼泪，说是她让邻居这么做的，她做工的爆竹厂发生爆炸，她侥幸活下来，却毁了容，瘸了腿。看看自己的模样，想想儿子进过监狱，家里又穷，以后他一定连媳妇都娶不上。为了不拖累儿子，她想出了这个主意，说自己去世，让儿子远走他乡，在异地生根，娶妻生子。后来得知儿子离开了家乡，她回到村子，辗转打听，才知道儿子来到了这个城市。她以捡破烂为生，寻找他四年，终于在这家小饭馆里找到儿子。她欣喜若狂，看着儿子忙碌，她又感到心痛。为了每天见到儿子，帮他减轻负担，她开始替他买菜，一买就是两年。可现在，她的腿脚不利索，下不了床了，所以，再不能为儿子送菜。

刘志杰眼眶里含着热泪，没等母亲说完，背起母亲拎起包袱就走，他一直背着母亲，他不知道，自己的家离母亲的住处竟如此近。他走了没二十分钟，就将母亲背回家里。母亲在他的新居里住了三天。三天，母亲对他说了很多。她说他入狱那会儿，她差点儿去见他父亲。可想想儿子还没出狱，不能走，就又留了下来！他出了狱，她又想着儿子还没成家立业，还是不能走。看到儿子成了家，又想着还没见孙子，就又留了下来……她说这些时，脸上一直带着笑。刘志杰也跟母亲说了许多，但他始终没有告诉母亲，当年他之所以砍人，是因为有人用最下流的语言污辱她。在这个世界上，怎样骂他打他，他都能忍受，但绝不能忍受有人污辱他的母亲。

三天后，刘志杰母亲安然去世。医生看着悲恸欲绝的刘志杰，轻声说，"她的骨癌看上去得有十多年了。能活到现在，几乎是个奇迹。所以，你不用太伤心了。"他呆呆地抬起头，母亲，居然患了骨癌？打开那个包袱，里面整整齐齐地叠着崭新的毛线衣，有婴儿的，有妻子的，有自己的，一件又一件，每一件上都绣着一朵鲜红的梅花。包袱最下面，是一张诊断书：骨癌。时间，是他入狱后的第二年。刘志杰的手颤抖着，心里无尽的痛。

母亲走了，什么都快乐不起来了，连快乐都觉不出来了，苦还会觉得苦吗！连苦乐都分辨不出来了，生死还那么敏感吗！连生死都可以度外了，得失还那么重要吗！

慈母万滴血，生我一条命，即便十分孝，难报一世恩，一声长叹，叹不尽人间母子情！

人的一生难免有很多遗憾，其中最大的可能莫过于"子欲养而亲不待"。当有一天我们蓦然发现，父母已两鬓斑白，此时才孝敬他们，我们会错过无数时机，甚至当双亲已离你而去，才幡然悔悟，却已尽孝无门，这将成为永远无法弥补的憾事。

孝是发自内心的情感表达，没有表里如一的孝，就没有真心实意的爱。在孝敬父母时，我们要发自内心，真心地为父母做事，用一颗真正的孝心让父母开心愉快，自己也就真正尽到孝道了。

有的人总是对父母发脾气。请摸摸自己的良心好好想想！父母用他们的心血养育了我们，我们能给父母什么？在你受到挫折，遇到困难的时候，你的爱人，你的朋友，你的同事都有可能离你而去，但是，你的父母不会！就是死，也愿意和你死在一起！为你做牛做马的女人就是妈，怎能不爱她！

父母的爱，是世界上最伟大的爱！

百善孝为先！父母的爱是永远的！子女的孝也应该永远！

人在没有波澜的生活里，是看不见命运的，只有在人生的最顶点与最低处，强烈的命运感才会袭来。活到最好的时候，喜欢把一切推给命运，不过是想去神化自己有福气。活到最倒霉的时候，也愿意把所有归咎于命运，只是想暗示自己这一切必然要来。在厄运连连的日子里，拿命运来说事，可以让一颗苦难的心暂时安静下来。最悲怆的命运感是，人未必在绝路上，心已在绝境里。其实，跟自己一样受难的人多了去了，当你的眼里看到别人的苦难和无助的时候，你一下子就会释然许多。由此说来，所有的命运之苦，不是有多痛，而是痛得太孤单。

我们时常仰望别人的欢乐，咀嚼自己的痛苦；仰望别人的幸福，舔舐自己的伤口；仰望别人的成就，郁积自己的平凡。于是，美丽总是别处，灰暗皆在心头。其实，你仰望别人的时候，也有人在仰望你。与其仰望，不如珍视。我们唯有感恩生活的赐予，感谢人生的丰足，芬芳的花朵才能长开不败。

以清净心看世界，用欢喜心过生活。再美的花园，都有不洁净的东西；再幸福的生活，都有不如意的事情。世界总是优劣并存，注意力在哪里，你的心就在哪里。以清净心看世界，红尘的喧嚣就无法动摇你的心；用欢喜心过生活，生活中的不如意就影响不了你的心情。

每个赤诚忠厚的孩子，都曾在心底向父母许下"孝"的宏愿，相信来日方长，相信水到渠成，相信自己必有功成名就、衣锦还乡的那一天，可以从容尽孝。

可惜人们忘了，忘了时间的残酷，忘了人生的短暂，忘了世上有永远无法报答的恩情，忘了生命本身不堪一击的脆弱。

父母走了，带着对我们深深的挂念，父母走了，留给我们永无偿还的心情，你就永远无以言孝。

有一些事情，当我们年轻的时候，无法懂得，当我们懂得的时候已不再年轻，世上有些东西可以弥补，有些东西永远无法弥补！

赶快为你的父母尽一份孝心，也许是一处豪宅，也许是一片砖瓦，也许是大洋彼岸的一只鸿雁，也许是近在咫尺的一个口信，也许是一顶纯黑的博士帽，也许是作业簿上的一个满分，也许是一桌山珍海味，也许是一只野果一朵山花，也许是花团锦簇的盛世华衣，也许是一双洁净的布鞋，也许是数以万计的金钱。

但在"孝"的天平上，它们等值。

生命很脆弱，不计较不算计，听从内心，走自己应该走的路！

懂得退让，方显大气，知道包容，方显大度。

生活不是战场，无须一较高下。人与人之间，多一分理解就会少一些误会；心与心之间，多一份包容，就会少一些纷争。

不管你腰缠万贯还是一盆如洗，相互尊重、相互理解、和谐共处，否则即使拥有万贯家财，只不过是过眼云烟！

有一天黄大勇帮同学孙大江搬家，孙大江也是东方村的。在整理一堆旧书籍的时候，孙大江突然蹲在地上大哭起来。孙大江打开的是一个笔记本，上面记着日常开支，一笔一笔，清晰到一块钱的早餐、三块钱的午餐。孙大江给黄大勇讲了关于他和父亲的一段往事。孙大江的家在徐州乡下的一个村子里，在他的记忆里，父亲一直在徐州火车站附近打短工，难得回家一次。孙大江考上西安的一所大学时，父亲从银行取出一包钱，一张一张沾着口水数，数了一次又一次。

　　大一的时候，孙大江沉迷于网络游戏，经常整晚耗在校外的网吧里。他虽然感觉到有些虚度光阴，但身边的同学们都差不多，不是打球，就是看电影，或者上网打游戏，孙大江也就释然了。暑假回家，孙大江在村里待了几天，感觉特别无聊，就忐忑地对父亲提出，想去他那里玩几天。至少那里有网吧！父亲竟然破天荒地答应了。远远地，孙大江就看到父亲等在火车站的出口。经过一年大学生活的洗礼，孙大江第一次感觉父亲在人群中是那么扎眼——衣服破旧，还宽大得有些不合身。他提醒父亲，衣服太旧了。父亲说，出力干活的，又不是坐办公室，穿那么新干吗？他又说，那也太大了啊。父亲又说，衣服大点，干活才能伸展开手脚，不然，一伸手，衣服就撕破了。

　　让孙大江没有想到的是，在 2003 年，月入就有四千多元的父亲，竟然住在一栋民房的阁楼里，只有六七平方米。除了一张铁架床之外，还有个放洗脸盆的木架子，那个多处掉瓷的搪瓷盆上，搭着一条看不出本色的旧毛巾。孙大江一直以为，父亲在城里过的是很舒服的日子，没想到竟是这样清苦。父亲把孙大江带回住处，就说："你坐着，我要去忙活了。"说着，就咚咚咚下楼走了。孙大江坐不下去，就悄悄地关上门，下楼，跟在父亲身后，他想看看父亲是做什么的。七弯八拐，孙大江跟随父亲来到了冷库。那儿聚集着十多个跟父亲差不多的人，有的推着推车，有的拿着扁担，孙大江看到父亲从门卫那里推出了自己的手推车。正在这时，一辆大货车进入大院，父亲和大伙一起，跟在车后拥了进去。几分钟后，孙大江看到了父亲，他弓着腰扛着大大的纸箱，走几步，停一下，用系在手腕处的毛巾擦额头的汗，再前行几步，把背上的纸箱放到手推车上，接着又奔向大货车，几秒钟后，又弓着腰扛来一个纸箱。如此反复七次之后，父亲推着那辆车向冰库走去，弓着腰，双腿蹬得紧紧的，几十米外的他甚至看得到父亲腿上的青筋。

原来父亲赚的是血汗钱！孙大江惆怅不已。他向门卫打听，搬一次货，能有多少钱？门卫告诉他，五毛钱一箱。他在心里算了一下，父亲一次运了七箱，赚三块五毛钱。孙大江当天下午就回了家。他不再想着上网了，他的眼前总是晃动着父亲的腿。他还算了算，自己在网吧浪费了多少父亲的汗水。

孙大江返校的时候，父亲又从银行里取出厚厚的一沓钱，数了又数，交给儿子。孙大江数了一下，说，"这学期时间短，有两千就够了。"说着，分出一半，留给父亲。这一天，孙大江下决心做个好儿子，做个好学生。但他的这种想法，很快成为过眼云烟。当那些旧日的玩伴又吆喝着去网吧，当他有意无意地看到电脑游戏图案，他内心里总是忍不住躁动。终于，他又一次走进了网吧。

国庆节的时候，室友们组织去 K 歌，去酒吧，还去洗了桑拿。从家里带来的两千块钱，到十月底就没有了。孙大江给妈妈打电话，说前段时间生了一场病，带来的钱花完了。第三天下午，西安突然降温，正在宿舍里和同学打牌的孙大江接到电话，说校门口有人找他。孙大江跑到校门口，看到了父亲。五十多岁的父亲，像个七十岁的老人，老态龙钟，一脸的疲惫，身上背着一床棉絮。孙大江把父亲带入校园里，才小声问他："你怎么来了，我给妈留了账号，你把钱打入那个卡上就行了。你跑这么远，还背着这个东西，又辛苦，又浪费钱。"父亲讨好地对他笑着，说："听你妈说，你前段时间病了，现在怎么样了，好了没？要吃好点，照顾好自己。你不用担心生活费，只要你能吃出好身体，学出好成绩，就是再多的生活费，你爸也掏得起。天冷了，这是你妈妈用自己种的棉花给你做的棉鞋。"孙大江哽咽着说："好了……"

在通往教学楼的路上，父亲说："看到你好好的，我也就放心了，把生活费给你，我就回去，不影响你。"孙大江接过父亲递过来的钱，想说带父亲到学校的招待所住。父亲又说了，"再有两个月就放寒假了吧？我这次给你带了三千块，你刚生病，要吃好点，把身子养壮点，才能有精力上好学。"父亲止住脚步，"你回去吧！"孙大江知道父亲的脾气，就不再说什么。他走出不远，回头的时候，发现父亲还站在原地，朝他挥手。他想起读高中的时候，每次父亲送他去县城的学校，都是这个场景，泪就溢满了眼睛。

干瘪的钱包终于鼓了起来，一周不见的游戏又在呼唤孙大江。晚饭过后，孙大江又去了校外的网吧。五个小时的凶猛厮杀之后，孙大江要回宿舍了，和往常一样，他又来到了校外的一棵大榕树下，从那儿翻墙进校。就在他翻上墙头的那一刻，他的心一下子疼了起来！昏黄的路灯，照着他的父亲，他偎在那个墙角，身下垫着不知从哪里拣来的破纸箱。此刻，他正把身上的棉衣裹了又裹，而自己高中时围过的围巾，紧紧地缠在父亲头上。

孙大江说到这里，又忍不住放声大哭起来。哭了好一会儿，孙大江又接着说："后来我妈告诉我说，我爸听说我病了，就不顾一切地要来看我，买不到座位票，又舍不得买卧铺，站了二十多个小时来到西安。为了省下住宿的钱，在我们学校的墙角下蹲了一夜……我在电话这头就哭，在妈妈告诉我之前，我一直装作不知道。因为我知道父亲的固执，我那时就是叫醒他，他也会坚持着在那里。我悄悄回了宿舍，可我的心里却一直疼着，想到他裹紧衣服的动作，我就心疼。我连夜把所有的关于游戏的账号全部删掉了。

从那以后，我再也没有进过网吧，再也不浪费一分钱。也就是从那一天起，我准备了这个记账本，开始把以前落下的学业一点点补回来"。

"我以前一直以为是他命不好，没有享受生活的福气。经过那件事情，我才知道，不是他没有福，而是他习惯了把一切享受给予他儿子……他从十七岁开始在那个冰库做事，一直做到去年春天。"孙大江说不下去了，我知道，孙大江的父亲于去年春天去世了，给孙大江留下了三十七万元的存款。孙大江的父亲是许多贫困父亲的缩影，深沉而又无私的爱。所幸的是，他的孩子看到了墙角的父亲。而我知道，还有很多孩子想不到，也看不到墙角里的爱。

所有的失败都是为成功做准备。抱怨和泄气，只能阻碍成功向自己走来的步伐。放下抱怨，心平气和地接受失败，无疑是智者的姿态。

抱怨无法改变现状，拼搏才能带来希望。真的金子，只要自己不把自己埋没，只要一心想着闪光，就总有闪光的那一天。

纵观古今中外，很多人生的奇迹，都是那些最初拿了一手坏牌的人创造的。不要总是烦恼生活，不要总以为生活辜负了你什么，其实，你跟别人拥有的一样多。

生活中只有一件事不能等待，那就是孝顺；只有一种东西不会第二次来敲门，那就是初恋；只有一种行为最需要抓住，那就是行善。

拥有健康的体魄，在快乐的心境中做自己喜欢做的事情，实现自身价值，是人生最大的幸福。

孙大江的妈妈58岁那年，孙大江刚好结婚。一直以来她都非常宠儿子，他结婚了，自然也承担起照顾他和儿媳妇孙梅的责任，这在她看来是理所应当的。本来是想着儿子结婚后和她生活在一起，后来考虑到小两口要有自己的空间，才放弃了和他们生活在一起。但为了方便照顾儿子儿媳，他专门搬到他们住的小区，每天早上她会去儿子家帮忙做早饭、打扫卫生，晚上做完晚饭，等他们洗漱准备睡觉才回到自己家。

一天，她像往常一样，拎着从早市上淘来的新鲜蔬菜，满怀喜悦地朝儿子家走去。可是却没能打开家门，不是钥匙拿错了，而是儿媳换了门锁。她说："最近小区偷盗案特别多，所以……"那天，她像往常一样，给他们一家三口做了早餐，打扫了房间，将脏衣服都洗了，然而，他们没有给她新锁的钥匙。也许他们忘了吧。

晚上，儿子来她家，将一把钥匙交到她手上，她本来提着的心就此放下，但他儿子说了一句："别让我媳妇知道。"她知道事情不简单。

第二天，也没多想，照常去儿子家，可刚走到他们家门口，就听到了里面的争执。只听见儿媳不断在说："你一定把新钥匙给你妈了。谁没有拖延症，洗完澡，内衣扔在脏衣篮里，第二天早上一定被你妈给洗了。看着晒衣杆上的短裤和胸罩，我没有被帮忙的快乐，只有隐私被窥视的尴尬。你看看你被你妈惯的，每天回家就躺沙发上，什么都不干，东西不收、垃圾不倒，就差没把饭喂你嘴里了，你就像个没断奶的小孩。她就不能像别的大妈那样，跳跳广场舞，走走模特步，别像个摄像头似的盯着咱们。"

没想到，她这个堪称"二十四孝"婆婆的付出，换来的却是这般声讨，最让她心塞的是，儿子从头到尾就一句话："她是我妈，你让我怎么办？"

不管在职场还是家庭，她自认里里外外一把手，可到头来，在儿媳的眼里，她是一个如此不懂事的人。

回到家，她流着泪给儿子打电话："你是我唯一的儿子，我最大的想法就是想把你们照顾好，就差把心掏给你们了，居然落下这么多的差评。有机会，我跟你们说道说道。"

儿子说："看看你的那些同事，近的游遍中国，远的都环球了。你从前多新潮的一个人，可是为了我们，就这么被别的老头老太太给落下了。想想，我都替你憋屈得慌……"儿子的一席话，句句都说在她心窝子上，难道她就不想出去走走？

说走就走，她连招呼都不打，就奔坝上草原去了。在牧民家里，亲眼目睹了羊妈妈产子的全过程，看着羊妈妈哺乳小羊的样子，曾几何时，我和儿子不也是如此亲昵吗。

"草原上的游牧民族，一年四季都在迁徙，要是羊妈妈也像你那样，凡事舍不得放手，这小羊怎么活下来？"这次出游，她是负气出走。

"真正的母爱，是一场得体的退出。"说着，她掏出手机，给儿子发了一篇短信。她几乎一针见血地说：不愿意与成年子女分离的父母，与其说他们是爱孩子，不如说他们想对孩子全面把控，这种控制给他们带来成就感和强大感，让他们对自己满意。

七天的草原行，她拍照留念，儿子教她发微信，教她如何晒照片，如何用美图秀秀。坝上归来，她做的第一件事就是去手机店，买了苹果6，卖掉了那来电如雷鸣的老人机。

从手机店出来后，她给儿子打了一个电话，告诉他晚上想去他家一趟。儿子很吃惊："妈，您不是有钥匙吗，直接上来就得了呗。"她笑笑，没说什么。

吃过晚饭，她步行去儿子家。到了他家门口，敲了敲门，是儿媳开的门。她向他们汇报了这七日的行踪，然后，半开玩笑半认真地对小两口说："我准备重过晚年生活。这是我幸福晚年的第一个装备，你们难道就不打算赞助我一下吗？"

她晃动着手里的苹果6，微笑地看着他们。儿媳率先反应过来："妈，您有没有支付宝，我现在就给您转3 000元。"于是，在他们的帮助下，她瞬间成为拥有苹果6和支付宝的人。

那是如此快乐的一个夜晚，临走时，她从兜里掏出了那把对于她来说，象征着主权、话语权、家长权的钥匙，悄悄地交到了儿子的手里，对他说："妈妈以后可能不会常来，就算来，也会事先打电话的。"儿子为难地看着她："妈，你这是干啥？""妈妈不是在生气，只是在学着退出。"儿子拥抱了一下她，她的眼睛一下子就湿了。他俩真正的告别是从这个拥抱开始的，尽管那么不舍，但她知道，已经告别得晚了，但还来得及。

经常有人问：要孩子是为了什么？传宗接代还是养儿防老？终于听到一个令人感动的答案：为了付出与欣赏。

为人父母，谁都渴望与子女的距离短些，但随着儿女的成长，属于你们的天空肯定会越来越广阔，与父母的空间与时间距离也肯定会越来越远。做父母的，当然特别在乎自己到底能够占据儿女多大的天空位置！因为，父母的天空与儿女的天空恰恰相反，随着一天天老去，而变得愈来愈小。凡人百姓，同样拥有大众情怀，同样在乎你是否常在身边。孩子，父母的儿女情长，你是否读得懂！

所有的父母都不要把孩子当成是自己的唯一。为了孩子，没有自己的社会交往，没有自己的兴趣爱好，不在乎自己是否快乐，是否幸福，这种教育带给孩子的是什么？除了压力和相互之间的折磨，没有其他。

在现实生活中，有多少父母一辈子都在为子女营造舒适安逸的爱之窝啊！孩子小时，捧在手里怕摔了，含在嘴里怕化了。孩子要星星不敢给月亮，不让孩子干一点点家务活、吃一点点苦、受一点点累，让孩子过着"衣来伸手，饭来张口"的老爷生活；孩子大了，又要忙着给他们谋个旱涝保收日不晒雨不淋的好职业，还想着要给他们留下一笔丰厚的遗产，哪怕自己为此吃尽苦受尽累也心甘情愿。

然而，这种"无微不至"的爱，这种一味营造舒适安逸的爱，恰是人生的"陷阱"。陷入此"阱"的人，除了依赖和惰性，一无所有。

人们固然需要爱，但是，当这爱变异为一种安乐的馈赠、一种包办一切的呵护时，它就不再是爱，而成了一把能置人于死地的温柔的刀子！

宠爱，不是真爱。中国的父母太宠爱溺爱孩子了，只要自己有的，全都给了孩子。自己没有的，也总想要把世上最好的一切提供给孩子，甚至恨不得把下辈子的也帮他们准备好，却忽视了孩子自己的能力和选择。很多父母不把孩子当人，而是等同小猫小狗一样的宠物，他们像对宠物一样，为孩子选择了一切，吃什么，住什么，用什么，过什么样的生活，一切的一切。而实际上父母们应该做的，告诉他们应该怎样做一个人，这是必需的，因为他们不是小猫小狗，不是只需要宠爱就够了。孩子有他们的自己的未来，靠自己寻找，靠自己创造，或许他们自己找到的未来，比父母提供的更好。

父母的唠叨，一辈子我们也戒不掉！父母健在时，我们抱怨他们的啰唆和永远操不完的心。当父母远离我们而去时，才发现：原来，被人念叨，有人牵挂是件多么幸福的事！趁父母还在，多点耐心，多点聆听，多些宽容，多担待一些他们的瞎操心。其实，所有的叮嘱与唠叨只是他们表达爱你的最朴实却最暖心的方式！儿行千里母担忧，对待父母要多点耐心，多点陪伴，多点宽容。

作为父母，要学会放手，让孩子了解自己的责任和义务，在履行这些责任和义务中成长，不要做生活全包的父母，避免教出只会学习的"低能"孩子。

作为孩子千万不能对父母说的十句话："好了，好了，知道了""有事吗，没事？那挂了啊。""说了你也不懂。""跟你说了多少次了。""你们那一套，早就过时了。""叫你别收拾我的房间。""我要吃什么我知道，别夹了。""说了别吃这些剩菜了？""怎么老不听；烦不烦啊。""这些东西说了不要了，堆在这里做什么啊。"

对于父母来说，你不经意说出这些话很可能在父母的内心狠狠地刺了一下，看似平常，伤人却深。而很多时候，对父母的伤害就是来自于琐碎平常之中。

相信每一个孩子都深爱着自己的父母，而对父母最好的爱，不单单是给予足够花的钱，而是在平常的生活中，收起自己的不经意，多些用心。

北大才女赵婕说过这样一段话："我钦佩一种父母，她们在孩子年幼时给予强烈的亲密，又在孩子长大后学会得体的退出，照顾和分离都是父母在孩子身上必须完成的任务。亲子关系不是一种恒久的占有，而是生命中一场深厚的缘分，我们既不能使孩子感到童年贫瘠，又不能让孩子觉得成年窒息。做父母，是一场心胸和智慧的远行。人生的许多时刻都应该懂得前进和退让，更应该知道顶峰和谷底"。

站在顶峰时，有多少人仰望你，落在谷底时，就有多少人贬低你；利益吸引时，有多少人追随你，好处断尽时，就有多少人抛弃你。

用得着你的时候，好话说尽；不再用你的时候，立马转身；喜欢你的时候，你就是最亮的星；厌恶你的时候，你就是最差的景。别等天真输给了现实，你才知道自己有多傻；别等诚恳败给了虚伪，你才明白自己不圆滑。不要以为人人都像你，那么单纯，那么善良；不要觉得事事都该忍，宁愿退步，甘愿包容。

舍不得为自己的健康和美丽投资的女人是傻女人！你一心管理一个家庭，那是天经地义的，没人领你情；你专心照顾老公和孩子，那是中华传统美德，应该做的；你不舍得吃、不舍得穿、不舍得打扮，别人会夸你过日子仔细，勤俭持家，是贤妻良母。这个荣誉你很满意吗？这个结果你很知足吗？等有一天你的身体累垮了，造成黄脸婆了，成了老太太躺在病榻上的时候，你的这些荣誉换来的是嫌弃！是可怜！等有一天你离开人世，用不上一个月就有新人住你的房睡你的郎，你也会很快地在人家的记忆里永远的消失，这样女人的一生多蠢！多傻！

相反，一个成功女人的一生是在经营好一个家庭，照顾好自己的家人的同时，把积攒下来钱拿出一小部分投资在自己的健康和容颜上，活出自我，活出自信，活出尊严！那你再看看，你的所有付出换来的是你的家人和朋友对你的珍惜、珍爱和不舍！

孙大江与孙梅结婚一年后生下一个儿子，取名会生，夫妻俩见到恭维的人乐得嘴快合不拢了。孙会生读书很聪明，大学毕业后，被分配到县财政局工作。半年之后，他谈了一女朋友，名叫方秀英，家在农村，大学毕业后，分配在县工商局工作。一年之后，两人结婚了。一次，孙会生的父亲孙大江来到了儿子的家里，儿媳见公公第一次上门，知道有事，不然不会找上门的，问道："爸，您今天是第一次上门，一定是有事，什么事，您说，我和您的儿子，一定给您解决。"
"既然你问了，我就不绕弯子。最近手头有点紧，想进些货，我今天来
就是要点钱回去，解决燃眉之急。""您托人捎信说一下，需要多少，
我们将钱带回去，您就不必亲自上门了。这钱我得跟您的儿子商量一
下。"方秀英等到丈夫一进家门，没等丈夫跟公公打招呼，就拉着他进
了房间，你的父亲来了，我离不开身去买菜，家里只有青菜，你爸不
是贵客，招待好不好，他老人家不会计较的。他今天来是要钱的，你
说给多少合适？""你说给多少？""500 元应该够了吧。""你就给 500
元，少了，父亲会想办法的。"方秀英简单炒了几个粗菜，招待了公
公。饭后，方秀英掏出 500 元钱，交给公公，说："这 500 元钱进货应
该够了吧"，孙大江接过钱，什么也没有说，闷闷不乐地回家了。

只过了两天，方秀英的娘找上门来。方秀英一见娘上门，便关切
地问道："妈，您今天是不是来要钱的？"，她的娘点了一下头。她吩
咐娘在家看好家，她急忙出去买鱼、买肉，买鸡蛋……孙会生下班回
家时，她拉开门时，说："我妈来了，你快去打招呼，别怠慢了老人
家。她今天也是来要钱的，你说给多少合适？""你说给多少？""最少
1 000 元才行。""你就给 1 000 元吧"，方秀英的娘拿了 1 000 元钱，
高高兴兴地回去了。方秀英怀孕了，将这一好消息告诉了丈夫，问他：
"你是希望我生个儿子，还是生个女儿？"他告诉妻子，最好是生个女
儿。"你这人真怪，希望我生女儿。生女儿有什么好？"孙会生什么没
有说。

做人不能太算计，方秀英的确太能算计了，一个太能算计的人，

通常也是一个事事计较的人。

无论她表面上多么大方，她的内心深处都不会坦然。算计者本身已经使人失掉了平静，掉在一事一物的纠缠里，而一个经常失去平静的人，一般都会引起较严重的焦虑症，一个常处在焦虑状态中的人，不但不快乐，甚至是痛苦的。

爱算计的人在生活中，很难得到平衡和满足，反而会由于过多的算计引起对人对事的不满和愤恨，常与别人闹意见，分歧不断，内心布满了冲突。

爱算计的人，心胸常被堵塞，每天只能生活在具体的事物中不能自拔，习惯看眼前而不顾长远。更严重的是，世上千千万万事，爱算计者并不只对某一件事算计，而是对所有事都习惯算计，太多的算计埋在心里，如此积累便是忧患，忧患中的人怎么会有好日子过？

太能算计的人，也是太想得到的人，而太想得到的人，很难轻松地生活，往往还因为过分算计引来祸患，平添麻烦。太能算计的人，必然是一个经常注重阴暗面的人，他总在发现问题，发现错误，处处担心，事事设防，内心总是灰色的。

太能算计的人，目光总是怀疑的，常常把自己摆在世界的对立面，这实在是一种莫大的不幸。太能算计的人，骨子里还贪婪，拥有更多的想法，成为算计者挥之不去的念头，像山一样沉重地压在心上，生命变得没有彩色。每个人都希望自己聪明，越聪明越好，越聪明越显得自己为人处世的高明。聪明有大聪明与小聪明之分，糊涂亦有真糊涂、假糊涂之别。小事糊涂者，轻权势、少功利、无烦恼，则终成正果；大事糊涂者，则朽木不可雕也。

真正聪明的人，往往聪明得让人不以为其聪明，聪明的人表面愚拙糊涂，实则内心清楚明白。

一转眼，方秀英怀胎8个月，她回到娘家养胎待产。临走时，孙会生告诉妻子："你如果生的是女儿，要及时告诉我。如果生的是儿子，就不必告诉我了，最好将儿子送给别人。""你这人是怎么啦？为什么不喜欢儿子？"他没有回答妻子的话。一天，孙会生接到丈母娘捎来的口信，说方秀英喜得一千金，孙会生一听高兴地跳了起来。他向单位领导请了假，告知自己的老婆生了女儿，他要去丈母娘家看望女儿。领导向他恭贺，也批了他的假。孙会生买了十六只鸡，三百个鸡蛋，还有许多补品，挑着一担花钱买的东西，高高兴兴地去了丈母娘家。进门后，他将东西放在厨房的饭桌上，顾不得喝丈母娘送上手的糖水，走进房门。他来到妻子的床前，二话不说，掀开盖在妻子身上的被子，"你让我看看到底是女儿，还是儿子。""你看了保证高兴。"孙会生抱起孩子，放在被子上，迫不及待地揭开裹在孩子身上的衣物，一看不是女儿，生气地吼道："你们为什么骗我？你难道忘了我曾经说过，生儿子就不用告诉我的话吗？"孙会生说完，走出房间，拿起厨房饭桌上的东西就走，并说："这儿子我不要，你们爱送谁就送给谁。"

丈母娘见女婿真的生气了，拉住女婿的手，说："人家生儿子是特别高兴，你是什么原因要将儿子送给别人？今天你必须说明原因，你才可以走出这屋子。"孙会生站住了，说："我的父母生下我，为了我读书、上大学，结婚，掏空了家底。可我自参加工作以来，逢年过节回去总是两手空空的，父母过生日也没有为老人家花过一分钱。自从我结婚以来，我的父亲在万般无奈的情况下，上门向我要了一次钱，回去进货。您的宝贵女儿只给500元钱，这500元能干啥用？我的父亲拿着500元钱，含着眼泪离开时，说过一句话'生儿子有啥用？'当时我一听父亲的话，心里在流血。您说我要儿子有啥用？"

"会生，我不知道自己的女儿对你的父母没有尽孝道，只怪我和她的父亲没有教育好，请你原谅我们，是我养的孩子没有家教。你要走，我没有脸面留下你，你就将你的妻子带走吧，别让她留在我家。"他的丈母娘松开手，走进房间，来到女儿的床前，掀开被子，气愤地说："你抱着你的儿子给我滚出去，我没有你这样的女儿!" "妈，我错了，我以后决心改，一定好好地孝敬我的公婆，您就让我坐完月子再走吧，求求您留下我。"

孙会生听了妻子和丈母娘的对话，见自己的目的已达到了，放下东西，走进房间，说："妈，您别生气，您的女儿认错了，您就给她机会吧，留下她。她母子俩吃的、喝的，还有您的护理工钱，我会一分不少算清楚的。" "只要她说话算数，留下她可以，护理费我可不敢要。"孙会生留下照料妻子，直到假期满了才走。

其实，孙会生在这关键时刻学会了弯腰。

弯腰，这是一个连小孩子都会做的简单动作，但在生活中却有很多人不会。他们或是懒惰，或是孤傲，或是只顾抬头看天上的风景，而干脆忘记了……于是，他们就失去了许多难得抬头的机会。

其实，一生中会有很多教你弯腰的人。

孩童时，父母是教你弯腰的人，他们说，如果你总把事情拖到明天，那么你终将一事无成。

上学后，老师便成了教你弯腰的人。他们会对你说，请每天提着篮子出门，将一个个汉字、一个个单词、一个个方程式都捡进去，这些都是珍宝。

步入社会，领导又成了教你弯腰的人。他们的忠告是，无论山有多高，也只在攀登者的脚下；无论路有多远，也总会走到终点。

然而更多的时候，你自己才是真正教你弯腰的人，只有自己才可以时时提醒自己，我该怎样做？人生中我捡到了什么，又失去了什么？虽然你可能会失去现在，但绝对不会失去自我。

只需弯一弯腰，也许你的人生就从此改变。

虚心竹有低头叶，傲骨梅无仰面花。懂得弯腰，会看清自己脚下的路；懂得弯腰，路边的野花会是你的鼓励；懂得弯腰，才能忍辱负重；懂得弯腰，也是人生中的风度和休养。

懂得弯腰才知道忍让，懂得弯腰知道自己的弱点，懂得弯腰时才知道怎么抬头。弯腰不是妥协，不是放弃，懂得弯腰表现出一个人的涵养和所拥有的智慧。

弯腰是为了更好的抬头！

父母一路养育我们长大，给予了我们许多，我们逐渐有了自己的思想，自己的思维方式。这时候，我们不是应该胡思乱想，而是要好好想想父母这些年来对我们的养育之恩，虽说现在孝顺父母也被写进了法律，但真的孝顺父母不是要法律法规来要求的，而是自觉的。

做人要真诚、谦和，善待别人，温暖自己。人，是活给自己看的。别奢望人人都懂你，别要求事事都如意。苦累中，懂得安慰自己。没人心疼，也要坚强；没人鼓掌，也要飞翔；没人欣赏，也要芬芳。

烦时，找找乐，别丢了幸福；忙时，偷偷闲，别丢了健康；累时，停停手，别丢了快乐。平凡生活中，忙绿于工作，安然于家庭。不求事业多大进步，只愿生活甜美温馨；不想生活多么富有，只愿家人健康欢欣。

一个孝顺并且拥有正能量的人，一定会坚定自己的信念，拥有自己人生的目标，知道自己的所需并为之不断努力。他们欢迎变化也制造进步。当困难来临，他们不嫌麻烦或贪图安逸，他们知道山丘后面会有道更美丽的风景。他们会给你惊喜，同时也会带给你感悟，他们让你把路走直，截断所有扭曲的价值观。

人这一辈子，想得到的总有很多。但其实想一想，人生一切皆浮云，想开了，也就这么回事。

一年又一年，丰满了记忆，苍老了容颜，迎来了春光，送走了冬寒；一年又一年，期盼中载满祝福，愿望中满是平安；一年又一年，从孩童走进中年，从中年又将走进老年，理想从丰满走向骨感；一年又一年，不必感慨也不必抱怨，最好的皆是顺其自然；一年又一年，感恩生活也珍惜遇见，执着努力亦随遇而安。

天尚好，云已散，退了休，上了岸，人生旅途又一站；图心宽，求康健，是是非非全看淡；钱多少，莫细算，多活几年就是赚；玩潇洒，寻浪漫，不如围着老婆转；切个葱，剥个蒜，帮着家里做做饭；

家务活，都会干，全听老婆一声唤；出点力，流点汗，争取在家当模范；心态好，是关键，老来幸福金不换；小便宜，不能占，别想天上掉金蛋；不传谣，不杜撰，不给社会来添乱。

刘忠群是东方村最受人们尊敬的杰出女性。她三十三岁时丈夫去世，当时膝下有四个孩子，无论吃多大的苦，受多大的累，她都非常坚强，就这样她一直坚守了近五十年，直到去世也未改嫁他人。她的一生恪守妇道、堂堂正正、一生清白，在当地从来没有有半点绯闻，凭着惊人的毅力，克服常人不可想象的困难，把四个孩子拉扯大。老天真是有眼，刘忠群一辈子守寡，总算熬出了头，孩子们长大了，而且都非常优秀，非常有出息。她逢人就讲："我这辈子划得来，虽然吃了很多苦，但孩子们长大了，现在日子好了。"

她就是这样一个伟大的母亲，为了不让孩子们受苦，宁肯牺牲自己的一切。四个孩子长大后，都非常孝顺她，这在当地一直传为佳话。

父母恩情似海深，人生莫忘父母恩。

生儿育女循环理，世代相传自古今。

为人子女要孝顺，不孝之人罪逆天。

寒门都能出孝子，鸟兽尚知哺乳恩。

养育之恩不图报，望子成龙父母心。

母亲虽只是一个平凡质朴的农村妇女，却是情感世界的玉皇大帝。

刘忠群是一个伟大、善良的母亲，吃尽了人间苦，受尽了人间累，为了孩子没有另嫁他人，没有把孩子送给别人，才改变了四个孩子的命运。孩子们没有失去母爱，也没有受到继父的影响，而是一直在母亲的呵护下健康成长。后来孩子们长大了，个个有家庭，个个有事业，个个都孝顺，而且都心怀善良，知道报恩，感恩，对母亲无微不至的关怀，让母亲感到非常幸福。

唐朝诗人白居易的《母别子》，诉不尽母爱情深。

母别子，子别母，白日无光哭声苦。

关西骠骑大将军，去年破虏新策勋。

敕赐金钱二百万，洛阳迎得如花人。

新人迎来旧人弃，掌上莲花眼中刺。

迎新弃旧未足悲，悲在君家留两儿。

一始扶行一初坐，坐啼行哭牵人衣。

以汝夫妇新燕婉，使我母子生别离。

不如林中乌与鹊，母不失雏雄伴雌。

应似园中桃李树，花落随风子在枝。

新人新人听我语，洛阳无限红楼女。

但愿将军重立功，更有新人胜于汝。

刘忠群去世后，她的二儿子刘银强写了一篇回忆录，表达对母亲的思念，这篇回忆录感动无数人，回忆录是这样写的：

那是母亲还在老家的时候，我回老家探亲，每天没别的事，主要是陪母亲看看电视，聊聊天。

有一天，母亲说，咱俩去买鸡蛋吧，我一听就笑了，但我还是点点头说，好。

随母亲出了门，母亲说，去某某超市。我问，附近不是有家超市吗？母亲眨眨眼，有些得意，说，某某超市的鸡蛋便宜，一斤三块二，附近的这家要三块四，我咋了咋舌。

走到路边，正准备抬手打车，母亲说，坐 12 路车吧。我问，为什么坐 12 路？母亲说，12 路车是某超市的专用车，免费，坐别的公交车，还要花两块钱。我又笑了，还是点点头说，好。

坐上 12 路大客车，车上差不多都是些老头老太太，跟母亲很熟了，听说我是陪母亲买鸡蛋的，都用暖暖的眼神看着我，好像我是大家的儿子。我的心里，也暖暖的。

买了 10 斤鸡蛋。母亲拉着我在超市的休息椅坐着，说，我们在这里等 1 小时，我惊讶地问，1 小时？母亲点点头说，下趟 12 路车回来，还得 1 小时。我觉得有股着急的火苗在心里"噌"地蹿起，但还是忍了，用耐性将火苗熄灭。

母亲跟我东拉西扯，说起我上学时的一些事。1 小时的时间，过得倒也不算太慢。

终于坐上了 12 路。下了车，我拎着鸡蛋，呼出一口气。母亲看起来格外高兴，扳着手指算，1 斤鸡蛋省两毛钱，10 斤鸡蛋省两块钱，来回的车费，两人省 4 块钱，加起来共省下 6 块钱。

我脑子里也迅速计算，从出门到现在，共用了 4 小时。4 小时的时间，在一个公司里，可能创造出上万元的价值。我在心里叹了一下。

快到家时，走过一个水果摊，母亲用 6 元钱买下一个大西瓜。

回到家，西瓜切开，露出鲜红的瓜瓤。我早就渴了，拿起一块，迫不及待地吃起来。西瓜甜极了，我吃得"呼噜呼噜"的，像小猪一样。

好久没有这样痛快地吃水果了，一抬头，母亲正看着我，眼睛有些湿润，脸上却是极大的满足与疼爱。我的心，像琴弦被拨动了一下，这样的场景，似曾相识。

小时候，家里非常穷，我又馋得很，常常在傍晚，偷偷去捡别人吃剩的西瓜皮，拿到河水里冲一下，便贪婪地啃起来。母亲知道了，用了三个晚上编织草绳，又用编草绳挣的钱给我买西瓜，然后看着我像小猪一样吃着。

我怔怔地看着母亲，将满嘴西瓜咽下。那一刻，我忽然理解了母亲艰难时，靠着勤劳与节俭，供我们兄弟姐妹上学，将我们养大。富足时，勤俭作为母亲的生活方式，依然能带给我满足与幸福。

我的脸上露出笑容，庆幸今天终于耐住性子陪母亲省下 6 元钱。这 6 元钱，跟公司创造的上万元相比，是等价的。因为，许多时候，时间与金钱就该为爱而存在。

父母给予了我们最宝贵的生命，含辛茹苦把我们扶养成人，宁愿自己省吃俭用也要把最好的吃的用的给予我们，宁愿委屈了自己也不愿委屈了孩子，多么无私的爱啊！

慈母万滴血，生我一条命。还送千行泪，陪我一路行。爱恨百般浓，都是一样情。即便十分孝，难报一世恩。

还有这样一篇文章：《母亲是世上唯一在等你的人》，也感动无数人！文章这样写道；

母亲真的老了，变得孩子般缠人，每次打电话来，总是满怀热忱地问，什么时候回家？

　　且不说相隔一千多里路，要转三次车，光是工作、孩子已经让我分身无术，哪里还抽得出时间回家。母亲的耳朵不好，我解释了半天，她仍旧热切地问："你什么时候能回来？"几次三番，我终于没有了耐心，在电话里大声嚷嚷。她终于听明白，默默挂了电话。隔几天，母亲又问同样的问题，只是那语调怯怯地，没有了底气，像个不甘心的孩子，明知问了也是白问，可就是忍不住。我心一软，沉思了一下。母亲见我没有烦，立刻开心起来。她欣喜地向我描述，后院的石榴都开花了，西瓜快熟了，你回来吧。我为难地说："那么忙，怎么能请得上假呢！"她急急地说："你就说妈妈得了癌，只有半年的活头了！"我立刻责怪她胡说，她呵呵地笑了。

　　这样的问答不停地重复着，我终于不忍心，告诉她下个月一定回去，母亲竟高兴得哽咽起来。可不知怎么了，永远都有忙不完的事，每件事都比回家重要，最后，到底没能回去。

　　电话那头的母亲，仿佛没有力气再说一个字，我满怀内疚："妈，生气了吧？"她连忙说："孩子，我没有生你的气，我知道你忙。"可是没几天，母亲的电话催得越发紧了。她说："葡萄熟了，梨熟了，快回来吃吧。"我说："有什么稀罕，这里满街都是，花个十元八元就能吃个够。"母亲不高兴了，我又耐下性子来哄她："不过，那些东西都是化肥和农药喂大的，哪有你种的好呢。"母亲得意地笑起来。

　　星期六那天，气温特别高，我不敢出门，开了空调在家里待着。孩子嚷嚷雪糕没了，我只好下楼去买。在暑气蒸熏的街头，我忽然就看见了母亲的身影。看样子她刚下车，胳膊上挎着个篮子，背上背着沉甸甸的袋子。她弯着腰，左躲右闪着，怕别人碰了她的东西。在拥挤的人流里，母亲每走一步都很吃力。我大声地叫她，她急急抬起满是热汗的脸，四处寻找，看见我走过来，竟惊喜地说不出话来。一回到家，母亲就喜滋滋地往外捧那些东西。她的手青筋暴露，十指上都裹着胶布，手背上有结了痂的血口子。

母亲笑着对我说："吃呀，你快吃呀，这全是我挑出来的。"我这没有出过远门的母亲，只为着我的一句话，便千里迢迢地赶了来。她坐的是最便宜、没有空调的客车，车上又热又挤，但那些水灵灵的葡萄和梨子都完好无损。我想象不出，她一路上是如何过来的，我只知道，在这世上，凡是有母亲的地方就有奇迹。母亲只住了三天，她说我太辛苦，起早贪黑地上班，还要照顾孩子，她干着急却帮不上忙。厨房设施，她一样也不敢碰，生怕弄坏了。她自己悄悄去订了票，又悄悄地一个人走。

才回去一星期，母亲又说想我了，不住地催我回家。我苦笑："妈，你再耐心一些吧！"第二天，我接到姨妈的电话："你妈妈病了，你快回来吧。"我急得眼前发黑，泪眼婆娑地奔到车站，赶上了末班车。一路上，我心里默默祈祷。我希望这是母亲骗我的，我希望她好好的。

我愿意听她的唠叨，愿意吃光她给我做的所有饭菜，愿意经常抽空来看她。此时，我才知道，人活到八十岁也是需要母亲的。车子终于到了村口，母亲小跑着过来，满脸的笑。我抱住她，又想哭又想笑，责怪道："你说什么不好，说自己有病，亏你想得出！"受了责备的母亲，仍然无限地欢喜，她只是想看到我。母亲乐呵呵地忙进忙出，摆了一桌子好吃的东西，等着我的夸奖。

我毫不留情地批评："红豆粥煮糊了，水煎包子的皮太厚，卤肉味道太咸。"母亲的笑容顿时变得尴尬，她无奈地搔着头。我心里暗暗地笑，我知道，一旦我说什么东西好吃，母亲非得逼我吃一大堆，走的时候还要带上。就这样，我被她喂得肥肥白白，怎么都瘦不下去。而且，不贬低她，我怎么有机会占领灶台呢？

我给母亲做饭，跟她聊天，母亲长时间地凝视着我，眼露无比的疼爱。无论我说什么，她都虔诚地半张着嘴，侧着耳朵凝神地听，就连午睡，她也坐在床边，笑眯眯地看着我。我说："既然这么疼我，为什么不跟着我住呢？"她说住不惯城里。没待几天，我就急着要回去，母亲苦苦央求我再住一天。她说，今早已托人到城里去买菜了，一会儿准能回来，她一定要好好给我做顿饭。县城离这儿九十多里路，母亲要把所有她认为好吃的东西都弄回来，让我吃下去，她才能心安。

从姨妈家回来的时候，母亲精心准备的菜肴，终于端上了桌。我不禁惊异：鱼鳞没有刮净、鸡块上是细密的鸡毛、香油金针菇竟然有头发丝。无论是荤的还是素的，都让人无法下筷。母亲年轻时那么爱干净，如今老了竟邋遢成这样。母亲见我挑来挑去就是不吃，她心疼地妥协了，送我去坐夜班车。天很黑，母亲挽着我的胳膊，陪我上了车，不住地嘱咐东嘱咐西，车子都开了，才急着下去，衣角却被车门夹住，险些摔倒。我哽咽着，趴在车窗上大叫："妈，妈，你小心些！"她没听清楚，边追着车跑边喊："孩子，我没有生你的气，我知道你忙！"这一回，母亲仿佛满足了，她竟没有再催过我回家，只是不断地对我说些开心的事：家里添了只很乖的小牛犊，明年开春，她要在院子里种好多的花。听着听着，我心得到一片温暖。

到年底，我又接到姨妈的电话。她说："你妈妈病了，快回来吧。"我哪里相信，我们前天才通的话，母亲说自己很好，叫我不要挂念。姨妈只是不住地催我，半信半疑的我还是回去了，并且买了一大袋母亲爱吃的油糕。车到村头的时候，我伸长脖子张望着，母亲没来接我，我心里颤颤地就有了种不祥的预感。姨妈告诉我，给我打电话的时候，母亲就已经不在了，她走得很安详。半年前，母亲就被诊断出了癌症，只是她没有告诉任何人，仍和平常一样乐呵呵地忙到闭上眼睛，并且把自己的后事都安排妥当了。姨妈还告诉我，母亲老早就患了眼疾，看东西很费劲。我紧紧地把那袋油糕抱在胸前，一颗心仿佛被人挖走。原来，母亲知道自己剩下的日子不多了，才不住地打电话叫我回家，她想再多看我几眼，再和我多说几句话。

原来，我挑剔着不肯下筷的饭菜，是她在视力模糊的情况下做的，我是多么的粗心！我走的那个晚上，她一个人是如何摸索到家，她跌倒了没有，我永远都无从知道了。母亲，在生命最后的时刻还快乐地告诉我，牵牛花爬满了旧烟囱，扁豆花开得像我小时候穿的紫衣裳。你留下所有的爱，所有的温暖，然后安静地离开。

我知道，你是这世上唯一不会生我气的人，唯一肯永远等着我的人，也就是仗着这份宠爱，我才敢让你等了那么久。可是，母亲啊，我真的有那么忙吗？

　　每个人都会老，父母比我们先老，我们要用角色互换的心情去照料他，才会有耐心，才不会有怨言。当父母不能照顾自己的时候，为人子女要警觉，他们可能会大小便失禁、可能很多事都做不好，如果房间有异味，可能他们自己也闻不到，请不要嫌他脏或嫌他臭。为人子女的只能帮他清理，并请维持他们的"自尊心"。

　　当他们不再爱洗澡时，请抽空定期帮他们洗身体，因为纵使他们自己洗也可能洗不干净。当我们在享受食物的时候，请替他们准备一份大小适当、容易咀嚼的一小碗，因为他们不爱吃可能是牙齿咬不动了。

　　从我们出生开始，喂奶换尿布、不眠不休地照料、教我们生活基本能力、供给读书、吃喝玩乐和补习，关心和行动永远都不停歇。如果有一天，他们真的动不了了，角色互换不也是应该的吗？

　　为人子女要切记，看父母就是看自己的未来，孝顺要及时。

　　一个胸怀善心的人，即使缺乏金钱、房屋、汽车和存款等物质财富，只要善念在心，就会有一份坦然和宁静，知足之心也油然而生，就不会有任何不满足。

　　播种善良，才能收获希望。一个人可以没有让别人羡慕的姿容，也可以忍受"缺金少银"的日子，但离开了善良却足以让人生搁浅和褪色——因为善良是生命的黄金。

　　善良的心，像黄金一样闪光，像甘露一样纯洁、晶莹。善良的心胸是博大、宽宏的，能包容宇宙万物，造福人类苍生。行善而不求回报的人经常能够得到意料之外的回馈，这是因果循环的自然规律。善良之人经常造福于他人，实际上也在造福于自己。

漫长的人生路上，我们每个人都会遇到很多困难，需要别人给予帮助。在别人遇到困难时，如果我们付出自己的爱心，助人一把，有时恰恰也是在为自己铺路。

春有百花冬有雪，夏有凉风秋有月。顺其自然，不畏将来，不执着于过去。真正的富是胸怀、气度。智慧没有烦恼，慈悲没有敌人。

有德之人命系于天，在危难之时总是有惊无险，因祸得福，遇难成祥。冥冥之中，天佑善良人。狡猾奸诈之徒，虽然自以为聪明，最终却无法以狡猾和奸诈来改变他们的下场。

善良的心与生命同在。

刘兰是刘忠群的大妹妹，是东方村村办企业创业砖厂工人。创业砖厂三百多人，全部来自该村，砖厂每年盈利近百万元，全部用于村里的教育、卫生、养老及村里的一些正常支出。汪东升是刘兰的丈夫，汪东升长得潇洒，刘兰长得也很漂亮，但他们俩都是聋哑人，俩人经别人撮合后成为夫妻。上帝总是这样捉弄人，关上你这扇门，打开你另一扇窗户，他们是聋哑人，却很聪明，而且灵性好，会很多东西。他俩结婚后生了一对双胞胎女儿。两个女儿在他们精心呵护下很快长大了，大女儿汪红考上了华中师范大学，二女儿汪梅考上了湖北师范大学，姐俩在大学都是优秀大学生。四年后大学毕业，汪红放弃大城市的工作，回到了家乡的村办学校任教。汪梅毕业后被分配到武汉市二十七中工作。汪梅对姐姐汪红的举动非常敬佩。她俩约定，汪梅一定要将城里的最新动态，最新信息，最好的教学方法，在第一时间传给姐姐汪红。姐俩相互帮助，互相学习，经常沟通，比学赶帮，因此工作、学习各个方面进步很快，很受单位领导和同志的好评。也正是姐俩共同努力，东方村学校的教育基本上实现了城乡"一体化"。由于姐俩汪红、汪梅的出色表现，村里所有人对她们的父母汪东升、刘兰非常羡慕，也非常尊敬，更是非常感激。正是汪红大学毕业来村任教，使村办学校的教学质量、管理水平得到很大提高，附近其他村的孩子也通过各种关系来到她们学校就读。东方村出名了，全县有名了，全村人都非常高兴，非常自豪，对汪东升，刘兰也非常爱戴。就是因为汪东升、刘兰这样一对聋哑人，让村办学校走红、出名，改变了村办学校的命运。汪红回村支教的举动感动了无数大学生。华中科技大学同济医学院毕业的王大伟给汪红写信，愿意随汪红到东方村诊所工作。经过上级部门的多方面协调，王大伟终于如愿以偿，到了东方村诊所工作。王大伟和汪红经常在一起谈工作、谈学习、谈人生，非常有共同语言，很快俩人由朋友发展成为恋人。两个人在一起时，有着精神上的默契，有着心灵的统一。他们谈爱情，谈婚姻，谈未来，可以无所顾忌地谈人生所有的问题，心有灵犀，心意相通，相知相惜，互相敬重。

每天下班汪红和王大伟一起买菜，一起做饭，一起吃饭，晚上一起看电视剧。假日去城里商业街逛街，晚上去广场散步。俩人和和美美，恩恩爱爱，村里人也非常喜欢他俩。不久他们结婚了，村里人为他们办了很隆重的婚礼，以表示对他们的感谢。

爱情因珍惜而美好，友情因真诚而长久，亲情因相依而温暖。人与人之间，就是一份缘；情与情之中，就是一颗心。若爱，请珍惜；若惜，请真诚。情最浓，时间久了，也会淡忘；爱最深，回应少了，也会心凉；心最热，冷漠惯了，也会冷却；人再好，疲惫累了，也会离开。

感情，没有取悦，只有真心实意的不离；人心，没有践踏，只有相伴相依的温情。一段情，始于心动，无言也欢；一份爱，止于心冷，无语也多。爱可以守望但不奢望，情可以包容但不纵容。心灵共鸣，才能继续；心无旁骛，才能长久。

汪红在日记中曾经这样写道：心中有爱，人生何处不花开；爱中有情，人生何处不春天。内心有阳光、有爱的人，无论走到哪里，都不会畏惧黑暗。让桃源存于心内，身上就永远有一缕花香；让爱植于心内，身边就永远有一片阳光；守一卷经年之后的领悟，身边就永远有云淡风轻，生命就永远有美丽传奇。生活总是这样，以为失去的，可能在来的路上，以为拥有的，可能在去的途中。不要因为没有阳光，而走不进春天；不要因为没有歌声，而放弃自己的追求；不要因为没有掌声，而丢掉自己的理想。其实每一条通往阳光的大道，都充满坎坷。永远深信，有些东西，冬天从你身边带走了，春天还会还给你。心若计较，处处都有怨言；心若放宽，时时都是春天。我不如花美，但也要开在春天；我不是公主，但也要昂头挺胸。

每个人都有自己的活法，没必要去复制别人的生活。有的人表面风光，暗地里却不知流了多少眼泪；有的人看似生活窘迫，实际上却过得潇洒快活。幸福没有标准答案，快乐也不止一条道路。收回羡慕别人的目光，反观自己的内心。自己喜欢的日子，就是最好的日子；自己喜欢的活法，就是最好的活法。

感恩老师，无论走到哪里，荣华还是贫穷，无数日落日出，春夏秋冬，永远不能忘怀。

人们都在追名逐利，老师却默默留下，安于清淡的人生，在荒芜的心田播种。

刘生军是刘忠群的二弟弟，和曲红是一对夫妻，都是东方村村办企业创业砖厂的工人，在婚后六年生了一个男孩，取名刘佳辉。夫妻恩爱，刘佳辉自然是二人的宝贝。一天早晨，刘生军出门上班之际，看到桌上有一瓶打开盖子的药水，不过因为赶时间，他只大声告诉妻子："记得把药瓶收好！"然后就匆匆关上门上班去了，妻子曲红在厨房里忙得团团转，却忘了丈夫的叮咛。刘佳辉拿起药瓶，被药水的颜色所吸引，觉得好奇，误认为是饮料，于是一口气都给喝光了！药水的成分剂量很高，即使成人也只能服用少量。由于男孩服药过量，虽然被及时送到医院，但仍旧回天乏术！

妻子曲红被突如其来的意外吓呆了！不知该如何面对丈夫，更害怕丈夫的责备。焦急的父亲刘生军赶到医院，得知噩耗，非常伤心！看着儿子的尸体，望了妻子一眼，然后在妻子耳边悄悄："亲爱的，我爱你！"

刘生军知道，因为儿子的死亡已经成为事实，再多的责骂也不能改变，只会惹来更多的伤心，而且不只自己失去儿子，妻子也同样失去了儿子。

面对人生各种处境，我们都有选择的能力。面对一件不幸的事，你可以大发雷霆、怨天尤人，甚至责备所有的人，但事情却不会因为这些而丝毫改变。不幸的事，它会继续地伴着你往后的生活，让你背负着一生的痛苦活下去。

相反地，如果能放下怨恨和惧怕，换一个角度来看事情，勇敢地活下来，那么事情的情况也许就不会如想象中那么糟糕。

其实，一个人在遭遇不幸的事件时，如果不能选择以最适当的方式去面对，那么又怎能去面对未来，以及周边的人、事、物。

在生活中，不妨养成"有，很好；没有，也没关系！"这样的想法。这样一来，我们便能转苦为乐，逍遥自在！

遭遇一切的事情，让我们学习面对它！接受它！处理它！放下它！

请记得：能够让我们一生受用的一句话：恨，能挑起争端；爱，能遮掩一切过错。

有一年刘生军患了中风，左边的身子不能动了，心里十分痛苦。亲友们去安慰他。刘生军说："我不害怕我的病治不好，我担心我的妻子曲红留不住。"没过多久，刘生军的妻子曲红果然离开了他。人们骂曲红薄情。刘生军说："不要责怪她，是我不好。"接着，刘生军忏悔道："她做饭忙不过来的时候，我坐在电视前无动于衷；她生病需要去医院的时候，我以工作忙为由让她一人前往；她买了件衣服，满心欢喜地问我怎么样时，我的眼睛甚至都不瞟上一瞟；她需要我陪伴的时候，我为了赢得上司的青睐，在办公室陪他们打扑克直至深夜；她想和我聊天的时候，我不是在电脑前忙碌就是困得想睡了，给她的时间少之又少。我们的婚姻早就因为我的这些行为而中风，只是我原来没有感觉到。现在我左边的身子不能动了，我一下子感觉到了。"后来，有人把这些话说给了刘生军的妻子，刘生军的妻子非常感动："既然他这么说，我也就回去吧。"

在曲红的精心照料下，刘生军渐渐康复了。

有一次，他们一起在黄昏中散步，曲红问："你怎么会想起婚姻也会中风这样的事来？"刘生军说："当我的右手因蚊子叮咬而奇痒的时候，我的左手一点反应都没有。假若我没中风，会出现这样的情况吗？过去，你那么辛苦，而我却一点都不去分担，我想，这就是婚姻中风了。"现在，他们已成为一对恩爱的夫妻了，因为通过那场病，刘生军发现了一套新的婚姻理论：夫妻应该像左右手一样，左手提东西累了，不用开口，右手就会接过来；右手受了伤，也不用着呼喊和请求，左手就会伸过去。

假如一个人的左手很痒，右手却伸不过来，这个人的身体一定是中风了，或是瘫痪了。婚姻是爱情的身躯，假若一方不能主动地去关怀对方，久而久之，随着不良状况的加剧，也会中风瘫痪。

愿天下所有的朋友不仅拥有健康的身体，同时还拥有健康的婚姻！

让女人失望的不是你没有钱，而是在你身上看不到希望。借口与欺骗，其实她都能看得很明白，也许只是不说。永远不要低估一个女人和你同甘共苦的决心，只要你拿真心来换。不用让一个女人适应孤独，一旦她适应了，也就不需要你了。人人都说女孩子不要太要强、太独立、太厉害，不然会不招人喜欢。可是，女人若不要强，不独立，不变厉害，谁又会在女人最无助的时候伸出援手？所以女人只能让自己坚强，在没有人的角落里独自疗伤。一个男人最大的失败就是，把逗笑自己女人的机会让给别人。每一个不懂爱的人，都会遇到一个懂爱的人，然后经历一场撕心裂肺的爱，然后分开。后来，不懂爱的人，慢慢懂了，懂爱的人，却不再爱了。

刘中生是刘忠群的三弟，也是东方村的村民，靠养鸡维持生活。早年妻子王玉萍因病去世，刘忠生独自一人把两个儿子拉扯大。为了让孩子有出息，他吃尽了人间苦，把两个儿子都培养成了大学生。大儿子刘辉毕业后考上了公务员，在财政局工作；二儿子毕业后分到社区上班。刘忠生由于勤劳，养鸡效益一年比一年好，规模也越来越大，每年都有几十万收入，在当地是一个非常优秀的养鸡专业户，村里人都很佩服他。刘忠生还是一个心地善良的人，村里所有人的大事小情他都热心帮助。随着年龄增长，他对事业有些力不从心，就想让儿子回来继承家业。一天他把一百万元装在一个编织袋里，去城里准备给两个儿子。顺便看看儿子，他找到大儿子单位，在门外等大儿子下班。不一会大儿子刘辉和三个同事一起下班走了出来，一眼看见自己的父亲，认为父亲寒碜，对同事说是他家一个亲戚，让同事先走了。这时他对父亲吼道："爸，你怎么来了？让同事知道你是我爸，他们会笑话我的。我女朋友看见你，她会不要我的。你编织袋的土特产我也不要，你拿去给你二儿子吧。"刘忠生听了，气得不得了，没想到儿子会变成这样，无情无义，嫌弃父亲。他啥也没说就走了，刘辉看父亲走了，很是高兴，便扬长而去。刘忠生去了二儿子刘勇单位，二儿子刘勇一看见父亲来了，欣喜若狂，非常高兴，还说："爸，你来怎么不打电话，我好去接你，咱们先吃饭吧。"

刘勇把父亲带到女朋友王梅所在的饭店，告诉王梅，这是他父亲，要领父亲吃饭。王梅见到未来的公公，很是高兴，点了四个菜，三个人吃得非常高兴。吃完饭刘勇让父亲在城里玩几天，他父亲高兴极了，就把刚才跟刘辉的事说了一遍，刘勇听了也很生气。他跟刘勇说："你哥刘辉不孝呀，我没他这个儿子。我也老了，养鸡场我就靠你了。我这一百万全给你，你哥刘辉一分也别想要。刘勇看到这一百万一切都明白了，父亲一辈子辛辛苦苦，舍不得吃，舍不得穿，一百万来得不易啊。他一下抱住父亲："爸，你这是为啥！"刘勇明白父亲的心思，他答应回东方村继承父业。刘勇的一切真让人羡慕，然而刘辉想的又是什么？

兄弟如手足，同是父母的血脉，同是父母基因遗传，同一家庭成长，同是父母的希望，同样的亲情同一个根，但是刘辉、刘勇哥俩对待父亲完全不一样。刘辉对父亲的不孝让人愤怒。不一样的人品，不一样的人生。

过去有这样一个故事：

一高僧路过，兄弟二人要拜其为师，并将家中难处诉说一遍。高僧双手合十，微闭双目，喃喃自语："舍得，舍得，没有舍哪来得？你二人悟性皆不够，十年后我会再来。"然后，飘然而去。

哥哥顿悟，手持经书决绝而去。弟弟望望父母，看看病嫂幼妹，终不能舍弃。

十年后，哥哥归来，口诵佛经，念念有词，仙风道骨，略见一斑。再看弟弟，弯腰弓背，面容苍老，神情呆滞，反应缓慢。

高僧如期而至，问二人收获。

哥哥说："十年内游遍高山大川，走遍寺庙道观，背诵真经千卷，感悟万万千千。"

弟弟说："十年内送走老父老母，病嫂身体康复，幼妹成家立业。但因劳累无暇诵读经书，恐与大师无缘。"

高僧微微一笑，决定收弟弟为徒。

哥哥不解，追问缘由。

高僧道："佛在心中，不在名山大川；心中有善，胜读真经千卷。父母尚且不爱，谈何普度众生？"

还有这样一个故事：

说有一个屠夫，是专门杀牛的。有一天，他带回来一头母牛和一头小牛。头一天夜里，他把刀磨好了，然后第二天准备杀这两头牛。当他要杀这头母牛的时候，他却怎么也找不着刀了。最后，他在那个小牛的屁股底下找到了那把刀。无论他怎么打那个小牛，那个小牛就是无动于衷。最后他终于觉悟了，也感动了。

天下儿子不孝顺父母的有很多，抛弃父母，不养父母的有很多，但是父母抛弃儿子的，又有几个？

现在很多人身上有太多错误，太多的忤逆。其实就是缺少了德行，没有了德行的人生太无情了。缺少德行的人，不会做人，更不会做事。

　　远离家乡，追求自己人生理想是没有什么过错的，但是也不要忘记守在家乡的老人，就算不能常回家看看，也要记得多打几个电话，问问他们的身体状况。

　　对于我们每一个人来说，父母都是我们最重要的人。只要父母还在，我们就还是个孩子，父母无私地把爱给了我们，我们也要学会回报。儿不嫌母丑，狗不嫌家贫。父母养育了我们，即使父母再穷，再寒酸，我们也不能嫌弃父母，更不能不认父母。

　　善良是好人品的关键要素。人要常怀一颗感恩之心，方能使人敬仰。要多存善心，多兴善举。只有这样，才能坦坦然然做人。种善因，得善果，从花开到结果，隔着的只是一个茂盛的等待，善有善报，永不过期。种下善良，总会有秋收的季节；种下美好，总会有幸福的回报。感恩父母的养育，感恩大自然的恩赐，感恩食之香甜，感恩衣之温暖，感恩花草鱼虫，感恩苦难逆境。心存感恩的人，才能收获更多的人生幸福和生活快乐。心存感恩的人，才会朝气蓬勃，豁达睿智，好运常在，远离烦恼。送人玫瑰，手留余香。人生在世，要学会分享给予，养成互爱互助的行为。给予越多，人生就越丰富；奉献越多，生命才更有意义。

　　人的一生，无论成败，都会得到太多人的帮助。父母的养育、老师的教诲、配偶的关爱、朋友的帮助、大自然的恩赐、时代的赋予。我们成长的每一步，都有人指点；我们生活的每一天，都有人帮助。因为这样，我们才闯过一个个难关，一步步走向成功，创造并享受着美好生活。对于父母的养育之恩，我们应该用一生来报答，我们应该在父母的身边站成一棵树，开满一树感恩的花，花叶不败，感恩无终。

改变命运，永远是从孝顺供养父母开始的，如果做不到，根本不可能改变命运。

刘光军是刘忠群的大哥，是东方村最早出去打工的务工者，在城里打拼一晃十几年。这十几年，他只顾打拼，从未回过家乡，通过十几年的打拼，成为一名身价几亿的大老板，随着年龄的增长，也逐渐开始想家。后来他决定回家一趟看看家人，给家乡投资。刘光军总是低调做人，高调做事，这次回家他不炫富，故意穿戴一般，也不开自己的豪车，而是打车回家乡的。一到家，他二弟刘生军看他很寒酸，也不热情，还劝他再不要走了，在家找个媳妇好好过日子。他小弟弟刘中生更是对他不屑一顾，根本不理他，连一声哥都没叫。刘光军母亲不在了，父亲还在，他问他弟弟父亲在哪？他弟说父亲在城里的养老院。他二话没说，直奔养老院，看到自己的父亲一下跪在地上，抱着父亲号啕大哭，这一跪感动了养老院所有老人，他找到养老院院长，跟院长说："我在外打拼不能照顾我父亲，就拜托养老院好好照顾我父亲。"然后打电话给公司财务部，让其给养老院汇了五十万作为他父亲的养老费用和养老院的维修改造，以及补贴其他老人的费用。当时养老院的所有人都感激得不知说什么好。

刘光军从养老院出来，很想见原来的同学，就在城里搞了一个同学会。有同学听说刘光军回来没开车，穿戴也不怎么样，断定他混得肯定不好，就没有出席同学会。最终出席同学会的有十四人。刘光军点的菜不是很丰盛，但也不俗。席间大家畅所欲言，很是高兴。吃完饭后结账，刘光军拿卡消费，可饭店服务员说不能用卡消费，弄的刘光军很是难看。面对这样的情况，好几个同学很快离开了，边走边说："真能装。"这时同学范长林马上过来把单买了，总算圆了这个场。之后刘光军把范长林约到他住的宾馆，二人长谈一宿。刘光军告诉范长林要在县城投资七千万建一个高档酒店，让范长林出任酒店总经理。范长林受宠若惊，真没想到老同学这么有实力。第二天县电视台播了刘光军要在家乡投资七千万的事，所有的亲人和同学都惊呆了。后来刘光军的兄弟和同学都来讨好他，对他大献殷勤，请他喝酒、吃饭，这些都被刘光军谢绝了。

为人低调是一种绝学。"地低成海，人低成王"，一个"低"字，却演绎出了深厚的境界、风范、哲学。

李嘉诚曾告诫自己的儿子："树大招风，低调做人。"古往今来多少成功者，都是从中领悟处世之道。人生处世若懂得这一点，无论寒暑酷冬、南北东西、高低上下，都可以寻得自己的一番天地。

低调，是功成不居的莫测。"圣者无名，大者无形"，真正的强者总是莫测高深，不显山不露水，默默耕耘，苦心孤诣，直至成功。甚至成功以后，这样的人也不喜欢张名扬利，而是继续探索，寻求新的突破，这才是低调而强硬的强者。其实做一个低调的强者并不难，甚至比做一个张扬的强者更为简单。三国时诸葛亮对蜀国的贡献居功至伟，刘备本想以皇位相让，但诸葛亮谨守属臣本分，低调做人，而正是他的功成不居，让后人敬佩不已。

低调，是藏锋守拙的隐忍。为什么"鹰立如睡，虎行似病"？因为真正的强者，总是喜欢藏锋守拙，待机而发，在别人面前表现出来的更多的是大智若愚、大巧若拙的一面。只有低调的人，才能处变不惊，目光长远。不急于一时，才能等到最佳的机缘，一鸣惊人。

低调，是居高位者的原则。低调的人，才高而不自诩，位高而不自傲。一个人大出风头，就会招致打击；一个人过分追求完美，反而会遭到挑剔和批评。大多数的人能够同情弱者，却敌视比自己强的人；能够认同踏踏实实做事的人，却讨厌那些飞扬跋扈的人。居于高位的人如果不能保持低调做人的本色，就会与他人产生距离，地位越高的人，越应该保持低调做人的心态。

低调，是修身养性的境界。低调做人，还意味着你必须丢掉一些东西，比如身份感、优越感、尊贵感、荣耀感等。低调，不是压抑自身的欲望，而是自然而然，修养品性。"路径窄处，留一步与人行；滋味浓处，减三分让人尝。"能为人着想，能顾全大局，能合作共赢。

低调做人也是一种智慧：山不解释自己的高度，并不影响它的耸立云端；海不解释自己的深度，并不影响它容纳百川；地不解释自己的厚度，但没有谁能取代它万物之本的地位。低调做人，就是用平和的心态来看待世间的一切。

中国有句老话"死要面子活受罪"，是说不管什么方面，面子最大，丢了什么都可以，就是不能丢了面子。

好面子这种行为的本质，是因为没有底气，是来源于自己深藏的自卑和内心的不自信。由于内心不自信产生的补偿心理，一定需要通过一种外在的、可以被别人看到和评价到的方式补偿回来。

层次的高低，不是由社会阶层和金钱来决定的，而是取决于内心有没有底气，这跟一个人的阅历、格局和内心的丰盈息息相关。

层次高的人，往往有较强的目标性，他们清楚地知道自己要什么，并且知道如何去获得，所以，不会在过程中去纠结旁人的评价和眼光。相反，越是一无是处的人，越是在意别人的眼光，在他们的眼里，面子比什么都大。他们纠结于那些捕风捉影的议论，时时都要表现自己，处处都想证明自己。

结婚生子要面子，买房买车要面子，工作要面子，穿着要面子，宴席要面子，等等。

他们永远都在比，如果没有比过人家，就会有一种深深的挫败感。而如果凡事被大家捧场，被大家称赞，一股胜利感和成功感便油然而生。

层次越低的人，越是好面子，在他们的眼里，面子比友情大，比亲情大，甚至比天还大。由于内心的自卑和没有底气，他们一定要去证明自己，而且一定要用别人能看到的方式。

别人看不到你们家一日三餐吃的什么，但是在结婚、生孩子这件事情上，一定会万众瞩目，所以，一定要有排场，一定要有面子。

别人看不到你家存款折上的数字，但是一定能看到你开的车是十万级的还是二十万级的，所以为了买车背上了多少贷款不重要，重要的是开的车比别人的好，够面子。

层次越低的人，往往越自卑，内心越没有底气，他们越需要被证明和获得外界群体的认可，所以就越在面子里挣扎。

刘斌也是东方村的，在北京已经好多年了，自己经营着公司，资产几千万，早已经实现了财务和时间的双重自由。

他每年都会带着家人出国旅游，或是包着游艇出海享受水天一色。他是个非常讲究生活品质的人。

在他收藏的书里，有已经绝迹的孤本，家里收藏的画，随便找出一张就可以换一套房。

可是当他出现在人群里的时候，却只是一个开着一辆普通车、衣着简朴、混入人群就再也找不出来的人。不熟知的人很难把他的外形同他的经济收入联系起来。

我们常讲，要做个层次高的人，可是层次高并不代表金钱地位高，也不代表社会阶层高，这跟一个人的格局和内心充盈度相关。

有些人，即使家财万贯，内心不一定不荒芜，需要靠一身名牌傍身来证明自己的地位和财富。

有些人，即使收入不多，但依然可以过得自信从容，内心温暖阳光，充满底气，不跟从、不逐流、不虚荣，内心笃定，步伐坚定。

如果有目标，全世界都是资源；如果没有目标，全世界都构成危害。

有底气的人，不用依靠别人给面子，他们的内心足够自信，他们要做的，只是让自己变得更好。

男人必须拥有四样东西：扬在脸上的自信，长在心里的善良，融进血液的骨气，刻在生命里的坚强！

一根稻草丢在大街上是垃圾，绑在大白菜上可以卖白菜的价格，绑在大闸蟹上就是大闸蟹的价格。跟着苍蝇进厕所，跟着蜂蜜找花朵；和勤奋的人在一起，你不会懒惰；和积极的人在一起，你不会消沉；与智者同行，你会不同凡响；与高人为伍，你能登上巅峰。和什么样人在一起，就会有什么样的人生！与凤凰同飞，必是俊鸟；与虎狼同行，必是猛兽！人抬人抬出伟人，僧抬僧抬出高僧！你把身边的人都看成宝，你被宝包围着，你就是聚宝盆；你把身边的人都看成草，你被草包围着，你就是草包。人生，就是要懂得放大别人的优点，欣赏别人的长处，要相信"三人行，必有我师！"

可以相信别人，但不可以指望别人；批评一定要接受，但侮辱绝对不能接受。该说的要说，该哑的要哑，那是一种聪明；该干的要干，该退的要退，那是一种睿智；该显的要显，该藏的要藏，那是一种境界。

无功不受大禄，无助不受大礼。常与高人交往，闲与雅人相会，乐与亲人分享。路是一步一步走出来的，情是一点一点换回来的，人生也是这样一页一页翻过来的。

做人低调，说话重要；做事低调，努力重要；感情抓牢，缘分重要；生活平安，快乐重要；时间溜走，意义重要；沧桑岁月，朋友重要。人生在世，知足就好！

春天的后面不是秋，何必为年龄发愁，只要在秋香里结好果子，又何必在春花面前害羞。是的，人只要努力勤奋脚踏实地想干一番事业，任何时候，任何年岁都不会晚，而且可以储蓄力量向心目中的高度挺进。这就是为人低调，做事高调的魅力所在。

唯有低调才能看到更高的人生境界。

懂得尊重别人是做人最起码的要求。真正做到尊重别人，则是一种境界，一种美德。孟子有云："爱人者，人恒爱之；敬人者，人恒敬之。"此话强调了尊重他人的重要性，一个人在与别人交往中，如果能很好地理解别人，尊重别人，那么他一定会得到别人百倍的理解和尊重。

优秀的人对谁都会尊重。尊重领导是一种天职，尊重同事是一种本分，尊重下属是一种美德，尊重客户是一种常识，尊重对手是一种大度，尊重所有人是一种教养。

刘旭东是刘忠群的二哥，是东方村创业砖厂的厂长，起初并没有宽裕的家庭。一路走来，他白手起家，在城里开过餐馆，摆过地摊，期间他还有一个女友叫刘霞，强势能干，在当时对于他这个穷小子来说，显得有点不搭。现实打败了爱情，女友刘霞最终还是因嫌弃刘旭东而分手了。分手对刘旭东而言，并没有让他从此堕落，而是一次绝地逢生的动力。

刘旭东作为一名厂长，时刻提醒自己，要想把企业做大做强，就要善于运用比自己强的人。但是在现实中，有些人却并不乐意用比自己强的人，他们除了怕这些人难以驾驭，担心彼此之间容易发生意见分歧，工作会受到影响外，主要还是嫉贤妒能的心理在作怪，总以为自己是领导，自然应该是佼佼者，各方面都应该比下属强。因此，遇上比自己能力强、本领大的人时，就会萌生妒意，采取种种办法进行打压、排挤。

　　每个人的能力和才干都是有限的，不管多么优秀的领导也不可能在各个方面都胜人一筹，都需要借助别人的智慧来成就自己的事业。所以当你发现下属比自己的能力强，就应该在欣喜的同时好好利用这个人才，为企业的发展服务。

　　刘旭东作为一名厂长，曾经说过这样的一段话："作为厂长，遇到比我能力强的下属，我首先必须接受这个现实。我明知道这个下属很多方面都强于我，他很有可能某天会成为我的领导。但只要他现在还是我的下属，对我来说就是机会，因为我可以利用他的能力为我创造更辉煌的成绩，这样对他也是一个成全、一个锻炼。"可见，刘旭东深知"得人智慧才能成大事"的道理。一个优秀的领导，就是一个出色的织锦人，只有善于借用下属的智慧，才能编织出美丽的锦缎，只有让强于自己的下属为己所用，才能更好地锦上添花。作为领导者，对于有能力的下属，你可以给他们提出比较高的要求，这会让他们感到一种信任和挑战。然后，限定日期，这是压力，以充分发挥他们的才能。同时能给他们一些特殊的优惠、特殊的权力，这是一种特别的重视，更能激发他们的斗志。在平时，还要冷静地指出他们观点中的不足，同时也要给他们机会发表自己的观点。当然，在工作中，千万不要忘了对他们出色的表现给予及时的赞扬，适当增加其收入，否则他们会感到不受信任。作为领导者，应该鼓励有能力的下属发挥他们的创造力和创新思维，鼓励他们按自己的方式而不是按上司的方式行事，给他们创造一个独立行事的工作环境。当然，这些人的个性中，有的是良好的，有的是不利于企业的。作为领导者，我们要做的就是将人才的好的个性发挥出来，而将不利的个性通过各种制度要求来清除。

十五年前，刘旭东到县城出差，谈完生意，他去商场给同事买些礼物。平时，他逛商场时喜欢随身带一些硬币，因为商场附近有时会有乞讨的人，给上一两枚硬币他心里会踏实些。这天也是这样，刘旭东将十几枚硬币散给一帮乞讨的小乞丐。就在这时，刘旭东看见一个男孩高举着一块牌子，刘旭东朝他走过去，看到他约莫十三四岁，衣着破旧却很干净，头发也梳得整齐。他不像别人手里拿个瓷缸，他的牌子一面画着一个男孩在擦鞋，一面写着："我想要一只擦鞋箱。"

那时刘旭东正在商城闲逛，反正还有时间，刘旭东便问男孩叫什么，需要多少钱。男孩说："我叫吴浩，需要 125 元。"

刘旭东摇摇头，说他要的擦鞋箱太昂贵了。男孩吴浩说不贵，还说他已经去过批发市场 4 次，都看过了，要买专用箱子、凳子、清洁油、软毛刷和十几种鞋油，没有 125 元就达不到他的要求。吴浩操着方言，说得有板有眼。

刘旭东问他现在手里有多少钱，吴浩想都没想，说已经有 35 元，还少 90 元。

刘旭东认真看着吴浩，确定他不是个骗子，便掏出钱夹，拿出 90 元，说："这 90 元钱给你，算是我的投资，有个条件，从你接过钱的这一刻起，我们就是合伙人了，我在城里呆 5 天，5 天内你不仅要把 90 元钱还给我，我还要 1 元钱的利息。如果你答应这条件，这 90 元现在就归你。"

吴浩兴奋地看着刘旭东，满口答应。

吴浩还告诉刘旭东，他读六年级，每星期只去上 3 天课，另外几天要回乡下放牛、放羊和帮母亲种地，可他的成绩从没有滑下过前三名，所以，他是最棒的。

刘旭东问吴浩为什么要买擦鞋箱，吴浩说："因为家里穷，要趁着暑假出来，攒够学费。"

刘旭东以一种欣赏的眼光看着吴浩，然后陪吴浩去批发市场选购了擦鞋箱和其他各种擦鞋用具。

吴浩背着箱子，准备在商场门口摆下摊位。刘旭东摇摇头，说："作为你的合伙人，为了收回自己的成本，有义务提醒你选择合适的经营地点。"商场内部有免费擦鞋器，很多人都知道。吴浩认真想了想，问："选在对面的酒店怎么样？"

刘旭东想："这里是旅游城市，每天都有一车一车的人住进那家酒店，他们旅途劳顿，第二天出行时，肯定需要把鞋擦得干干净净。"想到这些，刘旭东就答应了吴浩，将擦鞋地点选在对面的酒店门口。

于是，吴浩在酒店门口附近落脚了。他把擦鞋箱放到了离门口稍远的地方，他看看左右无人，对刘旭东说："为什么不让我现在就付清 1 元钱利息？你也应该知道我的服务水平。"

刘旭东"扑哧"一声笑了，这小家伙真是鬼得很，他是要给我擦鞋，用擦鞋的收费抵那 1 元的利息。

刘旭东非常欣赏吴浩的精明，便坐到吴浩的板凳上，说："你要是擦得不好，就证明你在说谎，而我投资给一个不诚实的人，就证明我的投资失败。"

吴浩的头晃得像拨浪鼓，说他是最棒的，他在家里练习擦皮鞋练了一个月。要知道，农村并没有多少人有几双好皮鞋，他是一家一家地让他们把皮鞋拿出来，细心地擦净擦亮的。

几分钟后，看着皮鞋光可鉴人，刘旭东满意地点头。

刘旭东从口袋里拿出红笔，在他的左右脸颊上写下两个大字"最棒"。吴浩乐了。

正在这时，有一辆中巴车载着一车游客过来了，吴浩连忙背着擦鞋箱跑过去，指着自己的脸对那些陆续下车的旅客说："这是顾客对我的奖赏，你想试试吗？我会把你的皮鞋变成镜子的。"

就这样，吴浩忙碌起来了……

第二天，刘旭东来到酒店门口，看到吴浩早早就来守摊了。吴浩兴奋地告诉刘旭东，他昨天赚到了 50 块钱，除去给我 18 元，吃饭花 3 元，他净剩 29 元。

刘旭东拍拍吴浩的头，夸他干得不错。

吴浩告诉刘旭东说昨晚没睡地道桥，而是睡了大通铺，但没交 5 块钱的铺位钱。

刘旭东疑惑了，怎么会不付床铺钱？

这时，吴浩得意地笑了："我帮老板和老板娘擦了十来双鞋子，今晚我还能不用掏钱住店。"

5 天过得很快，刘旭东要离开这个城市了，这 5 天里，吴浩每天还 18 元，还够了 90 元。

吴浩知道刘旭东是创业砖厂厂长，说是等他大学毕业，就去找他，说着吴浩伸出小黑手，刘旭东也伸出了手，两只手紧紧握到一起……

弹指一挥间，竟是15年。

有一天刘旭东正在办公室忙得焦头烂额，砖厂货款回不来，周转资金面临困难，而且四方都在催债。

刚放下电话，会计李方勇进来了，说有个年轻人约他中午吃饭。刘旭东头也不抬地问是谁，会计拿出一串钥匙链，放到刘旭东桌上，看着这钥匙链，刘旭东愣住了，那上面有一个玻璃小熊，小熊的脑门上刻着三个字："我最棒。"

刘旭东想起来了，这钥匙链，是15年前他和那个擦鞋少年临别握手时塞进他掌心的礼物。

到了中午，刘旭东走进酒店，预订好的座位上站起一个西装革履、英气逼人的年轻人。

他含蓄地微笑，朝刘旭东微微弯一下腰。

从他脸上，略微找到了当年擦鞋少年的影子。喝茶时，他拿出一张500万元的支票，说："我想投资到你们砖厂，5年之内利润抵回。"

500万元，真是雪中送炭！

年轻人笑吟吟地说："15年前，你教会了我以按揭的方式生存。从那个擦鞋箱起，我完成了一次又一次的积累。现在，我有了自己的公司，这500万元投进去，我有权利要求一笔额外利息。"

刘旭东抬起头，问他要多少，他不动声色地回答："1元钱。"

刘旭东靠到椅背上，脸上露出微笑。

90元，回报500万元，这无疑是刘旭东投资生涯中最成功的案例。

成功不仅是你拥有多少，更重要的是你帮助他人多少，有多少人因你而感动、因你而成长。

岁月一晃，刘旭东就是这样一个优秀的领导者，从一个一穷二白的穷小子跃身为身价千万的农民企业家，成为远近闻名的红人，走上了人生巅峰。当初嫌弃他而离开的女友，如今心里是什么滋味，想必都成了一段人生最追悔莫及的故事了吧。

日落西山你不陪，东山再起你是谁，同甘共苦你不在，荣华富贵你不配。真正的强者是夜深人静了就把心掏出来自己缝缝补补，完事了再塞回去睡一觉，醒来又是信心百倍，相信自己越活越坚强。我没有靠山，自己就是山；我没有天下，自己打天下。活着就该逢山开路，遇水架桥，生活给我压力，我还生活奇迹！

做人要有志气，做事要有底气和正气。靠素质立身，靠勤奋创业，靠品德做人。困难面前先让自己承担，荣誉面前先让自己靠边，危险面前先让自己闯关。对上级不媚，对同级不损，对下级不伪，对自己不私。

欣赏别人是一种境界，善待别人是一种胸怀，关心别人是一种品质，理解别人是一种涵养，帮助别人是一种快乐，学习别人是一种智慧，团结别人是一种能力，借鉴别人是一种收获。

多留财富，少留包袱；多留风范，少留遗憾；多留经验，少留缺陷。应当学会倾听，学会微笑，学会赞扬。以过硬的素质服人，用高尚的人格聚人，靠扎实的作风带人。

一天，有一个一只胳膊的残疾人汪强来到刘旭东家门口，向刘旭东乞讨，汪强很可怜，汪强整条右手臂断掉了，空空的衣袖晃荡着，让人看了很难受。刘旭东看到汪强后没有给他吃的，反而指着门前一堆砖对汪强说："你帮我把这堆砖搬到屋后去吧。"

汪强生气地说："我只有一只手，你还忍心叫我搬砖，不愿给就不给，何必为难我！"。

刘旭东不生气，俯身搬起砖来。他故意只用一只手搬，搬了一趟才说："你看，一只手也能干活，我能干，你为什么不能干呢？"

汪强怔住了，他用异样的目光看着刘旭东，尖突的喉结像一枚橄榄，上下滑动两下，终于俯下身子，用一只手搬起砖来，一次只能搬两块。他整整搬了两个小时，才把砖搬完，累得气喘如牛，脸上有很多灰尘，几络乱发被汗水濡湿了，斜贴在额头上。

刘旭东递给汪强一条雪白的毛巾。汪强接过去，很仔细地把脸面和脖子擦一遍，白毛巾变成了黑毛巾。

刘旭东又递给汪强 20 元钱。汪强接过钱，很感激地说："谢谢你"。

刘旭东说："你不用谢我，这是你自己凭力气挣的工钱"。

汪强说："我不会忘记你的。"对刘旭东深深地鞠一躬，就上路了。

善恶到头终有报，只争来早与来迟。

好义固为人所钦，贪利乃为鬼所笑。

知恩报恩天下少，反面无情世间多。

荣宠旁边辱等待，贫贱背后福跟随。

天作棋盘星作子，水有源头树有根。

昨日花开今日谢，百年人有万年心。

世事茫茫难自料，清风明月冷看人。

由来富贵三更梦，何必楚楚苦用心。

几年后，有个很体面的人来到刘旭东家。他西装革履，气度不凡，跟电视上那些老板一模一样，美中不足的是，这个老板只有一只左手，右边是一条空空的衣袖，一荡一荡的。

老板用一只独手握住刘旭东的手，俯下身说："如果没有您，我现在还是个废人；因为当年您教我搬砖，今天我才能成为一个公司的老板。"

刘旭东说："这是你自己干出来的"。

独臂老板汪强已经在城里替刘旭东买好房子了，要把刘旭东一家人迁到城里去住，做城市人，过好日子。

刘旭东说："我不能接受你的照顾，我当时要你搬砖，是教你自强。你现在好了，我很欣慰，你的心意我领了，谢谢你！"

锦上添花容易，雪中送炭却难，关键时刻的援手，往往在帮助他人的同时亦帮助了自己。

帮过你的人，一辈子都要铭记于心；暖过你的人，一辈子都要珍惜于心。

有这样一个故事：过去一个穷苦大学生文斌，为了付学费，挨家挨户地推销货品。

到了晚上，文斌发现自己的肚子很饿，而口袋里没有钱了。他在大街上犹豫徘徊了半天，终于鼓起勇气，敲响了一户人家的门，准备讨点饭吃。

然而当一位年轻貌美的女孩子打开门时，他却失去了勇气。他没敢讨饭，却只要求一杯水喝。女孩看出来他饥饿的样子，于是给他端出一大杯鲜奶来。他不慌不忙地将它喝下，然后问道："我应付您多少钱？"而女孩的答复却是："你不欠我一分钱，母亲告诉我们，不要为善事要求回报。"

他怀着感恩的心，向女孩深深地鞠了一躬，真诚地说道：那么我只有由衷地谢谢您了！

当文斌离开时，不但觉得自己的气力强壮了不少，而且对人生的信心也增强了。他本来已经陷入绝望，准备放弃一切的。

十年后，有个女人病情危急。当地医生都已束手无策，家人终于将她送进大都市，以便请专家来检查她罕见的病情。他们请主任医师文斌博士亲自来诊断，当他听说，病人是自己的家乡某某城的人时，他的眼中充满了奇特的光芒。他立刻走向医院的病房，当他来到病人的床前时，他一眼就认出是当年的女孩，他决心尽最大的努力来挽救她的生命。从那天起，他特别观察她的病情，查阅了所有的文献，并发帖向全世界同行咨询。经过不懈的努力，终于让她起死回生，战胜了病魔。最后，批价室将出院的账单送到文斌手中，请他签字。医生看了账单一眼，然后在账单边缘上写了几个字，将账单转送到她的病房里。

她不敢打开账单，因为她觉得，她可能需要一辈子才能还清这笔医药费。她看到账单边缘上的一行字：一杯鲜奶已足以付清全部的医药费！签署人：文斌医生。

她的眼中顿时盈满了泪水。

给予就会被给予，剥夺就会被剥夺，信任就会被信任，怀疑就会被怀疑，爱就会被爱，恨就会被恨。

善待他人就是善待自己，一杯鲜奶已足以付清全部的医药费，也可以说救了那个小女孩的命，真是善有善报。因此，无论什么时候都要心存善念，也许你那发自内心的真诚的关怀，表面看微不足道，但却能给别人带来无限的光明。不要再吝啬了，奉献自己久藏的爱心，点亮它吧，对寒冷的冬夜而言，那是真真实实的温暖和光明。

一个人的成就，不是以金钱衡量的，而是一生中，你善待过多少人，有多少人怀念你。生意人的账簿，记录收入与支出，两数相减，便是盈利。人生的账簿，记录爱与被爱，两数相加，就是成就。小胜靠智，大胜靠德，人生百年，不可享尽世间所有荣华，惠及百人，能够得到人间更多真爱。站着的人不一定伟大，跪着的人也不一定屈辱。站着做人，跪着做事，才是真正的强者。

不管世界多么拥挤，都要让心自由跳动。因为生命的每一瞬间，都存于心，贮于忆。那些拥有，那些给予，那些珍贵的收藏，都会拥于怀，融于情，长眠于心。一些人，一些情，一些事，都装在心里，会累，会挤，懂得卸载，给心一个空间，让心得以喘息，让阳光给予沐浴。

当身处逆境时，要始终勉励自己："天将降大任于斯人也，必先苦其心志，劳其筋骨，饿其体肤，空乏其身，行拂乱其所为，所以动心忍性，增益其所不能。"要始终相信，命运在自己手中，不可随波逐流、不自暴自弃。只要自己不倒下，没有人能够打垮你。

身处顺境时，更要保持清醒的头脑。人之所以成功，一半是能力，一半是机会。当机会均等时，能力无疑会占上风。很多暂时没有成功的人并非输在能力不足，只是缺乏机会而已。成功时要多想想，此刻有很多能力远胜于我们的人，正默默地守候在角落里或苦苦争取着机会的来临，就像成功前的我们一样虎视眈眈、严阵以待。你还敢停下来歇歇脚吗？只怕再无起身的机会了，无意间已将瞬间变成了永恒，将休息变成了安息，一失足成千古恨。这个时代什么都有可能发生，胜者为王，但很少有人能一辈子称王，因为想成功的人太多太多，稍有疏忽，便被拉下了马，想要再翻身谈何容易。因此，要始终记得，那一半的命运在上天手中，不可掉以轻心、得意忘形，唯有努力，再努力。

目中有人才有路，心中有爱才有度。一个人的宽容，来自一颗善待他人的心；一个人的涵养，来自一颗尊重他人的心；一个人的修为，来自一颗和善的心。

眼里容得下别人的人，才能让人容得下他。懂得尊重别人的人，才能得到别人的尊重。心存美好，则无可恼之事；心存善良，则无可恨之人；心若简单，世间纷扰皆成空。

不疼你的人，不要去找；不帮你的人，别去讨好；不想你的人，绝不打扰，疼爱你的人，放在首位；帮助你的人，和他深交；惦念你的人，把他记牢！人只有真正遇事了，才知道谁会对你全力以赴，谁却对你熟视无睹，谁是焦急的牵挂，谁是转身的天涯！做人其实很简单，你对我好，我会对你更好，人心换人心，懂得珍惜才配拥有！善良不代表傻！

李金民是东方村创业砖厂的老木匠，准备退休。李金民告诉砖厂厂长刘旭东，说要离开砖厂，回家与妻子儿女享受天伦之乐。

刘旭东舍不得李金民离开，问他是否能帮忙再建一座房子，老木匠李金民说可以。但是大家后来都看得出来，李金民的心已不在工作上，李金民用的全是软料，出的是粗活。房子建好的时候，刘旭东把大门的钥匙递给他。这是你的房子，刘旭东说，"这是我送给你的礼物。"李金民震惊得目瞪口呆，羞愧得无地自容。如果他早知道是在给自己建房子，他怎么会这样呢？现在他得住在一幢粗制滥造的房子里！有的人又何尝不是这样，漫不经心地建造自己的生活，不是积极行动，而是消极应付。凡事不肯精益求精，在关键时刻不能尽最大努力。等惊觉自己的处境，早已深困在自己建造的房子里了。

把你当成那个木匠吧。想想你的房子，每天敲进去一颗钉，加上去一块板，或者竖起一面墙，用智慧好好建造！你的生活是你一生唯一的创造，不能抹平重建，即使只有一天可活，那一天也要活得优美、高贵。假如你清贫，不妨想着自己拥有健康；假如你体弱，不妨想着你拥有一个幸福的家庭；假如你低落，不妨想着自己拥有生存下来的勇气！

　　大而言之，人生道路，曲折坎坷，不知有多少艰难险阻，甚至遭遇挫折和失败。在危难时刻，有人向你伸出温暖的双手，解除生活的困顿；有人为你指点迷津，让你明确前进的方向；甚至有人用肩膀、身躯把你撑起来，让你攀上人生的高峰。你最终战胜了苦难，扬帆远航，驶向光明幸福的彼岸，这些都需要我们去感恩。

　　感恩，说明一个人对自己、他人和社会的关系有着正确的认识；报恩，则是在这种正确认识之下产生的一种责任感。

　　"感恩"是一种对恩惠心存感激的表示，是每一位不忘他人恩情的人萦绕心间的情感。学会感恩，是为了擦亮蒙尘的心灵而不致麻木；学会感恩，是为了将无以为报的点滴付出永铭于心。心存感激，会让一句简单的话语充满神奇的力量，让琐碎的小事变得无比亲切，让我们在渐渐平淡麻木的日子里，重新领悟生命的意义。人的一生不可能一帆风顺，种种失败和挫折都需要我们去勇敢地面对，如果一味地去埋怨生活带给我们的不幸，我们的生活就会变得一塌糊涂。我们应该懂得在失意时发现值得我们去感激的事物，重新生活，体现生命的价值。

　　朋友就是光，给人安慰给人暖。再好的感情都需要长久维护，再好的朋友也需要你的认可。对待朋友，学会将心比心，不要对别人的生活品头论足。你若掏心掏肺，他必生死不离弃。真正的朋友，是不会跟你计较什么的，因为朋友之间就应该是宽容的，就算一不小心做错了什么，也不会因此对你不依不饶。所以，朋友之间一定要真诚。

　　人的欲望是个奇怪的东西，很多时候，我们渴望得到一些东西，得到后却又很快失去兴致；我们手中明明握着别人羡慕的东西，却又总在羡慕别人手里的东西。我们向往远方，但远方又是另一些人厌倦的地方。或许，只有历尽世事，才会明白，我们眼前拥有的，才是真正应该珍惜的。因为，远处是风景，近处的才是人生。

有这样一个故事：在以色列农村，每当庄稼成熟收割的时候，靠近路边的庄稼地四个角都要留出一部分不收割。四角的庄稼，只要需要，任何人都可以享用。他们认为，是神给了曾经多灾多难的犹太民族今天的幸福生活。他们为了感恩，就用留下田地四角的庄稼这种方式报答今天的拥有。既报答了神，又为那些路过此地又没有饭吃的贫困的路人给予方便。庄稼是自己种的，留一点给别人收割，他们认为，分享是一种感恩，分享是一种美德。

但是当地的果农则说，不管柿子长得多么诱人，也不会摘下来，因为这是留给喜鹊的食物。是什么使得这里的人留有这样一种习惯？

原来，这里是喜鹊的栖息地，每到冬天，喜鹊都在果树上筑巢过冬。有一年冬天，天特别冷，下了很大的雪，几百只找不到食物的喜鹊一夜之间都被冻死了。第二年春天，柿子树重新吐绿发芽，开花结果了。但就在这时，一种不知名的毛虫突然泛滥成灾。那年柿子几乎绝产。

从那以后，每年秋天收获柿子时，人们都会留下一些柿子，作为喜鹊过冬的食物。留在树上的柿子吸引了许多喜鹊到这里度过冬天。喜鹊仿佛也会感恩，春天也不飞走，整天忙着捕捉树上的虫子，从而保证了这一年柿子的丰收。留几枚柿子在树上吧！那是一道人间最美的风景。

给予，是一种快乐。因为给予并不是完全失去，而是一种高尚的收获。给予，是一种幸福，因为给予能使你的心灵美好。

刘霞是刘忠群的二妹妹，和刘富贵是夫妻，也是东方村村办企业创业砖厂工人。一天早上，刘霞做了两碗荷包蛋青菜面，一碗面上有蛋，一碗面上无蛋。端上桌，刘霞问儿子刘洋吃哪碗？刘洋指着碗说："有蛋的那碗。"刘霞说："让给我吧！孔融七岁能让梨！你都十岁了，让给我吧。"刘洋说："他是他！我是我！我不让。"刘霞试探地问："真不让？""不让！"儿子刘洋回答坚决，以迅雷不及掩耳之势把蛋咬了一半，表示给这碗面做了记号。"不后悔吗？"刘霞对儿子刘洋的动作和惊人的速度十分惊讶，但忍不住又问了最后一遍。"不后悔！"为了表示坚不可摧的决心，儿子刘洋把最后剩的蛋也吃了。

刘霞默默地看着儿子吃完，自己端过无蛋的那碗，开始埋头苦吃。刘霞碗里藏了两个蛋，儿子看得分明。刘霞指着碗里的两个蛋告诫儿子刘洋："记住！想占便宜的人，往往占不到便宜。"儿子刘洋一脸无奈。

在一个周日的上午，刘霞又做了两碗荷包蛋青菜面。情景再现，一碗蛋卧上边，一碗上边无蛋。刘霞若无其事地问儿子刘洋："吃哪碗？""我十岁了，让蛋！"儿子刘洋说着，拿过了没蛋的那碗。"不后悔？"刘霞问。"不后悔！"儿子回答坚决。儿子刘洋吃得很快，面见底也没看见蛋。刘霞端过剩下的有蛋面，吃起来，儿子刘洋看见上面有一个蛋，更没想到的是下面还有一个蛋。刘霞指着蛋说记住："想占便宜的人，可能要吃大亏！"

又过了数月，道具还是跟原来一样。刘霞问儿子刘洋："吃哪碗？""孔融让梨，儿子让面。妈妈是长辈！您先吃！""那我不客气了。"刘霞果真不客气地端起有蛋的面。儿子刘洋平静地端起无蛋的面，一碗面很快见底。儿子刘洋意外发现自己碗里也藏着蛋。刘霞意味深长地对儿子刘洋说："不想占便宜的人！生活永远不会让你吃亏。"

"吃亏"不光是一种境界，而且还是一种睿智，一种宽容豁达的处世态度。

真正有智慧的人，不会计较鸡毛蒜皮的小事，也不会在意分分毫毫的得失。他们看重的是失去背后的收获，是"舍去"以后的"得到"，他们是真正的智者，是能成大器的人。古往今来，这样的智者比比皆是，人们把他们看成是为人处世的楷模，他们的故事也成为千古流传的经典。

吃亏是福，这里的"吃亏"就是"让利"，这是事物的表面，"吃亏"背后的收获，才是"让利"的本质。

有人占便宜，沾沾自喜，所以总喜欢占便宜。

有人占便宜，怕遭报应，所以从不会占便宜。

有人吃亏了，他不怕吃亏，因为他知道，吃亏是福。

有人破财了，他不怕破财，因为他知道，财会回来。

成大事者，不会是小气的商人；成气候的商人，也绝对不是目光短浅的人。因为他们懂得，吃点小亏也许会带来更多的机会和收益。

正所谓"吃亏就是占便宜"，这就是智者的价值观和处世之道。

时间过得真快，一晃刘洋十四岁了。有一天在放学的路上，他看到书亭里有一本喜欢了很久的书，可是自己身上没有带那么多的钱，于是就大着胆子把书藏进了怀里，谁知被老板黄新发现了。刘洋被老板拽进了派出所，几名警察轮流审问他。刘洋吓得眼泪鼻涕一起流了下来。民警打电话通知了刘洋的父亲刘富贵。很快，他的父亲刘富贵就赶到了。刘洋低着头，默默等待父亲的责骂。"我想，这一定是个误会。"父亲刘富贵淡淡地开口了："因为我非常了解我的儿子，他是一个非常懂事的孩子。他一定十分喜欢这本书，同时又没带足钱，才这样的。你们看这样行不行，我出三倍的钱买下这本书，这事就算结束了。"然后，刘富贵掏出了钱包。刘洋惊呆了。他看着父亲，父亲也看着他，眼里没有责备，有的只是爱怜。出了派出所，父亲停下了脚步。他捧起孩子那张满含羞愧与感动的脸，一字一句地说："儿子，人这一辈子或多或少都会犯错误。听着，忘记它！不要让它在你心里留下阴影，好好学习和生活，只要以后不再犯这样的错误，你依然是一个让父母骄傲的孩子！"说完，他郑重地将这本书放到孩子手中。刘洋控制不住地放声大哭，父亲刘富贵慈爱地将他搂进了怀里。

宽容是一种美德，是一种修养。尤其是在家庭教育中，家长懂得宽容有缺点的孩子，善用宽容教育孩子，这更显出家长的一种智慧。尽量不要在孩子犯错时非打即骂，这样容易给孩子留下心理阴影，要用宽容感化孩子，要对孩子少些苛责，多点宽容！

宽容是一种美德。宽容别人，其实也是给自己的心灵让路，只有在宽容的世界里，人，才能奏出和谐的生命之歌！

孩子在成长过程中，宽容很重要，但不能一味地满足孩子的要求，那样会使孩子认为他的所有要求，家长都必须满足，从而造出很多皇帝。当然也不能一味地限制孩子的欲望，有人认为孩子应该"穷养"不无道理，穷养孩子是让孩子知道生活的不易，做事情要努力，自己的欲望可以通过努力而实现。

对孩子要宽容，所有的孩子都需要鼓励与抚慰！每个孩子都有自己的骄傲与自尊，每个孩子都需要父母的耐心与宽容。其实，有些孩子的叛逆也许只是吸引父母关注的方式。如果可以，请花多点的时间陪孩子成长！多点鼓励与夸奖，多点沟通与温声细语，孩子也许会更加开朗！

宽容、吃亏和占便宜的故事很多。有这样一个故事：台北有一位建筑商，年轻时就以精明著称于业内。那时的他，虽然颇具商业头脑，做事也成熟干练，但摸爬滚打许多年，事业不仅没有起色，最后还以破产告终。在那段失落而迷茫的日子里，他不断地反思自己失败的原因，想破脑壳也找寻不到答案。论才智，论勤奋，论计谋，他都不逊于别人，为什么有人成功了，而他离成功越来越远呢？

百无聊赖的时候，他来到街头漫无目的地闲转，路过一家书报亭，就买了一份报纸随便翻看。看着看着，他的眼前豁然一亮，报纸上的一段话如电光石火击中他的心灵。后来，他以一万元为本金，再战商场。

这次，他的生意好像被施加了魔法，从杂质铺到水泥厂，从包工头到建筑商，一路顺风顺顺水，合伙伙伴趋之若鹜。短短几年内，他的资产就突飞猛进到一亿元，创造了一个商业神话。

有很多记者追问他东山再起的秘诀，他只透露四个字：只拿六分。又过了几年，他的资产越来越多，达到一百亿元。有一次，他来到大学演讲，期间不断有学生提问，问他从一万元变成一百亿元到底有何秘诀。他笑着回答，因为我一直坚持少拿两分。学生们不解。

望着学生们渴望成功的眼神，他终于说出一段往事。他说，当年在街头看见一篇采访李泽楷的文章，读后很有感触。记者问李泽楷："你的父亲李嘉诚究竟教会了你怎样的赚钱秘诀？"李泽楷说："父亲从没告诉我赚钱的方法，只教了我一些做人处事的道理。"记者大惊，不信。李泽楷又说："父亲叮嘱过，你和别人合作，假如你拿七分合理，八分也可以，那我们李家拿六分就可以了。"

说到这里，他动情地说，这段采访我看了不下一百遍，终于弄明白一个道理：做人最高的境界是厚道，所以精明的最高境界也是厚道。细想一下就知道，李嘉诚总是让别人多赚两分，所以，每个人都知道和他合作会占便宜，就有更多的人愿意和他合作。如此一来，虽然他只拿六分，生意却多了一百个，假如拿八分的话，一百个会变成五个。到底哪个更赚呢？奥秘就在其中。我最初犯下的最大错误就是过于精明，总是千方百计地从对方身上多赚钱，以为赚得越多，就越成功，结果是，多赚了眼前，输掉了未来。

演讲结束后，他从包里掏出一张泛黄的报纸，正是报道李泽楷的那张报纸。多年来，他一直珍藏着。报纸的空白处，有一行毛笔书写的小楷：七分合理，八分也可以，那我只拿六分。

这位建筑商就是台北全盛房地产开发公司董事长林正家。他说，这就是一百亿的起点。

个人发展的可持续观就是合作共赢。小胜靠智，大胜靠德，厚积薄发，气势如虹。只懂追逐利润，是常人所为；更懂分享利润，是超人所作。

人生百年，不可享尽世间所有荣华；惠及百人，能够得到人间更多真爱。

转眼又过了一年，刘洋十五岁了。暑假里的一天，刘洋在路上，遇到了一个怀抱婴儿的年轻女人张红。张红先是问路，接着便面露难色地说，自己从杭州来这里旅游的，可钱包却被人偷了，想向他借点零钱坐车。刘洋听了女人的遭遇，从口袋里掏出钱包，毫不犹豫地将几枚硬币递了过去。张红连声道谢，夸他是个善良的好孩子。

刘洋正准备将钱包放回裤兜里，却仿佛忽然想起了什么，主动问道："阿姨，你的钱包被偷了，那你到了火车站，怎么买票回家呢？"

张红显出一副无奈的样子说道，"到了火车站，再说吧。"

刘洋迟疑了一下，再次打开钱包，将里面的几十元纸钞也拿了出来，递给张红道："阿姨，这是我准备去买书的钱，也给你吧。"

张红显然没想到，刘洋会主动把钱包里的钱，都拿出来给她。但还是犹犹豫豫地接过了刘洋递来的钱。刘洋似乎还有点不放心，对她说，要是这钱不够买车票，我可以打电话让爸爸过来，他的单位就在附近。张红连连摆手："不用了，不用了。谢谢你啊，小朋友，你真是一个好孩子。"说完问刘洋，叫什么名字，在哪个学校读书？父亲在附近哪个单位上班？刘洋一一告诉了她，之后张红抱着孩子离开了。

没钱去书店买书了，刘洋把事情的经过一五一十说给了爸爸听。爸爸赞许地摸了摸刘洋的头，又拿出几十元钱递给孩子，让他还是去书店买书。

刘洋一走，办公室里就炸开了锅，大家一致觉得，那女人是个骗子。一位同事还语气坚定地说，他经常看到有抱孩子的女人这样骗人。孩子被骗了，这一点大家意见基本一致。而争论的焦点是，要不要告诉孩子真相？一种观点是，必须告诉孩子真相，以免他再次受骗。而另一种观点却是，不要告诉孩子，否则，他的善心会受到伤害，今后可能不会轻易相信他人了。大家各执一词，似乎都有道理。

最后刘洋爸爸的说，孩子一说事情的经过，他就预感到，那个女人可能是骗子，而他没有说穿，是因为不想挫伤孩子的善心。再说，也可能那个女人，真是遇到了困难。刘洋从小，只要看到乞讨的人，无论是老人还是壮年，都会停下来，将自己的零花钱拿给人家。他也曾告诉孩子，有的人是真的不能自食其力，有的人却是因为好吃懒做，要视具体情况来决定要不要给钱。不然，爱心，就可能是被欺骗了。

没想到，孩子却歪着脑袋反问："我怎么分得清呢？我帮助他们，是因为我善良，与他是什么样的人，有什么关系呢？"

后来办公室所有的人都认为刘洋给他们上了生动一课。善良是孩子的天性，我希望孩子能保持这颗善心。一个人的美德，是出自于他真诚的内心，不需要回报，也无关他人的态度。

又过了几年，张红来刘洋的家乡城市出差，想顺便看看刘洋，经过多方打听，毫无下落。后来，张红想到刘洋爸爸的单位，就去单位找刘洋的爸爸，真就找到了。俩人见面后，一个非常热情，一个非常感激，刘洋爸爸告诉张红，刘洋在杭州师范大学上学。张红一听，非常高兴。张红回杭州后直接去杭州师范大学找到刘洋。刘洋一见到张红，马上想起了当年的她，非常欣慰，也非常高兴。张红告诉刘洋上大学的一切费用由她承担，刘洋激动得不知道说什么好！

真诚，是一个人的本性。善良，是一个人的天性。不管遇见任何人，真诚才能走进心里，无论碰到任何事，善良永远不过期。心中有善，胜读真经千卷。

美丽的外表也许会打动别人，但真诚的内心更能感动别人。一样的人生，不一样的心灵；相同的演出，不相同的落幕。走到最后，才能笑得最好。

人有一颗感恩的心比什么都重要！不要忘记在你最困难的时候拉你一把的人，他让你渡过难关；也不要忘了曾经打击你的人，是他让你变得坚强。要有善心，学会感恩。遭遇急难之事，身处于绝境之时，友人或路人施以援手，使自己绝处逢生，此恩当涌泉相报！

淡定看人生，宁静做自我。人生充满变数，定力如何，直接影响到人生的走向。所谓定力，就是定心。心静了，生活自然也就安稳了，人生自然也就安定了。反之，如果不能保持的内心的宁静，就会被情绪所控制，稍不注意就可能误入歧途、贻误终生。所以，与其郁郁寡欢埋怨命运，不如清清静静闲坐修心。

人生中要走很多路：有一条路不能回头，就是放弃的路；有一条路不能拒绝，就是成长的路；有一条路不能迷失，就是信念的路；有一条路不能停滞，就是奋斗的路；有一条路不能忘记，就是回家的路。

每一个优秀的人，都有一段沉默的时光。那一段时光，是付出了很多努力，忍受孤独和寂寞，不抱怨不诉苦，日后说起时，连自己都能被感动的日子。

最高境界的善行，就像水的品性一样，造福万物而不争名利。水，避高趋下是一种谦逊，奔流到海是一种追求，刚柔相济是一种能力，海纳百川是一种大度，滴水穿石是一种毅力，洗涤污淖是一种奉献。

人生的苦乐，取决于自己的内心。以美好的心，欣赏周遭的事物；以真诚的心，对待每一个人；以谦虚的心，检讨自己的错误；以不变的心，坚持正确的理念；以宽阔的心，包容对不起你的人；以感恩的心，感谢所拥有的一切。心胸豁达，处事淡然，为人和气，学会坦然面对，没什么大不了。

刘大明是刘忠群的四哥，是东方村创业砖厂的工人。一天晚上，他突然揉着妻子张青深情地问："女人最大的痛苦是什么？"

"和所爱的人分开。"

思索半晌，刘大明又问："那女人最大的幸福是什么呢？"

"和自己所爱的人在一起快乐地生活。就像是这样，天天枕着你的肩膀入睡。"

漆黑的夜里，刘大明的眼泪悄无声息地流了出来。

刘大明无声地擦拭完自己的眼泪，又平静地问妻子："那你知道一个男人最大的幸福和最大的痛苦是什么吗?"妻子摇摇头。

刘大明慢慢地说"除了父母,男人最大的幸福就是能让自己所爱的人一生幸福;最大的痛苦就是不能和心爱的人在一起。"张青傻傻地看着这个在她身边不离不弃的男人。

第二天,刘大明吻别了妻子,说自己要出国一段时间,并坚持不让妻子送他。

一个月后,刘大明回来了,却同时带回一个漂亮的女人。妻子一怔说:"是你同事吧。"刘大明望着她惊慌的眼睛说:"不是,是我的情人。"妻子脸色苍白,眼里噙满了泪水。她怎么也不会想到刘大明如此负心!

刘大明心软了,想说不是,但又忍住了,只冷漠地说:"我们离婚吧。"女人懵住了,以为自己听错了。刘大明说:"我们离婚吧!"指着带回来的漂亮女人说:"她才是我真正要找到的那个人"。

漂亮女人突然转过身去。妻子张青无论如何不信眼前的一幕:"你说过,你会永远爱我的!"但张青还是收拾了衣服,打算离开家。临出门时,她拿出一瓶新买的胃药,说:"这是给你买的,你记得吃就好了。"刘大明故作镇定,微微抬起头,盯着天花板。张青哭着说:"才多久,你为什么会变得这样,变得那么陌生?"话音刚落,张青摔门而去,刘大明捂住了自己的嘴巴,尽量压低声音,泪水滚滚而落。那个漂亮的女人递给他一个毛巾,说:"追上她,告诉她真相吧。"刘大明摇摇头。三个月后,两人都在离婚协议书上签下了自己的名字后,刘大明立刻在妻子面前消失了。

其实这时，刘大明的胃癌已经非常严重，每次疼痛发作都让他痛不欲生。那个漂亮女人是个医生，一直给他治病。刘大明说："与其她变卖所有的财产来徒劳地挽救我的性命，还不如让她早早断了这份痴情，继续未来的生活，让我在这儿静静地离去。"男人蜷缩在病床上，痛苦地呻吟着，每日叫着妻子的名字。那个漂亮的女医生问男人还有什么心愿时，他说他很想见妻子一面。女医生让人去找他妻子时，她已离开了这个城市，谁也不知道她去了什么地方。

十年之后，张青又找到了一个爱自己和自己爱的男人，还生了一个可爱的孩子。她利用出差的机会又回到了这个让她铭心刻骨、爱恨交织的城市。这次她要弄清楚当年她的丈夫为何能在一个月之内移情别恋残酷地离开她。她已经这样问了自己好多年。她终于找到那个已不太漂亮但仍旧端庄的女医生。女医生落泪了，她没有吭声，只是将她带到一个芳草萋萋的墓地，指着一个墓碑说，刘大明十年前就已经在这里了。女医生告诉张青说："我只是一个普通的医生，负责治疗你丈夫的病情。你丈夫在住院之前已明白他的病是不治之症，所以他不愿为了给他治病而拖累你，更不愿你因为怀念他而耽误你今后的生活。所以在他的哀求下我做了你们家庭的第三者。"张青望着墓碑，泪水狂涌。她现在才领悟，丈夫为何说，男人最大的幸福就是能让自己所爱的人一生幸福；最大的痛苦就是不能和心爱的人在一起。

事业有成时要珍惜自己的身体，事业无成时要让自己更健康。

世事总无常，聚散终是缘。红尘中，多少永生永世的誓言，终成谎言；人世间，多少相濡以沫的缠绵，总归江湖相忘。缘来是你，缘去是空，这世间原本就没有什么可以永恒，前世今生，都只不过是你我各自的修为罢了。所谓惜缘，不是紧紧去抓住爱恨不放。而是，相遇时，彼此善待；相别时，亦勿伤害。

笑容可以给任何人，但你的心，只需给一个人就好。有时候，同样的一件事情，我们可以去安慰别人，却说服不了自己。世间的感情莫过于两种：一种是相濡以沫，却厌倦到终老；另一种是相忘于江湖，却怀念到哭泣。每个人在成长中都会受到很多伤，会哭泣，会悲伤，会觉得疼痛。而疼过之后，你就是一个全新的自己了。你疼过，便懂得了；你跨越过，便成熟了；总是要失去了，才学会珍惜；总是要碰壁了，才学会改变。

有这样一个故事："灵魂有香气"的女子张幼仪的丈夫徐志摩迫不及待地要追求个人幸福和解放时，不顾身怀六甲的张幼仪，逼着张幼仪在离婚协议上签字。张幼仪在产床上平静地写下了自己的名字。这个出身显赫的女人，从没有质问过他一句，人性何在！也没有让他为自己的孩子买单，从容地写了这样一段话：你可以一如既往地追求你的风花雪月，你可以爱了又爱。我却可以平淡如水的自立不败，默默地照顾你的父母，养育你的后代，甚至收拾你的残骸，不知道哪个更令人爱戴。

刘大明是一个很有深度的男人，他的深度体现在他的知性、他的善解人意，与他有交往的人得到的温暖，以及对每一个人的尊重。这种深度来自于良好的家庭教育、长期的行事风格、后天的努力，还来自于长久以来在生活的磨砺下，所积蓄的睿智。他的深度彰显的是生命厚重的底色，呈现的是进则天下退则田园的进取和淡泊，是舍我其谁的态度和责任，是一个渺小的生命用自己的言行宣扬着的生命的厚重。

他的深度还体现在对人生的理解和对生活的认识上。他从一些平凡的小事中悟出不一样的哲理，在简单中获得生命的深邃和高贵。"涉世很深"，却又理解别人的行为和苦难，他用自己的温暖和深度帮助她度过生命的难关，又在平静时默然隐身。他懂得爱的深邃，他会爱也会懂得取舍，也能在世俗的诱惑面前关上那颗不该爱的心。他用他的深沉和厚重赢得别人的尊重，又用他的温暖与平和给他所爱的人一份情感的安全。

爱妻，爱子，爱家庭，不爱身体等于零。有钱，有权，有成功，没有健康一场空。穷人失去健康，等于雪上加霜；富人失去健康，等于一辈子白忙；老人失去健康，安享晚年成为奢望；儿童失去健康，孩子父母痛断肝肠。人这一辈子，没了健康，都是在瞎忙！

我们谁都不想身体有病，但是却不懂得预防。人不是死于疾病，而是死于无知！即使你有再多的钱，健康都没有啦，钱还有什么用？

有这样一个故事：在一所大学里，快下课的时候，教授对同学们说："我和大家做个游戏，谁愿意配合我一下。"一女生走上台来。

教授说："请在黑板上写下你难以割舍的二十个人的名字。"

女生照做了。有她的邻居、朋友、亲人等等。

教授说："请你划掉一个这里面你认为最不重要的人。"

女生划掉了一个她邻居的名字。

教授又说："请你再划掉一个。"

女生又划掉了一个她的同事。

教授再说："请你再划掉一个。"

女生又划掉了一个……

最后，黑板上只剩下了三个人，她的父母、丈夫和孩子。

教室非常安静，同学们静静地看着教授，感觉这似乎已不再是一个游戏了。

教授平静地说："请再划掉一个。"

女生迟疑着，艰难地做着选择……

她举起粉笔，划掉了父母的名字。

"请再划掉一个。"身边又传来了教授的声音。

她惊呆了，颤抖地举起粉笔，缓慢地划掉了儿子的名字。

紧接着，她"哇"的一声哭了，样子非常痛苦。

教授等她平静了一下，问道："和你最亲的人应该是你的父母和你的孩子，因为父母是养育你的人，孩子是你亲生的，而丈夫是可以重新再寻找的，为什么丈夫反倒是你最难割舍的人呢？"

同学们静静地看着她，等待着她的回答。

女生平静而又缓慢地说道："随着时间的推移，父母会先我而去，孩子长大成人后肯定也会离我而去，真正陪伴我度过一生的只有我的丈夫。"

其实，生活就像洋葱，一片一片地剥开，总有一片会让我们流泪。

老伴，是你一生中最后的存折！请珍惜！

人生一世，有什么也不如有个好伴侣，没什么也不能没个好晚年。妻子是丈夫生命中的最后一个观众，丈夫是妻子人生中的最后一张存折。

所谓"最后一个观众"，是指一个男人的一生不管怎样度过，真正看到你人生谢幕那一刻的不是别人，而是你的妻子。所谓"最后一张存折"，指的是一个女性步入老年之后，尽管可以五世同堂，儿孙绕膝，但真正能够无怨无悔陪到生命最后一刻的不是别人，只有你的丈夫。

纵观世间夫妻，无一不是因性而结合，因爱而发展，因情而长久。这个情，就是亲情与恩情。

一对体貌反差很大的夫妻之所以能够白头偕老，一对学识天差地远的夫妻之所以能够相伴终生，一对年轻时打打闹闹的夫妻进入老年后却突然相敬如宾起来，在很大程度上，并非是他们之间的"爱情"有了多大发展，而是因为他们在长期相濡以沫的日常生活中，储存下了多少"恩情"。

这种恩情，通常都不是来自夫妻幸运阶段的锦上添花，而是来自失意阶段的雪中送炭；或一方落难时的舍命相救，或一方患病期间的精心服侍；或惨淡日子中的无怨无悔，或众叛亲离时的不离不弃。

这种感情，是任何物质利益和名利引诱都不能替代的。世间恩爱夫妻之所以把"恩"放在前面，把"爱"放在后面，就是因为他们之间的"恩情"，早已远远超过了"爱情"的分量。

夫妻一场：年轻时是伙伴，中年时是事业助手，进入老年演变为双方的父母。

由于相处时间久了，各自身上潜在的父性和母性，都会在无意中流露出来，渐渐演变成了对方"父母"的角色，像呵护自己的儿女一样呵护起了自己的生活伴侣。不管对方身上有多少缺点和不足，也不管他们在年轻时犯下过多少不可原谅的错误，或者曾经给自己造成过多么大的伤害，都能够以博大的胸怀接纳下来、宽容下来，严格说来，这才是爱。虽然这种爱没有多少浪漫的成分，但由于它充满了亲情、恩德、友爱和互助，所以，即便没有多少爱情，也照样使婚姻变得温馨而快乐。

在常人的眼睛里，人生一世，有什么也别有病，没什么也别没钱。应该再添上这两句：有什么也不如有个好伴侣，没什么也不能没个好晚年。

人的一生，只要我们不丧失对生活的信心，对理想的追求，做你想做的，爱你想爱的。如果该奋斗的去奋斗了，该拼搏的去拼搏了，就能以平常心看待得失。梦想是一时无法实现的，目标是短期难以达到的。

人的一生，不要去过分地苛求，不要有太多的奢望。既然上帝不偏爱于我，不让我鹤立鸡群，不让我出类拔萃，又何必硬要去强求呢？金钱、权力、名誉都不是最重要的，最重要的是善待自己，就算拥有了全世界，随着死去也会烟消云散。

人的一生，没有来世。所以让我们从微笑开始！人活一辈子，开心最重要。

拥有健康的体魄，在快乐的心境中做自己喜欢做的事情，安全地实现自身价值，是人生最大的幸福。其实，每个人都活得不容易。满身疲惫，却有卸不下的压力；一肚子苦衷，也有不能说的时候。摔倒了不可怕，可怕的是爬不起；失去了不可怕，可怕的是总回忆。风雨之中，打伞也要前行；失败之后，带泪也要经营。一样的人生，不一样的心灵；相同的演出，不相同的落幕。走到最后，才能笑得最好。

岁月可能会让我们经历很多，但要保持一颗干净的心，因为只有心灵没有负累，身体才不会感到有所负累。人要有一颗干净的心，无论相貌，无论着装，心的通透是最美的；不分贫富，不分高低，心的善良是最贵的。身处俗世，却不被俗世所染，笑在脸上，笑也在心上。

对人几分真，便会换取几分心；用情几多诚，就会收获几多永恒。眼睛纯净，才能看见美丽的风景；心灵干净，才能拥有纯粹的感情。

我们能来世已是幸运，我们能活一次就应该知足。生命没有第二次花开，人生也不会破土重来，好好珍惜自己活着的每一天，能微笑别抱怨，能休息别拼命。我们只活这一次，只过这一生，别让泪水代替笑容，别让健康透支为零，累了就去休息，别咬牙硬撑，困了就睡一会，别熬夜太久，好好爱自己！

生活总不完美，总有辛酸的泪，总有失足的悔，总有幽深的怨，总有抱憾的恨。生活亦很完美，总让我们泪中带笑，悔中顿悟，怨中藏喜，恨中生爱！

人生的路，总有几道沟坎；生活的味，总有几分苦涩。有些事，无能为力，就顺其自然；有些人，不能强求，就一笑了之；有些路，躲避不开，就义无反顾。没有阳光，学会享受风雨的清凉；没有鲜花，学会感受泥土的芬芳。想的多了，是负累；奢望少了，会满意。微笑的眼睛，才能看见美丽的风景；简单的心境，才能拥有快乐的心情。

阅尽人生百态，还是诚实最好；阅尽生活坎坷，还是真诚最美。生活就是一面镜子，于其中，或是善良诚实，或是奸诈虚伪，不同的人，有着不同的情态；生活就似一部书，于其间，或是真诚相待，或是虚情假意，不同的人，留下不同的记录。

经年的风雨，流年的漂泊，即使很苦、很累，但我们依然坚信，诚实最美。

忍耐是一生的修行，过程是痛苦的，结果是美妙的。不论是逆境顺境都要忍，肚量能容事，善意会化解，就会雨过天晴。忍耐是一种以退为进的生存智慧。忍耐不是软弱，也不是逃避，而是一种自我的超越。吃亏能养德，忍耐能养心。每个人都有一个福袋，你往里装什么，就会得到什么；每个人都有一面镜子，你对它做什么表情，它就会还你什么表情。

看人如看己，责人先问心。他人是己心的一面镜子，世人是自己的一个比照。

生命是一场匆匆，人生不过是一场轮回。钱没了，痛苦；爱没了，伤心；名没了，遗憾；利没了，怨恨。很多时候，我们都在为得而喜，为失而悲。细数人生几十载，匆匆忙忙。人的一生，莫过于一攥一撒之间。生命莫过于一场路过。看淡得失，来了热情拥抱，好好珍惜；走了不去遗憾，好好祝福。

人以正为贵，家以和为贵；邻以亲为贵，友以诚为贵；师以严为贵，行以稳为贵。

人生是一场轮回，生命是一场路过。

刘大鹏是刘忠群的四弟，是东方村的一名泥瓦工。每年他带近百人的工程队到城里打工，他从泥瓦工做到分组长，后来组建了自己的工程队，再后来工程队变成了建筑公司，如今建筑公司在这个城市名气颇响，他身边也有了太多的诱惑。

一个人若想成功，要么组建一个团队，要么加入一个团队！在这个瞬息万变的世界里，单打独斗者，路就越走越窄，选择志同道合的伙伴，就是选择了成功。用梦想去组建一个团队，用团队去实现一个梦想。人，因梦想而伟大，因团队而卓越，因感恩而幸福，因学习而改变，因行动而成功。一个人是谁并不重要，重要的是他站在那里的时候，在他身后站着的是一群什么样的人！刘大鹏就有这么一个团队，事业非常发达，成为家喻户晓、远近闻名的人。一天晚上，刘大鹏把妻子轻轻抱进怀里，那一刻，他发誓这辈子一定给她幸福。

而她越来越老了，苗条的身材变得粗壮，皮肤不再细腻，跟他身边的无数美女比，她土气而沉闷，她的存在时时提醒着他卑微的过去。

他想，这段婚姻是到该结束的时候了。他在她的银行账户里存入了100万元，给她在繁华的市区买了一套精致的房子。他不是没良心的男人，不安排好她的后半生，他心里不安。

他终于向她提出离婚。

她坐在他对面，静静地听他讲离婚的理由，温顺安静。可是二十多年的夫妻了，他太熟悉她了，知道坐在对面的她在温顺的面容下，内心正在滴血，正掀起巨澜。

他忽然意识到自己的残忍。约定她离家的日子到了。那天恰好他的公司有事，他让她在家里等着，中午回来帮她搬家——搬到他为她买的那套房子里，而他们二十多年的婚姻也将到此结束。一上午，坐在公司处理事务的他都心神不定。中午，他急匆匆赶回来了。家收拾得干干净净，她已经走了。桌上放着他送给她的那套房子的钥匙以及那本 100 万元的存折，还有一封信，是她写给他的。她没有多少文化，这是这辈子她写给他的第一封信：我走了，回乡下老家了。被褥全部都拆洗过，在阳光下晒过了，放在贮藏室左边的柜子里，天冷时别忘了拿出来用。所有的皮鞋都打过了油，穿破了可以拿到离家几米远的街角处找修鞋的老孙头修补。衬衫在衣柜的上方挂着，袜子、皮带在衣柜下面的小抽屉里。买米记得买金象牌的泰国香米，要去百佳超市买，在那里不会买到假米。钟点工小孙每周来家里打扫卫生，月底记得付钱给她，还有别忘了，穿旧的衣服就送给小孙吧，她寄到乡下，那里的亲戚会很开心的。我走后别忘了服药，你的胃不好，我托人从香港买回了胃药，应该够你服用半年的了。还有，你出门总是忘记带家里的钥匙，我交了一把钥匙在物业，下次再忘了就去那里取。早晨出门时别忘了关门窗，雨水打进来会把地板淋坏的。我包了荠菜馄饨，在厨房里，你回来后，自己煮了吃吧……

她的字写得歪歪扭扭，难看极了。可是那些字为什么像是一颗颗呼啸的子弹，每一颗，都带着真情穿透了他的胸膛。他慢慢走进厨房，包好的荠菜馄饨整整齐齐地摆放在案板上，每一只都带着她的指痕和体温。

他忽然想起二十多年前，他站在高高的脚手架上当泥瓦工，离脚手架不远处的工棚里传来她剁馅包馄饨的声音。记起了那声音带给他的幸福和欢乐；记起吃过馄饨的他心满意足，仿佛刚刚赴过一场盛宴；记起那一刻他的誓言：我一定要给我的女人幸福。他转身下楼飞快地发动了车子。半小时后，浑身汗透的他，终于在开往乡下的火车上找到了她。

他生气地对她说："你要上哪儿去？我上了半天班累坏了，回到家连口热饭都吃不上，你就这样做老婆吗？太过分了。赶紧跟我回家！"

他的样子很凶，很粗暴。

她眼眶湿了，温顺地站起来，跟在他身后，乖乖地往家走。

慢慢地，她的眼泪就变成了一朵朵花。

她不知道走在前面的他此刻已是泪流满面。

从家里往火车站飞奔的那一路，他是真的怕啊，怕找不到她，怕从此失去她。

他骂自己怎么那么浑、那么蠢，居然要撵走自己的女人，原来失去她就像被生生拆去肋骨般痛不可当——二十多年相濡以沫的岁月，早已将他们的生命紧紧地连在一起了。

在不对的时间，不对的地点，只要遇到了对的人，就一切都对了。

真正的富有不是银行卡上的数字，而是你脸上的幸福的微笑。钱多钱少不重要，重要的是找个知冷知热知心的人好好疼。

世界上并非所有的事情都值得全心全意去做，适当的空白也是一种色彩。男人们忙忙碌碌，争取金钱和地位，沉溺于琐事和俗务，让头衔、身份、财产充满生命的每一个角落，这种没有空白的生命，最终有几个不是赢了别人，输了自己。

没有空白的人生是一个充满欲望的人生，这样的人生永远都不会有心灵的宁静，不会有恬静的陶醉，不会有精神的愉悦，更不会有人与自然的交融。

懂得退让，方显大气；知道包容，方显大度。生活不是战场，无须一较高下。人与人之间，多一份理解就会少一些误会，心与心之间，多一份包容就会少一些纷争。

人心都是相对的，以真换真；感情都是相互的，用心暖心！

有多少人半路就离去，有多少人中途就转移；有几颗心能专心专意，有几份情会不离不弃。

历经风雨，才能看透人心真假；患难与共，才能领悟感情冷暖。

虚情留不住，真心总会在。

一份情，因为真诚而存在；一颗心，因为疼惜而从未走开。

任何感情都需要用心呵护，好好珍惜。

朋友，或许不能朝朝暮暮，或许没有甜言蜜语，但一定需要真心、真情、真爱。

不要轻易试探朋友的心，更不要怀疑朋友的情，再好的感情，都经不起一颗猜疑的心。

刘军是刘忠群的五弟，初中只读了两年，家里就没钱继续供他上学了。他辍学回家，帮父亲耕种三亩薄田。在刘军19岁时，母亲去世了，家庭的重担全部压在了他的肩上。

二十世纪八十年代，农田承包到户。刘军把一块水洼挖成池塘，想养鱼。但村里的干部告诉他，水田不能养鱼，只能种庄稼，刘军只好把水塘填平。这件事成了一个笑话，在别人的眼里，刘军是一个想发财但又非常愚蠢的人。听说养鸡能赚钱，他向亲戚借了500元钱，养起了鸡。但是一场洪水后，鸡得了鸡瘟，几天内全部死光。500元对别人来说可能不算什么，对一个只靠三亩薄田生活的家庭而言，简直就是天文数字。刘军的母亲受不了这个刺激，竟然忧郁而死。

刘军后来酿过酒，捕过鱼，甚至还在石矿的悬崖上帮人打过炮眼，可都没有赚到钱。35岁的时候，刘军还没有娶到媳妇。即使是离异的有孩子的女人也看不上他。因为刘军只有一间土屋，随时有可能在一场大雨后倒塌。娶不上老婆的男人，在农村是没有人看得起的。但刘军还想搏一搏，就找大哥刘中年借钱买一辆手扶拖拉机。不料，上路不到半个月，这辆拖拉机就载着他冲入一条河里。他断了一条腿，成了瘸子。而那拖拉机，被人捞起来，已经支离破碎，他只能拆开它，当作废铁卖。

几乎所有的人都说刘军这辈子完了。但是后来他却成了县城里的一家公司的老总，手中有近亿元的资产。后来，许多人都知道他苦难的过去和富有传奇色彩的创业经历。许多媒体采访过他，许多报告文学描述过他。

愚者错失机会，智者善抓机会，成功者创造机会。人生跌倒时，要保持一颗平常心，跌倒了没有什么大不了，跌倒了爬起来再走，因为人正是在跌跌撞撞中学会了走路，而人生也正是在跌跌撞撞中走向成功和辉煌！

当人在呱呱坠地的那一刻起，就预示着，他的一生，注定会充满着各种痛苦和快乐。从那一刻起，也就开始了不停地追求幸福、快乐，并想尽办法让它变得永恒。对于痛苦，却只想永远地舍弃，永远地远离。

俗话说，苦尽甘来，乐极生悲，其实痛苦与快乐，就像一对生死冤家，总是势不两立；又像是一对孪生兄弟，如此亲密。所以痛苦过后，随之而来的，就是幸福、快乐。不经历风雨，怎么能见彩虹？不经一番严寒彻骨，又怎能得到梅花的扑鼻香味呢？所谓苦尽甘来，就如越王勾践卧薪尝胆之后的国强民盛。所谓乐极生悲，就如范进中举后的发疯。

我们有了痛苦，幸福、快乐才显得弥足珍贵，我们有了幸福、快乐，痛苦也就显得暂时和微小。而人的一生，也正因为交织着痛苦与快乐，才会充满了意义与趣味。

有句俗语说，三十年河东，三十年河西；还有句俗语说，风水轮流转，明年到我家。由此可见，世间的一切，并没有一个定数，这包括了痛苦与快乐。所以，也就没有必要，因为短暂的快乐而喜形于色，得意忘形，甚至沉迷于内。更没必要为一时的痛苦而垂头丧气，意志浮沉。

夫妻间总是希望白头偕老，执子之手，与子偕老，那是一种幸福。

恋人之间，总是希望爱情天长地久，那是一种快乐。但夫妻间又有多少能同年、同月、同日死呢！当夫去时，就成为一种锥心的痛，因此也就有了孟姜女哭长城。恋人间，又有多少能天长地久，所以梁山伯与祝英台也就化作了翩翩蝴蝶。

世人不明，总是不断地去追求快乐，追求幸福，却不愿意面对痛苦。而过度地追求快乐时，那已经不是一种快乐，而是一种不断膨胀的欲望，当这种欲望冲昏了头脑并占据了自己的思想之时，最终会埋葬了自己。

也有人，会因痛苦，而失去活下去的勇气；但也有人，会因痛苦挫折，而更为积极的勇敢进取，去打造苦痛与挫折之后的快乐。倘若能明白既没有永远的痛苦，也没有永远的快乐，那也就能够面对人生，坦然平和地去面对一切，这才是一个真正的强者，也才能做出真正有意义的事业。

那么怎样做才能算是强着呢？如果前面是天，就破天；如果前面是敌，就轰敌。强者是永不屈服，一直向命运挑战的人。

世态炎凉，无须迎合，人情冷暖，勿去在意，身在万物中，心在万物上。

宠辱不惊，去留无意，以平常心对待无常事，淡然看待人生的得失、荣辱与成败。

淡看人间事，潇洒天地间。再幸福的人生也有缺憾，再凄凉的人生都有幸福。潇洒的人生，要学会淡看缺憾，把精力放到你可能的拥有上。失去变淡了，痛苦就轻了；拥有看重了，快乐就增值了。

成功不在于坚持了多久，而在于能否继续坚持。成功的关键往往只有几步，其他时候都是默默积淀的过程。积淀的过程需要坚持，此时的寂寞、平淡需要耐心来坚守，此间的困难、挫折需要智慧来攻克。

关键时候更需要坚持，几乎所有困难都在此时浮出水面，击破它们，你就赢了。谁坚持到最后，谁笑得最美。

一忧一喜皆心火，一荣一枯皆眼尘，静心看透炎凉事，千古不做梦里人。聪明人，一味向前看；智慧人，事事向后看；聪明人，是战胜别人的人；智慧人，是战胜自己的人。

无谓的埋怨解决不了任何问题。当你回首自己走过的坎坷路，站在胜利的歇息站，你会看到，其实当时的困难坎坷也不过如此而已。没有人知道在一生中我们会遇到多少困难，谁也不会有先知先觉，困难就在眼前，鼓足勇气去面对他们，"坚持就是胜利！"这是伟人与我们共享的话。

人生起起落落，风风雨雨，一辈子曲曲折折，坎坎坷坷，谁都避免不了。种瓜得瓜，种豆得豆。任何事物都可能成为因，也可能成为果，没有绝对的因，也没有绝对的果。付出为因，回报为果，因果关系及最终结果却会因人的观念态度发生极大的差异，产生三种不同的境界。

首先，有的人不愿付出，却贪图回报，不劳而获，此为最下等境界。

对每个人来说，幸福的不可置疑的条件是劳动，必须是由自己来进行的自由的劳动。劳动是人所欲求的，当它被剥夺的时候，人便会引起苦恼。但劳动并不是道德，若把劳动当作功绩或道德，就和把吃东西当做功绩或道德一样奇怪。由此可知，没有人是能不劳动的，不劳而获是令人不安的。

其次，有的人兢兢业业，辛勤劳作，获得了应有的回报，此为中等境界。人的一生都是在不断地付出与收获，有付出就必然会有所回报。人们常说"一分耕耘一分收获"，就是这个道理。人们为自己设定了目标，并通过自己的努力实现了目标，达成了个人成就。有的人白手起家，选择创业，从基层做起，一步一个脚印，绝不偷懒懈怠，踏踏实实，勤勤恳恳，终于收获了不小的回报。这样的境界也算功德圆满，皆大欢喜。

最后是大公无私，此乃为最高境界。这类人竭力付出，却不图回报，像个傻子一样。可是就算周围人不理解不支持，他们依然坚持到底。他们不傻，他们都是最可敬最无私的人！

人的付出与收获不一定能成正比，人的一生中并不是付出越多就会回报越多。但选择什么样的生活态度，什么样的付出比例，将直接决定自己过的是什么样的人生。

人生路上，首须看远。人无远虑，近忧必扰。看远不是舍近，不是目空一切，而是紧盯远方，走好脚下，知道取舍，拒绝诱惑，笃意前行；次是看透，不被乱象迷惑，不为浮言困袭，修炼洞世之慧眼，识人之秀心，凡事由表及里，入木三分；然后看淡，花开自然落，云卷有时舒，郁郁寡欢使人累，耿耿于怀心易碎。"不谋其前，不虑其后，不恋当今。"内心安适，就会宠辱不惊，俯仰无愧，从一天到一年，从一年到一生，秒秒感受安详，活在至真、至善至美中，这才是人生的最高幸福。

你想挽留的，却都渐行渐远。比如容颜、健康、生命、时间和爱。唯一不遗憾的，就是不畏将来，不念过去，珍惜当下。

人生往往是怕什么来什么，当你看淡成败得失、恩怨情仇时，反倒顺风顺水、遇难成祥。人生最宝贵的，就是一颗平常心，身居繁华，心静如水。

一个人能走多远，与谁同行很重要；一个人能多优秀，导师很重要；一个人能多成功，有一个足够强大的对手很重要。

不要抱怨生活不公平，更不要抱怨生活太累。不累到极致，怎知自己所承受的极限，在我们没有达到目标前，请别让自己累趴下，因为没有资格谈累。奔走于天地间，我们的每一次跋涉都要全力以赴，每一条道路都是曲折回环。一路上没有不变的风景，没有笔直的坦途。所以，我们只能不停地做着两件事情——前进和拐弯。如何前进，怎样拐弯，需要我们自己选择，不同的选择，造就了我们千差万别的人生。

相信自己的坚强，但不要拒绝眼泪；相信物质的美好，但不要倾其一生；相信人与人之间的真诚；但不要指责虚伪；相信努力会成功，但不要逃避失败。

路在脚下，是距离；路在心中，是追求。有追求，就会有坎坷；有希望，就会有失望；风有风的方向，云有云的心情，别奢望人人都懂你，别要求事事都如意。平常一颗心，淡然一些事。与人相处，真诚一点；与人误解，宽容一点。把尘事看轻些；把人际看浅些；把得失看淡些；把成败看开些。不和别人比较，不和自己计较。放下心去做人，抬起头去做事。脚踏实地地走，顺其自然的活。做人如饮酒，半醉半醒最适宜；做事如执笔，半松半紧最自然。

鹰不需鼓掌也在飞翔，小草没人心疼也在成长，深山的野花无人欣赏也在芬芳。做事不需人人都理解，只需尽心尽力；做人不需人人都喜欢，只需坦坦荡荡。阅尽人生百态，还是诚实最好；阅尽生活坎坷，还是真诚最美。生活就是一面镜子，于其中，或是善良诚实，或是奸诈虚伪，不同的人，有着不同的情态；生活就似一部书，于其间，或是真诚相待，或是虚情假意，不同的人，留下不同的记录。经年的风雨，流年的漂泊，即使很苦、很累，但我们依然坚信，诚实最美。

再清静的心灵，也会有欲望；再豁达的心胸，也会有凄凉；再青春的容颜，也会有沧桑；再纯澈的目光，也会有迷茫；再刻骨的爱情，也会有情殇；再低调的性格，也会有倔强；再美好的生活，也会有惆怅；再潇洒的人生，也会有失望。

肯低头，才不会撞门框；肯承受，才会有坚强；肯努力，才可能有成就；肯放下，才可能有快乐。

没有谁的一生，阳光朗月永相随；没有谁的一生，欢声笑语永相伴。总有一些困难，一些痛苦，需要我们去经受，去承担。

人生如河，苦是转弯；人生如叶，苦是漂泊；人生如戏，苦是相遇。思量和抉择，得到和失去，要拿得起，要放得下。

给自己一份淡然，不困于情，不憾于心，无悔于生命，充实于生活，平和于心态，守一份心净。静中见真意，淡中识本然，繁华处独守清凉，纷芜处静心养性，让心灵花香弥漫，任红尘纷扰，我自清风明月。人间有味是清欢，君子之交淡如水。淡淡地相迎，淡淡地相处，淡淡地相送。心明如镜，可照尘世万千悲喜；心如净水，可映自然朗月清风。看山是山，看水是水，了了分明。宁静淡泊的心，是白云出岫，本无心；是流水下山，原无意。

做一朵自在来去的白云，逍遥于天地之间。在贫穷时耐得住寂寞，守得住节操；富贵时不奢侈挥霍，不骄奢淫逸；成功时不得意忘形，继续谦虚谨慎，勤奋努力；失败时不消极颓废，依然不屈不挠，奋发进取。

常言道："有容乃大"。说的是人要有一颗宽容之心，要能容天下难容之事。我们要学会宽容与自己看法不同的人，特别是与自己有矛盾的人。宽容别人实际上是给自己的心灵松绑，否则，只会给自己的心灵加压，受累的还是自己。要承认人与人之间的差别，多看别人的优点和长处，宽容别人不足之处，一分为二地看待别人。凡事争则两败，让则两利。

诚实是立身之本，诚实是一种美德。人之无诚，不可为交。做人只有实实在在，老老实实，才能赢得别人的尊重，才能在社会上站稳脚跟。我们对待工作也一样，不管是汇报工作，还是反映问题，都要实事求是，绝不可弄虚作假，失信于人。谦虚是好人品的一个重要组成部分。无论什么时候把自己看低一些，总是好事，一方面有利于自己的进步，另一方面有利于与人相处。古人云："无论做何等人，总不可有势利气，无论习何等业，总不可有粗浮心"。干任何事情，不要总认为自己贤能，不可少之。谦恭之人，人皆爱之。

一个人不一定能成为一个伟大的人，但完全可以成为一个正直的人。正直之人，首先要做到凭良心办事。做事都能从良心出发，那绝对是一个高尚的人、正直的人。人还要有正确的是非观念，遇到问题要有自己的见解，绝不能你好、我好、大家都好。要坚持真理，不能因为关系好，而把错说成对，也不能因关系不好，而把对说成错。

人贵有恒。干任何事情要有决心、恒心和耐心，要有执着追求的精神，这是成就事业的关键。否则，将一事无成。所谓"滴水穿石，铁棒磨针"，讲的就是这个道理。相反，有些所谓聪明之人，因为脑子转速太高，干事业左顾右盼，思东想西，结果还是成不了事。我们自己不妨做个傻子，把自己看得渺小一点，有什么不可呢？在日常的工作中，我们只要是认准的事，就应该想尽千方百计把它完成，把它干好，奋力追求成功的乐趣。这种恒心和勇气，就是执着追求的具体体现。

人生在世，不管是做人还是做事，都应把握好自己，只有不断提高自己的修养，就能达到人生的最高境界。

刘忠群的兄弟姐妹及子女刘金强、刘银强等在改革开放之后，富了不忘家乡，更没忘家乡人民。有一天，张大勇过生日，刘金强、刘银强他们聚到了一起，吃完饭后，刘金强说了这么一句话，既然我们都富了，能不能为家乡做点实事，刘银强、黄大勇一听，齐声说："行啊，这个想法很好！"于是三人开始谋划了。

　　他们所在的村子是一个三百多户人家，一千三百多人口的行政村。村子不算大，但也不小，离县城不到三十公里。晴天村里人出门还比较方便，遇到下雨天，河水上涨，村里人就出不去了。原来，村子和县城之间有一条富水河，没有桥，每逢下雨，河水上涨村民就出不去。于是刘金强就说："我给村里捐三百万，把富水河这座桥修起来。"刘银强接着说："我也捐三百万，把村里到县城这条土路修成白色路面。"黄大勇接着说："我也捐三百万，把村小学翻建。"就这样一个生日聚会，绘出一张宏伟蓝图。说干就干。第二天，三兄弟把九百万汇到村账户上，委托村长唐辉全力办好这三件事。村长唐辉立刻召开村委会，并另招十名村民代表参与此项工作。在村长唐辉的精心安排和村民们的共同努力下，这三项工程不到一年就全部建成了。村里另外一百五十多名外出打拼的务工者听到三兄弟的事迹后，也深受感动和启发，也都互相联系，决定在学校落成庆典上回家参加庆典，也要向家乡捐款，为建设美好的家乡出一份力。学校建好了，村里为学校落成举行了庆典，县委书记袁鹏飞，县长邹喜友、镇党委书记于文和镇长闫庆和都出席了庆典仪式，在庆典仪式开始前，有一个外出务工代表走上主席台，向所有主席台上的领导深深鞠了一躬，说："感谢各位领导能来参加我们村学校的庆典。我是东方村的村民段红斌，我们所有在外打拼的村民，听到他们的事迹后，我们很受感动，也要为村里捐款，为建设家乡做出一点贡献。"话一说完，他拿出十万元放到主席台上。接着大家纷纷上台捐款，刘光军三百万，刘中生一百万，刘旭东一百万，刘长发一百万，刘大鹏一百万，刘军五十万，刘银丽二十万，许勇二十万，刘银红二十万，刘中年二十万，刘大明二十万，刘生军二十万，汪红十万，汪梅十万……整个捐款持续一个多小时。通过统计，捐款人员一百五十多人，捐款数额近千万元。这一举动让主席台所有领导都流下感动的眼泪，台下所有村民也纷纷流泪了。这一幕将整个庆典仪式推向了高潮。这时县长邹喜友站起来大声说："今天我非常感动，也非常激动。我们的人民是憨厚的，情操也是高尚的，我代表全县人民感谢你们。你们是我们全县人民学习的榜样，你们村也是全县所有乡村学习的榜样，同时希望村委会精诚团结，用好这些钱，管好这些钱！"两年时间过去了，一切都实现了，村里发生了翻天覆地的变化。

这就是当代中国农村人的"中国梦"。

夕阳无限好，黄昏更美丽！人的最美意境，就是要有平和的心态，优雅的生活，知足常乐，宽容自信，适当运动，健康理念，开开心心过好每一天，珍惜眼前，活在当下。

生活，是你自己过出来的。同样的路，有人漫步，有人奔跑，有人驾车，方式不同，结果就会不同。同样的命运，有人笑着抗争，有人哭着哀求，有人静默地承受。态度不同，结果就会相异。欲成事业，就要耐得住寂寞、经得起挫折，潜心静气，才能深入人迹罕至的境地，获得豁达通透的智慧和事业。如果过于浮躁、急功近利，就可能适得其反、劳而无功。熬不过等待的人，熬不到幸福；经不起挫折的人，长不成傲骨！

有的时候伤害和失败不见得是一件坏事，它会让你变得更好，孤单和失落亦是如此，每件事到最后一定会变成一件好事，只要你能够走到最后。人生就有许多这样的奇迹，看似比登天还难的事，有时轻而易举就可以做到，其中的差别就在于非凡的信念。人生充满着期待，梦想连接着未来，透过生死，才会明白健康的重要；透过成败，才会明白通达的重要；透过得失，才会明白淡泊的重要。人生最悲哀的事情，莫过于苦苦追求那些原本可以放弃的，却忽略了生命中那些最宝贵的。人生难免会有迷茫，多点淡然，少点虚荣，活得真实才能活得自在。这个世界，有好人，也必然有坏人。左是温暖，右是荒寒，一番温暖，一番荒寒。有人雪中送炭，就有人落井下石，有人唱赞歌，就有人找麻烦。

有的时候"舍"不见得是一件坏事，它会让你得到更多。舍，是一种聪明的美丽，要懂得舍得，才能获得更多收获。舍得真诚，才能得到坦诚相待的朋友；舍得微笑，才能得到一张张笑脸；舍得安逸，才能闻鸡起舞得到成功。痛苦，是因为舍不得；幸福，是因为舍得；忧郁，是因为舍不得；快乐，是因为舍得。得失一朝，而荣辱千载，人世百态，只有历经滚滚红尘中的荣辱得失，才能够真正体味到这人生一世的真谛，才能够理解生死的奥秘。

翱翔天空的雄鹰原本只是一颗卵蛋，参天大树曾经只是一粒种子，盖世的英雄曾经也只是一个孩童，所有的宏图霸业都是从山穷水尽时开始的，因为已是谷底，无论怎么走都是上坡，所以也就没有什么可以失去的，从此只会日日向好，蒸蒸日上！

每个人的成功都不尽相同，但有一点是相同的，那就是选择。你选择什么样的人生，就必须走什么样的道路。

人的一生是一条上下波动的曲线，有时候高，有时候低。

当人们处于人生的高处时，总是志得意满，颐指气使，恃才傲物，沉浸在过去的辉煌中，因而停步不前。其实这时已是强弩之末，即将滑向人生的低处。当人们处于人生的低处时，总是悲观失望，痛苦决绝，殊不知，否极泰来，即将步入另一个美丽的春天。

人生的道路上确实有不少沟沟坎坎，跌倒时需要我们自己爬起来，而不是在那里东张西望，寻找可以依托的力量。入深海者获蛟龙，历浅滩者得鱼虾。命运掌握在自己手中，依靠自我去开创人生的那一片地！欲为大树，莫与草争。永远记住，达到一个高度，就没有风雨云层。如果你生命中的云层遮蔽了阳光，那是因为你的心灵飞得还不够高。

做人、做事，重要的不是一时的快慢，而是持久的发展。

做人要低调，工作要高调。面对事业要志存高远，有理想，有追求；面对困难要无所畏惧、攻坚克难；面对创新要敢冒风险、敢吃"螃蟹"。

大雨过后有两种人：一种人抬头看天，看到的是雨后彩虹，蓝天白云；一种人低头看地，看到的是淤泥积水，艰难绝望。

做事千万要有准头，要有方向。幸福其实很简单，也就是两个字：自然。用加法的方式去爱人，用减法的方式去怨恨，用乘法的方式去感恩。

雄鹰展翅入云霄，无边碧波万里遥，山青自有千树绿，人到无求品自高。

其实人生就是一种感受，一种历练，一次懂得，一场赌博！

告诉自己，人一定要靠自己，没有等来的辉煌，只有拼来的精彩！

每天走路，关注一下脚下的草、身边的花、枝上的叶，他们如此卑微的生命都美丽的活着，相比之下，我们反而显得更渺小。要为自己而活，做自己喜欢的事，要为别人而活，做在乎自己的人喜欢的事。走过一些路，才知道辛苦；登过一些山，才知道艰难；趟过一些河，才知道跋涉；跨过一些坎，才知道超越；经过一些事，才知道经验；阅过一些人，才知道历练；读过一些书，才知道财富；过了一辈子，才知道幸福。不懂珍惜，守着金山也不会快乐；不懂宽容，再多的朋友也终将离去；不懂选择，再努力也难以成功；不懂行动，再聪明也难以圆梦；不懂合作，再拼搏也难以成功；不懂积累，再挣钱也难以大富；不懂满足，再富有也难以幸福；不懂养生，再治疗也难以长寿。懂爱的人，才知道珍惜；懂心的人，才知道可贵；懂感激的人，才能心善；懂付出的人，才能得到回报；懂选择的人，才能做大事；懂坚强的人，才能承受打击，懂感情的人，才能得到真爱；懂人情味的人，才能得到尊敬。看淡世事沧桑，内心安然无恙。无论过去多么美好，都将成为过去；无论现在多么不好，谁都在经历。给自己一个微笑，人生处处是阳光。

世界是一个大舞台，每个人都是一本书。一本好书是一个朋友，一个朋友更是一本好书。书有多少种，朋友就有多少类。有的书优雅精美，有的书朴实无华；有的书只短短几章，有的书则洋洋洒洒；有的书教我们生活，有的书教我们做人；有的书给我们一时欢愉，有的书让我们终身受益；有的书激荡感情，有的书催人奋进。

不管哪本书，读到最后，总有一句浓缩的话，这些话足以在我们意志最薄弱的时候支撑起人生。

人生需要一些刻骨铭心的经历，才能成长成熟。成功需要机会，需要能力，更需要为人的品德。本书故事中的人物，命运各不相同，但无疑都是挑战命运的成功者。成功不仅是拥有多少财富，更重要的是你帮助他人多少，影响多少人，有多少人因你而感动，有多少人因你而成长！

后　　记

　　当代小说《挑战命运》是一本令人终生受益的书，扬行善感恩，授做人之本，文字有力，能触碰到人心最深处。评语深刻，许多评语有着丰富的文化底蕴和知识含量，这些评语散发出机智的锋芒和大义，新奇的比喻和警句，在今天发人深省！无论何时品读，都会闻见芬芳，感受美好！

熊　斌

二○一七年一月